夏 · 成长丨老葛

DUKU

读库

2102

主编 张立宪

新 星 出 版 社 NEW STAR PRESS

DUKU 读库
责任编辑　杨　雪
装帧设计　艾　莉
图片编辑　黎　亮
美术编辑　耿　冰

特约审校：李英子 | 马国兴 | 黄英 | 吴晨光 | 刘亚 | 张钧

目录

1583–1592

汪小智

在同一片历史的时空下。

1583年：世界不够了

每到新年夜，人们会对着钟表倒计时读秒迎接新的一年，但事实上零点钟声响起的时候，地球在二十六秒以前就完成了绕太阳公转一圈的任务。

在使用儒略历的日子里，这个差值更大，地球平均每年会提前十一分钟跨年。

到十六世纪中叶，儒略历积累的误差导致回归年比日历年要早十多天，人们发现几百年来春分日不断前移。1582年，教皇格里高利十三世下令将时间快进十天，同时制定了新的闰年方案，以便让日期能跟上地球的真实步伐。这套新历法被称为格里高利历，也就是我们现在使用的公历。但是，和罗马教廷分庭抗礼的新教国家如英格兰，东正教国家如俄罗斯、希腊，则沿用罗马帝国时代恺撒大帝颁布的儒略历，对教皇改制的新历法置若罔闻。因儒略历比公历要晚十天，当年的欧洲经常会发生“时光倒流”的奇怪现象，比如1688年11月11日，英国国王威廉三世从荷兰启程，到达英国德文郡的时间却是11月5日（儒略历）。

1582年，英格兰坚持使用儒略历，拒不接受教皇颁布的格里高利历，宗教矛盾是主要因素。如果由此断定英格兰人缺乏科学精神，那就大错特错了。教皇格里高利十三世颁布新历法之时，伊丽莎白一世也在憋大招，英格兰人准备酝酿一套比格里高利历更完美的“英国日历”，研究这套历法的人是女王的顾问约翰·迪伊博士。作为当时英格兰数一数二的数学家和天文学家，同时也是女王的占星师，此人智商超群，交游甚广，二十岁出头便在巴黎的大学里讲授欧氏几何，回国后，沉迷炼金术的同时又博览群书。他孜孜不倦地从英格兰和欧洲大陆获得大量书籍和手稿，建成了当时英格兰最大的私人图书馆。

约翰·迪伊提出的历法，月份和日期的设置与格里高利历一致，但是闰年的规则不同。格里高利历规定年份能被4整除的是闰年，但是被100除得尽而被400除不尽的则不是闰年，因此，格里高利历有一个四百年循环的大周期。约翰·迪伊提出的“英国日历”四年置一闰，三十三年一个周期。这个规则简单至极，但实际上比格里高利历更准确。格里高利历的平均年份长度为365.2425天，而“英国日历”平均年份长度为365.2424天，更接近回归年的平均长度365.2422天。由此看来，历法的演变历程，其实是人类和小数之间的斗争史。

约翰·迪伊的历法以三十三年为一个循环周期，暗合耶稣享年三十三岁，这在基督信仰的世界里真是太完美了。除此以外，约翰·迪伊顺便又思考了一个问题，那就是地球上有没有一个地方，在“英国日历”较长的循环周期里，春分始终发生在3月21日，因为公元325年尼西亚会议时确定的春分日正是这一天。经过观察、外交和计算，约翰·迪伊发现如果按照他的历法，在西经75°30'到西经78°30'之间，春分能连续三百年出现在3月21日，因此，西经77°又被称为“上帝的经度”。

约翰·迪伊向伊丽莎白女王提议，应该进行一次远征，在北美东海岸殖民，一旦拥有“上帝的经度”，便向全世界宣布新日历。而当时的北美地区全在强大的西班牙人手里，英格兰人只好采取秘密行动，1580年代初，小心翼翼地迈出了殖民北美的第一步。后来的历史进程众所周知，英格兰人在北美殖民地上建立了一个世界超级大国。

比较巧合的是，这个国家的心脏（华盛顿特区的美国国会大厦）恰好位于西经77°，正是约翰·迪伊当年念念不忘的“上帝的经度”——God’s Longitude。

当伊丽莎白一世对北美东海岸动心的时候，拥有“日不落帝国”的西班牙国王菲利普二世只觉得世界不够了。

1580年，西班牙吞并葡萄牙，菲利普二世作为两国的共主，海外的殖民地遍及全球。为庆祝这一丰功伟绩，西班牙人制作了很多纪念品，其中有一枚铜制勋章让菲利普二世印象颇深。这枚勋章的正面是他本人的半胸像以及环形文字“菲利普二世，西班牙和新世界的国王”，勋章背面的图案是一个画有赤道和经度的地球，地球的下方铸有“1580”字样，国王的马飞跃在地球上，这一面环绕在图案上方的文字是拉丁文：NON SUFFICIT ORBIS（世界不够了）。

1583年左右，菲利普二世将这句话作为自己的座右铭，印到西班牙皇家的徽章上。而同一时期，伊丽莎白一世的座右铭则低调得多：SEMPER EADEM（始终如一）。

1583年，在白山黑水的中国东北地区，有一个年轻人也觉得自己的世界不够了。在这一年的五六月份，他以十三副盔甲起兵，悄悄登上了历史的舞台。这个人的名字叫爱新觉罗·努尔哈赤，时年二十五岁。

努尔哈赤的起兵，和1583年初明朝的一场军事行动有关。《神宗实录》万历十一年二月壬子（1583年3月22日）有如下一段文字：

建州逆杲子阿台，复诱虏酋阿海等从静远榆林入寇，总兵李成梁督兵破之，二酋就戮。荡扫巢穴，斩获者二千三百有奇。

建州逆杲即当年的建州右卫都督王杲，因谋反于万历三年磔于北京。他的儿子阿台逃脱后继续兴风作浪，1583

年春，辽东总兵李成梁发兵，在古勒寨一举剿灭了阿台。《清史稿·王杲列传》中，则记录了古勒寨之战中李成梁给对方造成的伤亡数字：斩二千二百二十二（首）级。不巧的是，在这两千多死难者中，就有努尔哈赤的爷爷觉昌安和父亲塔克世。

努尔哈赤全家和当时明朝政府的关系，说起来有些暧昧。在王杲起兵造反的时候，努尔哈赤的爷爷觉昌安和父亲塔克世均站在明朝这一边，要知道王杲和觉昌安还是儿女亲家，王杲是努尔哈赤货真价实的外祖父。因两家人不是一条心，于是彼此互有戒备，王杲将努尔哈赤和他的弟弟舒尔哈齐从小抚养在自己身边，名义上是看顾自己的外孙，其实是用来做人质。1574年，王杲大举犯扰辽阳、沈阳，李成梁督兵进剿王杲所在的古勒寨，斩首一千余级。此役努尔哈赤与其弟舒尔哈齐在王杲的军中被俘，却被李成梁收留，留在帐下充当幼丁。之所以兄弟俩能被差别对待，毫发无伤，只因努尔哈赤一家是朝廷的顺民，觉昌安和塔克世是李成梁安排在女真族的内线和向导。

1583年，李成梁再次攻打古勒寨，此次叛军的首领是王杲的儿子阿台。他是努尔哈赤的舅舅，因娶了觉昌安的孙女，同时又是努尔哈赤的堂姐夫。战斗打响之后，古勒寨久攻不破，觉昌安以明军说客的身份进古勒寨劝降，阿台不从，囚禁觉昌安于寨中。塔克世担心父亲的安危，进寨探视。与李成梁联兵作战的女真首领图伦城主尼堪外兰心生一计，伙同官军欺骗古勒寨的守军说：太师有令，杀死阿台归降的，任命他做寨主。离间计立竿见影，叛军随即倒戈，杀死阿台，开门迎降。攻下古勒寨的官军自食其言，大规模屠城，一阵腥风血雨之后，李成梁发现觉昌安和塔克世父子二人竟被自己人误杀，死于非命。

明朝政府为抚恤努尔哈赤，将古勒寨所得敕书三十道、马三十匹全部划归其名下，同时授命他袭父职任建州左卫都指挥使。针对觉昌安和塔克世遇难，明军还有意无意将责任推到尼堪外兰身上，这是朝廷对于边民“离其党而分之”的一贯策略。努尔哈赤知道胳膊拧不过大腿，接受了朝廷的安抚。

如今，借报杀父之仇的名义，万历十一年（1583年）夏天，努尔哈赤以祖传下来的十三副盔甲起兵，他将在建州和尼堪外兰抢占地盘，一决雌雄。

辽东小小的战事，显然不会引起万历皇帝的任何重视。那年月，他的注意力正放在国内的拨乱反正上，被他视为乱臣贼子的人不是别人，正是他昔日的恩师，前内阁首辅张居正。

万历十一年三月初二日，大理寺审理张居正家奴游七、冯昕的供词摆到御案上，万历皇帝阅后大怒，命夺张居正上柱国太师兼太子太师衔，张家四公子、锦衣卫指挥张简修削职为民，张居正举荐的内阁人选潘晟去职回乡，冠带闲住。游七罪当论死，冯昕等人流放。

张居正当年进入内阁后，根据情势做出一个判断，那就是决不能小看太监的力量，因此他和大太监冯保结成攻守联盟，共同扳倒了高拱，成为内阁首辅。但是一个堂堂翰林学士出身的内阁首辅，怎么能去和太监交往呢，于是，他让粗通文墨的家奴游七、冯昕等作为自己的代理人，暗中和冯保联络。张居正一死，反对派蜂拥而起，针对他的攻击纷至沓来。当皇帝知道前内阁首辅和大内太监相互勾结，左右朝政，而自己却被蒙在鼓里的时候，怒不可遏也就在所难免。八月初九日，朝廷夺回张居正的文忠谥号，这意味着以前加封给他的爵位官衔被悉数收回，尸骨未寒的张居正此时已沦为任由人臧否的庶民百姓了。

朝廷以雷霆万钧之势，对张居正展开了全面的清算。万历皇帝贵为天地人神之主，拥有这个璀璨俗世是不够的，对他来说，还需要拥有无上的权力，曾经假手旁人的皇权，必须马上夺回来。但是，万历皇帝也绝不是暴君，比如，当时罪当论死的游七，在二十多年后沈德符写成《万历野获编》的时候，据闻尚在狱中。

1584年：荷兰国父

1584年，农历甲申年，大明王朝已故前内阁首辅张居正以贪赃枉法、专权乱政等罪名，落得个家产籍没、子弟充军的悲凉结局。

遥想六十年前，嘉靖皇帝朱厚熜乾纲独断，在皇权和相权的较量中，杖毙廷臣十余人，一举平复了“大礼议”之争。现如今，他的孙子万历皇帝朱翊钧，青出于蓝而胜于蓝，通过对张居正的清算，再次将相权玩弄于股掌之中。历史总是惊人的相似，但又不会简单的重复，谁会料到下一个甲申年（1644年）到来的时候，已经由不得他们朱家人任性了，江山社稷将迎来鼎革之变。

1584年5月下旬，朝廷派来的内臣和御使还在路上，荆州知府和江陵知县已经收到查办张居正的密令，遂将张宅火速查封。海内风言风语，传张家老少因封门禁锢被饿死十余人。

千古一相家破人亡之际，又有一代忠魂来到这个娑婆世界，1584年6月6日掌灯时分，东莞石碣镇水南村一户姓袁的生意人家喜添长子，这个小男孩将允文允武一路成长，最终成为横刀立马、气壮山河的蓟辽督师。

欧洲这边厢，1584年的夏天，英格兰小心翼翼地迈出全球殖民的第一步。伊丽莎白一世的宠臣沃尔特·罗利派出两艘三桅船，成功登陆北美东海岸的一处外滩。当地印第安土著人用方言向他们打招呼：Wingandacoa（您穿的衣服真好啊！），于是沃尔特·罗利在给伊丽莎白女王的报告中，将那个地方称作Wingina。面对这片海外的处女地，冰雪聪明的女王最终将其命名为Virginia（弗吉尼亚），巧妙地留下了她作为童贞女王（Virgin Queen）的身份暗记。

尽管伊丽莎白一世终身未嫁，但是1584年6月间，面对法国安茹公爵弗朗西斯的离世，女王还是抛洒了一个女人一生中最伤情的眼泪。作为“异装癖”法王亨利三世唯一的弟弟，安茹公爵弗朗西斯距离法国王位其实只有一步之遥。英法两国修好，共同抵抗强大的西班牙，是伊丽莎白一世当时最基本的外交政策，因此，在女王的众多追求者里面，弗朗西斯无意中扮演了如意郎君的角色。弗朗西斯一生中引以为傲的事情有两件，一是向伊丽莎白一世求婚，另一件自然是曾投身到荷兰的独立运动中。

1580年，在波尔多签订的一份条约上，荷兰人希望引进法国力量共同抵抗西班牙，安茹公爵弗朗西斯作为最合适的人选，被誉为荷兰自由保护者，实际上是被拥立为王。爱情事业双丰收的计划看上去很美，但作为一名法国天主教徒，眼高手低的弗朗西斯没有得到荷兰人民的广泛认可，安特卫普市民甚至伏击了他率领的军队，惨遭打脸的弗朗西斯意兴阑珊，于1583年6月声名狼藉地离开了荷兰。翌年，一场疟疾让这个年轻人带着对爱情和权力的无尽想象，在高烧中撒手人寰。

安茹公爵去世一个月后，荷兰革命的灵魂人物威廉亲王，不幸成为世界上第一个遭手枪暗杀的国家元首。今天的荷兰国歌《威廉颂》，纪念的正是此君。

威廉1533年出生于德国拿骚的迪伦堡，在他十一岁的时候，继任成为法国南部奥兰治公国的亲王，成年后借助婚姻又得到荷兰的几处领地，成为当时西方首屈一指的大贵族，是神圣罗马帝国查理五世的心腹爱将。1555年，查理五世将神圣罗马帝国一分为二，一半分给了自己的弟弟斐迪南一世，帝国的核心资产西班牙和荷兰地区，则留给自己的儿子菲利普二世。在菲利普二世统治时期，年纪轻轻的威廉依旧飞黄腾达，王室对他的恩宠无以复加。但人各有志，在新兴资产阶层暗流涌动的欧洲，借助宗教改革运动的浪潮，荷兰地区摆脱西班牙统治的呼声越来越高，威廉亲王更是积极参与其中，成了西班牙国王菲利普二世的眼中钉。

1581年7月，革命取得阶段性成果，威廉亲王在海牙颁布和西班牙断绝关系的法令，宣称荷兰北方联省共和国成立。菲利普二世则痛骂威廉为破坏社会和平的主犯和人类的公敌，并悬赏两万五千枚金币取其性命。各路刺客闻风而动，短短数年内，暗杀威廉亲王的阴谋竟达五次之多。

1584年，威廉亲王放弃统一荷兰南方的努力，回到代尔夫特，并将官邸迁到一座修道院里。此时，一个凶手也潜伏在了他的身边。

这个名叫杰拉德的天主教徒，是西班牙国王菲利普二世的狂热拥护者，他隐瞒自己的真实身份并取了化名，谎称来自法国加尔文主义的宗教家庭，取得信任后被留在威廉亲王身边当差。

1584年7月8日，星期日，杰拉德在亲王的庭院里闲逛，值守的卫兵上前查问，他灵机一动，说自己穿着破衣，又没有新鞋，不能和教友一起到教堂里做礼拜。卫兵听闻此言，从威廉亲王那里拿了五十克朗赏赐给寒酸的杰拉德。没成想，第二天早上，杰拉德用这笔钱和一个士兵讨价还价，买了一把手枪和一些子弹。7月10日下午，他用这把手枪近距离击杀了威廉亲王，并迅速从侧门逃跑。

杰拉德打算从城墙跳进护城河，河对岸有他事先准备好的一匹马。因为不谙水性，为能渡河，他在身上绑了一些猪脬以增加浮力。亲王的卫兵穷追不舍，狂奔的杰拉德被一堆垃圾绊倒后束手就擒。7月14日，在惨遭一系列骇人听闻的折磨之后，杰拉德被残杀处死。当年凶案发生的地点，今天被辟为代尔夫特的普林森霍夫博物馆，威廉亲王遇刺时留在墙上的弹孔依然清晰可见。而在杰拉德的家乡，据说有以他名字命名的街道。

按照当初承诺的悬赏金额，菲利普二世需要为此支付两万五千枚金币，但钱对西班牙王室来说是永远不够花的，菲利普二世只好将没收的威廉亲王的三个庄园赏赐给了杰拉德的父母，并让他的家族成员享受贵族封号。威廉亲王遇刺的消息以最快的速度传到伦敦，1584年7月12日，伊丽莎白一世在里士满宫给亲王遗孀写了一封慰问信，女王理解威廉亲王作为一个基督徒的决心，并表示支持他的事业。在当时，用手枪行刺还是一桩新奇的案件，英格兰皇家卫队为了女王的安全，下令皇宫两英里范围内不得携带任何枪支。

威廉的革命事业前后历时八十余年，经过几代人的努力方才摆脱西班牙的统治，换来荷兰的独立，这位来自德国拿骚家族的奥兰治亲王威廉被尊为荷兰国父：威廉一世。

1580年代，有一幅非常有趣的插画揭露了当时欧洲的政局。荷兰地区因为贡献了西班牙王国最多的赋税，可视为一头“现金奶牛”，菲利普二世穿着马靴骑在荷兰这头奶牛身上，他的臣仆正在给奶牛挤奶。威廉亲王双手掰着牛角，想要牵走这头奶牛，寓示他所从事的荷兰独立运动。伊丽莎白一世在一旁默默地给奶牛喂草，表明英格兰人对荷兰的情愫很深。安茹公爵则是充当了一个滑稽的角色，他拽着牛的尾巴想要加入进来，却被牛喷了一脚的屎，这正是他插手荷兰革命无功而返的真实写照。

从当时的综合国力来看，西班牙是超级大国，英格兰还算是发展中国家。1580年吞并葡萄牙之后，菲利普二世的领土贯穿东西半球，建立了世界上第一个日不落帝国。亲兄弟明算账，虽然是一家人了，但葡萄牙和西班牙在亚洲势力范围的分野还需要一些界定，经度问题就这样被摆到菲利普二世的议事日程上。

1584年11月17日的月食，可以为测量经度提供帮助，菲利普二世在大半个地球上布置了观察月食的任务，观察点除了西班牙本土，还有欧洲的安特卫普、美洲的墨西哥城、亚洲的马尼拉。

那一年，在中国传教的利玛窦已经自觉完成了澳门经度的测定。通过明朝肇庆知府王泮的关照，利玛窦当时居留肇庆，1584年9月13日，利玛窦给西班牙驻菲律宾的税务司司长罗曼写了一封长信，详细介绍自己掌握的中国国情，信中提到他通过两次观测月食，测量到澳门、肇庆距离加那利群岛大概124°。现在，我们通过一幅世界地图，能看出两地的经度差实际上是129°，作为当时西方顶尖的科学家，利玛窦通过月食计算的经度数值有五度的误差，可见经度测定的困难性。解决全球经度难题，人类摸索了将近两百年，直到英国人约翰·哈里森发明了当时政府悬赏两万英镑的航海钟。

至于观察月食就能计算经度，这个神操作怎么理解，我们不妨请出创建十二平均律的大明世子朱载堉，他在《律历圆通》中有这样一段精彩的文字：

譬如悬一黑丸于暗室，其左燃烛，其右悬一白丸，若烛光为黑丸所蔽，则白丸不受其光矣。人在四旁观之，所见无不同也。故月食无时差之说。

朱载堉告诉我们，月亮进入地球的影子那一刻，地球上处于夜间的人们是同时看见的，没有先后的区别，即月食的现象各地无时间差。这个思路更进一步，月食出现的时候，因为观察点本地时间不同，如果算出各观察点本地时间的差值，那么就能算出经度差了。当然，如果把月食换成现在全球直播的世界杯比赛，各国球迷根据当地时间和比赛现场时间的不同，也能圆满完成计算经度差的任务。

当西班牙国王菲利普二世为测量东半球的经度问题费尽心思的时候，万历皇帝也为一件涉及地理堪舆的大事殚思竭虑。万历十二年（1584年）九月十三日，他组织了一场规模最大的郊游，除两宫皇太后和众后妃，内阁及礼部、工部、吏部、户部、兵部、刑部的尚书悉数随行作陪。这次出行的目的，是虚岁二十二岁的万历皇帝朱翊钧忙着到昌平天寿山给自己选陵寝。时值秋防戒严之际，塞外霜落鹰飞，马壮膘肥，蒙古喀喇沁部领主青把都儿台吉及其老母正率部到赤峰一带祭祖。为防蒙古人佯动造成不测，拱卫京师的宣大、蓟辽总督如临大敌，严阵以待。

九月十六日，皇帝一家人在大峪山附近的山上登高眺望，预选吉壤的朝案森严耸立，明堂宽阔开亮，是毫无疑义的风水宝地。得到两宫太后的悦豫首肯之后，万历皇帝的寿宫这才确定下来。从紫禁城到昌平的天寿山，不到六十公里，当年万历皇帝来回用了六天的时间，九月十八日，圣驾回宫。

一路安然无事，只是返程途中，在凉水河有惊马冲入扈从队伍，造成了一点惊扰。有御史进言欲相查究竟，皇帝不以为然地批示：偶然事件，不必追问。在皇帝和术士选好万年吉地之后，钦天监将寿宫奠基的日子也送了上来：（万历十二年）十月初六日卯时动土兴工，十一月初六日辰时伐木。与之相关的祭神祭祖等事宜亦一一安排妥当。而工程正式开工还需要假以时日，因为工部还没有拿出完整方案。

九月二十三日，清晨的紫禁城，沉浸在初冬的一夜浓雾之中。

天色微明，踏着早朝急促的鼓点声，午门外的文武百官从左、右掖门鱼贯而入，班列在皇极殿外的丹墀上。鼓声渐止，鸣钟，奏中和韶乐《圣安之曲》，金銮宝殿内，万历皇帝朱翊钧身着天子冕服缓缓升座。御道两旁的鸣鞭校尉挥舞静鞭三响，大朝会正式开始了。

那一天，跪拜在龙椅前的文臣武将们心无杂念，敬献的贺表中只有一个主题：盛赞皇上在大峪山卜得万年吉地。虽然当时的朱翊钧风华正茂，年龄不过二十出头，可要知道，天寿山埋的九位先祖，其中有一大半都没有活过四十岁哩。

万历皇帝陵寝的营建工作正式开展，礼部总拟下陵区的尺寸规制，钦天监报来开工典礼的日期，工程的总督则由工部尚书、兵部尚书共同担任。工部侍郎何起鸣对工程相关事宜提出多条建议，借此可一窥当年用工用料之大略：寿宫所用细料方砖需叩之有声、断之无孔，花斑纹石需色彩鲜艳、质地坚硬；若遇大雨，南方运来的物料在通县经温榆河水路北上，运到昌平的朝宗桥码头卸货；贵重物品，存放在昭陵神马房和西井两庑空房内；工匠和军夫的工资半个月结算一次，按照编号直接发放给个人。

佛教和道教各有自己的生死观，但儒家的至圣先师孔夫子认为“未知生，焉知死”，导致大多数中国人对死亡之后的去向没有形成共识，干脆事死如事生，事亡如事存，举全国之力给皇帝修坟建墓也就见怪不怪了。对于西方基督徒来说，死后灵魂早日升到天堂是最紧要的事情，棺木埋在教堂附近无疑是最好的选择。雄霸天下的西班牙国王菲利普二世也是这样想的，他在埃斯科里亚尔修道院大教堂里设计了一间小小的地下室，作为当年第一个日不落帝国的皇家墓地。

埃斯科里亚尔修道院是一座巨大的花岗岩建筑，雨果将巴黎圣母院比喻成“石头的交响乐”，那么埃斯科里亚尔修道院可以当作一部旋律规整、节奏鲜明的花岗岩进行曲。菲利普二世登上王位的第二年，便联合自己老婆——英格兰女王玛丽一世——的军队，于1557年8月10日在巴黎附近的圣昆汀大败法军。那一天正好是天主教圣徒劳伦斯的殉难纪念日，菲利普二世遂发愿修建一座教堂，献给冥冥中保佑自己打了大胜仗的圣徒。修道院的选址定在西班牙瓜达拉马山南麓的埃斯科里亚尔镇，此地距离马德里市区有五十公里的路程，工程于1563年4月23日埋下奠基石。

和中国的十三陵比起来，西班牙皇家墓葬的形制显得超凡脱俗。1584年9月13日，位于马德里西北五十公里的埃斯科里亚尔修道院大功告成。该建筑项目名为修道院，实际上综合了教堂、皇宫、图书馆、博物馆、大学等多种功能于一身。在大教堂主祭坛的下方，名为万神殿的地下空间，则是西班牙的皇家墓室。

墓室呈八边形，入口和祭坛各占一条边，其余六条边的墙上设有存放石棺的壁龛。在这间不到一百平米的地下室里，西班牙哈布斯堡王朝和波旁王朝的国王、王后共有二十六人栖身于此。面朝祭坛，右侧第一组壁龛最上面的两格，安放的正是菲利普二世和他的父亲查理五世。当年开疆扩土，亲手缔造日不落帝国的主人，最后安息在一个长不过两米，高不到一米的狭小空间。

中国古代的殿阁楼台都有一定的规制和样式，埃斯科里亚尔修道院则完全是国王菲利普二世和建筑师设计智慧的结晶。首任建筑师托莱多绘制了埃斯科里亚尔修道院的设计蓝图，简洁明快的网格状平面布局，让人联想起圣徒劳伦斯殉难时的烧烤架，这种附会出来的设计理念一直被后人口口相传。托莱多在工程开工三年后就不幸去世，他的学生埃雷拉捡起了接力棒，肩负起深化设计和指导施工的重任。埃雷拉大刀阔斧地修改了原方案中修道院里六个高耸的塔楼，使得立面看上去更加庄严肃穆。不事雕琢的花岗岩被用于整个建筑，和当时欧洲流行的精巧的“银匠风格”截然相反，但这非常符合菲利普二世审慎、低调的审美趣味，他曾明确要求建筑师在结构和造型上要做到严谨、简单，不应有任何傲慢的贵族情调和浮夸的王室威严。

埃斯科里亚尔修道院的建造前后历时长达二十一年。这种外观冷峻、刻板，没有过多装饰元素的设计风格，被誉为埃斯科里亚尔风格，或埃雷拉式风格，在西班牙建筑史上留下了不可磨灭的印记。1984年，埃斯科里亚尔修道院建成四百周年之际，这座西班牙黄金时代的标志性建筑被联合国教科文组织评为世界文化遗产。万历皇帝朱翊钧动用两三万人，花费八百万两白银修建的陵寝也不是白盖的，2003年，明朝的十三陵同样获得世界文化遗产的殊荣。

在埃斯科里亚尔修道院完工两个月后，几名来自日本的少年造访了这里。1584年11月14日，在西班牙国王菲利普二世的亲自安排下，埃斯科里亚尔修道院接待了以伊东（时年十五岁）为首席正使的日本天主教少年代表团。

1585年：神父的理想国

1580年代初，日本的天主教信徒有十余万人之多，教堂近二百所。大村纯忠是日本有史以来第一个皈依天主的大名，他将自己的领地长崎奉献给教会，作为葡萄牙人的贸易港和耶稣会在日本传教的基地。昌盛的传教事业，繁荣的贸易往来，长崎一度被誉为东方的罗马。为展示耶稣会在日本的传教成果，同时增加日本人对欧洲的了解，耶稣会远东巡察使范礼安启动了日本天主教徒访问罗马的伟大计划。

在范礼安的安排下，日本九州地区的三位大名大村纯忠、有马晴信和大友宗麟分别派出自己的代表，前往罗马觐见教皇格里高利十三世。代表团共有成员十二人，由四名日本少年担任正、副使，他们1582年从长崎出发的时候，平均年龄只有十三四岁。当时日本正处于群雄并起的战国时期，取《道德经》中“清静者为天下正”之意，那几年天皇使用的年号为天正，所以这支代表团又被称为天正遣欧少年使节团。

作为天主教修会团体之一，耶稣会和兄弟教会如方济各会、多明我会多少存在一点竞争关系，范礼安希望借日本少年万里来朝的声势，能让耶稣会获得罗马教廷更多的支持。另外，虽然日本的天主教徒甚多，但他们对欧洲还存在很多偏见，比如在日本的耶稣会神父苦修的生活方式，让日本人认为传教士是来自欧洲蛮荒之地的穷人，只为跟随商人的船队到日本讨生活。为能让耶稣会的日本传教事业得到进一步的发展，天正遣欧少年使节团在各种明暗交织的契机中踏上了访欧的旅程。

从日本前往欧洲的海路有两条，往东往西都可以到达。往东经过太平洋去欧洲的航线其实会更近一些，只是这条路线当年是西班牙人的专利。地理大发现之后，西班牙和葡萄牙瓜分天下，教皇子午线以东的非洲、亚洲是葡萄牙的势力范围，教皇子午线以西的大西洋和美洲是西班牙人的地盘。葡萄牙商船和传教士的海上航线固定走印度洋返回欧洲，于是，日本天主教少年团一行在1582年2月20日，由长崎出海，经澳门、马六甲、斯里兰卡、印度的果阿一路西行，绕过好望角，途经圣赫勒拿岛，欧洲的第一站是葡萄牙的里斯本。

在西班牙兼并葡萄牙组成伊比利亚联盟的时间段里，从日本去欧洲可以多一个选择，即西班牙的航线，如1613年，日本庆长使节团就是从仙台东渡太平洋，经过墨西哥取道大西洋到达欧洲。

作为日本天主教徒出使欧洲的总操盘手，范礼安神父制定了严密的计划，堪称事无巨细，面面俱到。之所以选择四名十几岁的少年作为代表，是考虑到出访归来，他们将有更长的时间向日本人证实欧洲的伟大。另外，往返欧洲的海上航行风险极大，成年人难免会心生畏惧。1584年8月10日，日本天正遣欧少年使节团用了两年半的时间抵达里斯本。

使节团在伊比利亚半岛的重头戏自然是拜访西班牙国王菲利普二世，1584年11月14日，菲利普二世身着接待贵宾的传统服饰，盛情会晤了日本少年使节团，以沉默寡言著称的国王，热情拥抱了来自日出之国的少年，并亲切询问了他们的身体状况。因为有两位使节在葡萄牙来西班牙的路上惹上了天花，菲利普二世派出御医治疗后很快痊愈。少年使节带来日本三位大名献给西班牙国王的文书，在最虔诚的天主教徒菲利普二世面前，日本大名的书信中除了满腔的宗教热情和诚挚的问候以外别无他意。国王接见后的第三日，少年使节团参观了刚刚落成不久的埃斯科里亚尔修道院。

1584年11月26日，少年使节团离开马德里前往罗马，菲利普二世亲自前往使节团下榻的耶稣会神学院送行，并赠予了大量的路费。国王一一致信沿途的西班牙官员，要求他们礼遇使节和提供补给。抵达罗马是1585年3月22日夜，教皇格里高利十三世当时已经八十三岁高龄，身体状况非常不容乐观，因此，使节团抵达罗马的第二日，教廷便以盛大的场面安排了教皇和使节团的会面。

日本少年身着精美的绢织和服，腰佩东洋武士刀，骑在高头大马上，被枢机主教和各国大使簇拥着向圣天使城行进。教皇的骑兵队开道，罗马贵族组成的骑兵队殿后，一路上鼓乐喧天，枪炮齐鸣，围观的市民不可胜数。当少年使节向教皇行吻脚礼时，这位风烛残年的老人激动得泪流满面，两次拥抱来自东方的少年并亲吻他们的额头。教皇的秘书官宣读了日本大名呈交给教皇的文书，最虔诚、最恭敬的话语让教皇相信，主的荣耀已经遍及大地之尽头，直抵太阳升起的地方。

范礼安托使节团向教皇转交了两扇屏风，这是织田信长送给耶稣会的礼物，屏风上绘有安土城和城下町的美丽风景。教皇格外珍视这件来自日出之国的礼物，特意将其安置在展示天主教圣物的陈列室供人们观瞻。不能道破的是，此时的安土城已经是一片废墟，两年前使节团从长崎出发不久，有一统天下之势的织田信长便在本能寺之变中命丧黄泉，其苦心经营的安土城也惨遭祝融之灾。

四名日本天主教少年匍匐在教皇格里高利十三世御座前的那一刻，整个罗马沸腾了。虽然在当时的威尼斯或者热那亚，亚洲面孔随处可见，而东方人作为教皇的座上宾，罗马教廷以最高的礼遇接待，这是有史以来的第一次。日本少年使节团不远万里，耗时三年两个月抵达罗马的壮举，被铸入当年的教皇勋章予以永久纪念。这样一桩东西方文明相互接触的盛事，到十六世纪末，已被欧洲各国付诸文字出版的书籍不下七十种，反响持续数百年。

1585年4月10日，教皇格里高利十三世去世，新当选的教皇西克斯图斯五世对日本少年使节的重视程度有过之而无不及。参加新任教皇即位仪式后不久，使节团离开罗马，又参观了威尼斯、米兰和热那亚，然后踏上归程。

此时日本国内的政局已经发生根本性的变化，织田信长之后，丰臣秀吉在乱世中迅速崛起，并对日本天主教的发展采取限制措施，经过范礼安的反复斡旋，少年使节团延宕到1590年夏天才获准回到本土。随着日本的统一，德川幕府统治下的日本闭关自守，天主教徒的生存空间日益狭窄，访欧归来的少年们后来命运多舛，结局凄迷。

十九世纪中期，罗马市民已经两百多年没有见到过日本人的身影了，教皇美术学院的画师在奥罗拉别墅绘制日本少年使节这一历史题材的壁画时，已经搞不清日本人的装束，只好以当时清朝中国人的模样来代替，因此，壁画中跪拜教皇的日本使者，月代（日本武士发型）头上梳的却是金钱鼠尾的满清小辫。

今天，在日本长崎的森园町公园里，四位天正遣欧少年使节的铜像日夜守候在海湾边，正使伊东面朝大村湾，伸手指向遥远的西方。大村湾里的长崎机场近在咫尺，日夜起降的飞机络绎不绝。当年车马慢，乘船也慢，这群日本少年水陆兼行，用三年的时间才见到教皇，现如今，从长崎机场搭乘航班到罗马，最快只要十八个小时。这几位日本战国时期的少年，他们远去的身影在历史长河中激起的浪花，预示了东西方文明全面交往的时代浪潮。

日本少年使节团出访欧洲，幕后推手是天主教耶稣会的传教士。为肯定耶稣会传教的成绩，在日本少年使节团到达罗马之前，教廷就批准了耶稣会享有在日本传教的独占权，同时研究每年向耶稣会日本神学院拨付更多的资金。1585年的耶稣会，在教内的声誉风头无两，如日中天。当然，其他兄弟教会也不甘落后，比如奥古斯丁修会的神学大师门多萨，于当年完成了一部关于东方文明古国的专著，在欧洲获得巨大轰动。为保护门多萨的著作权，1585年6月13日，教皇在圣马可教堂签发特许令：任何盗印该书的人一经发现立即拘押，罚款五百杜卡多（金币）并开除教籍。这本书的名字叫《中华大帝国史》。

《中华大帝国史》1585年在罗马首次刊印，该书的西班牙文书名全称体现了其主要内容：中华大帝国的奇闻要事、礼仪和风俗，以及造访过中国的传教士和其他人士在当地的见闻。这本向欧洲学者及大众全面介绍中国自然地理、风土人情、宗教信仰和道德政治的百科全书式著作，在1585年到1600年短短十余年时间里，除了原版西班牙语之外，还被译成英语、意大利语、法语、拉丁语、德语和荷兰语，翻印的版本高达三十八个之多，畅销程度可见一斑。

虽然门多萨一辈子没有来过中国，但通过他的博闻强记和搜集整理，以致这本书中对中国国情的了解依然达到令人惊叹的地步。比如对长城的描述，门多萨提到这堵抵挡鞑靼人的大墙，长五百里格，有四百里格的城墙是由高山峻岭天然形成的，另外一百里格才是秦始皇用徭役修筑的。事实正是如此，中国现存的长城，砖石长城只占全长的百分之二十几，其余部分都是依靠天险和就地取材的夯土长城。门多萨在这本书的上半部第三卷中，记录中华帝国在道德政治方面令人敬重的新奇事物之余，也诚恳地表示：我的职业是谋求和平而不是挑起战争，我希望人们用上帝的语言，即征服人心之利剑来实现和平。书中这样描绘中国：那里每一个楼亭榭阁都有一个好听的名字，中华帝国无论男女都心灵手巧，有一张中国的桌子从菲律宾带到里斯本，无法形容其精美的程度，只能说一个事实——连很少流露感情的国王菲利普二世看了都拍案叫绝。这个帝国的人民非常热情，他们见面时打招呼会问“吃过了吗”，如果听到的回答是还没有，问话的人会立即在附近找一个饭馆，以美酒佳肴款待对方。整个帝国的气候，不能笼统说是冷或热，但是毫无疑问，那是世界上土地最肥沃的国家。每年作物能有三或四熟，东西便宜得就像白给一样。那里随处可见孩子，好像他们的女人每月都能生育一样，小孩子都非常漂亮！

这样美丽的国度，早已让一个意大利人捷足先登并流连忘返了。1584年，耶稣会传教士利玛窦获准定居肇庆。当年9月，他在一份给西班牙官员的信件中感慨道：中国人治理国家的开明程度，比其他所有国家都要高出很多，这里除了没有沐浴在神圣的天主信仰以外，柏拉图《理想国》的构想也不会比中国在这方面的实践更出色。

利玛窦在肇庆落脚的第二年，让他耗尽心血的住房问题解决了，这是一幢自建房，盖在西江边上，两层西式小楼每层五间，中间厅堂，左右两间厢房。规模不大，颇为美观，这也可以看成是中国内地第一所天主教堂。落成之日，肇庆知府王泮送来两块匾额，一块名曰“仙花寺”，被挂在教堂的门首；一块名曰“西来净土”，挂在圣堂的上方。厅堂正中挂着的是圣母抱着耶稣的像。利玛窦知道不能挂耶稣受难的像，因为中国人绝不会如此描画自己的神明。

1585年的春天，中国北方持续干旱少雨，皇帝忧心忡忡。3月26日，皇帝和内阁大臣谈话：去年秋天到现在，缺雨少雪，河干井枯，小麦大麦都不能播种，农民吃什么喝什么，我愁得一晚上都睡不着，这都是我的德行不够造成的呀。你们去找礼部，派人祭告天地、社稷、山川。让顺天府配合，一起到神庙祭祀，全心全意祈祷。内外大小臣工，要彻底改变个人不良思想，全面修正自己的行为。顺便让礼部查查，过去遇到这样的事情都是怎么做的。

3月31日，万历十三年农历三月初一，朝廷以祈雨告祭天、地、社稷、山川、风雨、雷雨之神。祭祀的贡品也没有浪费，做完法事之后，赐给三位内阁辅臣每人各一桌。当时内阁三人组的成员分别是申时行、许国和王家屏，人手显然不够。新起用入阁的礼部尚书王锡爵，还在老家江苏太仓没有上路。

这一年春天起用的旧臣中，还有大名鼎鼎的海瑞，官复原职就任南京都察院佥都御史，紧接着又升为南京吏部右侍郎。在海南琼山闲住十几年的海大人，接到正式任命后立即上路，有人劝他不要匆忙应诏，应按惯例推辞一番，海瑞没有接受这种意见，他说琼海和京城相隔万里没有阻隔皇帝的隆恩，做臣子的不可不知恩图报。那种故作谦让的一套，是不可取的。二月二十八日，七十二岁高龄的海瑞欣然离家，隔日，渡过琼州海峡，奉命北上。

进入三月份以后，礼部举办了三场祭祀，雨水还是连个影子都没有。四月初五，再次行祭。在内阁首辅申时行的建议下，皇帝谕刑部：现在天下大旱，多次设坛求雨又不灵验，恐怕是刑部大牢里有冤案，干扰了天地之间的和气。现在两法司和锦衣卫监押的囚犯，判处打板子这样轻罪的，能放的都给放了，劳役和流放及其以下的刑罚，统统减二等发落。可怜可疑的犯人要耐心审问，上枷重囚的案子都报上来看看。四月十一日，因久旱未雨，皇帝等不及了，令礼部安排仪典，他将亲自去南郊的天坛祭天祈雨。

四月十五日，万历皇帝从内廷乾清宫搬出来，移居武英殿斋戒三日。祭祀当天，三位阁老随从，但天坛祈雨这样的事情在万历朝还是头一遭，祭天仪式中内阁大臣的衣服都没有准备好，于是万历从内府拿出自己用的布料，赐内阁首辅申时行青布蓝布各二匹，内阁辅臣许国、王家屏青布蓝布各一匹。申时行等题奏陈谢：不胜感戴天恩之至。祭天前一日，皇帝在奉先殿祭拜列祖列宗，并亲自向两宫圣母做了禀告，当日仍致斋于武英殿。

四月十七日清晨，天蒙蒙亮，万历皇帝着一身素衣，从武英殿来到皇极门，这也是他每逢三、六、九日御门听政的地方，三位内阁大臣在此已经等候多时。掌宗庙礼仪的太常寺卿请皇帝南郊致祭，万历皇帝天坛祈雨的盛举就这样开始了。百官前导，皇帝步行出大明门。文官队伍在御道的东侧，武官队伍在御道的西侧，皇帝谕旨锦衣卫随驾，但是不必除道。内阁、礼部和太常寺的要员近侍御前，庄严肃穆的皇帝用目光示意三位阁臣再向他靠拢一点，大概这样才会有安全感。

从紫禁城到南郊的天坛，路程有十华里，君臣上下一心，相伴而行。大明王朝的政治精英们全部出动，不施冠带，弃绝车马，沿途百姓见之赞之，闻之叹之。浩浩荡荡的队伍集结在天坛的昭亨门外候驾，鸿胪寺派出十余人整顿队形，维持秩序。皇帝抵达昭亨门后，赐辅臣及九卿茶饮，休憩片刻后，皇帝来到天坛圜丘，太常寺提前一日就在这里预设了酒果脯醢香帛等祭品，皇帝携同百官按照程式，跪拜如仪。

祭祀仪式完成之后，皇帝召内阁和九卿谈话：天时亢旱，虽由朕之不德，亦因天下有司官贪赃坏法，剥害小民，不肯爱养百姓，以致上干天和，今后还着该部加慎选用。

皇帝天坛祈雨的日子里，海瑞正在长江的河道里顺流直下，赶赴南京就任。五月初四日夜，海瑞抵达南京水西门外的上新河，从海口到南京，这一路上用了六十五天的时间。五月十二日，海瑞在南京吏部右侍郎的岗位上开始处理公务，按照当时的惯例，新官上任下属会送贺礼，海瑞哪会吃这一套，立即将这条潜规则给废了。

此时，身在太仓的王锡爵和弟弟一起安葬了亡父，也开始准备到北京上任。他的复出，在明朝官场创造了数个奇迹，当年他得罪张居正辞职时是礼部右侍郎，复出升为礼部尚书，从二把手直接变一把手，这是明朝有史以来第一次；这次复出是以礼部尚书的身份进入内阁，辞职在家闲住的官员直接登阁拜相，这也是明朝有史以来的第一次。另外，当时内阁首辅申时行是嘉靖四十一年（壬戌）的状元，王锡爵是那一年的榜眼，同科状元榜眼同朝为相，这放在任何朝代都能传为美谈。

五月二十四日，王锡爵在太仓启程北上，王世贞前来相送，一直送到二十里桥，王锡爵悲不自胜，怅然而去。两位同乡好友相知相识多年，自然是有说不完的知心话，王世贞有诗记录了当时的心情：

欲作男儿别，将情强折磨。
更堪天上泪，翻比世间多。

张居正倒台后，王世贞也有复出的机会，一年前曾授命起任应天府府尹又升为南京刑部右侍郎，但是他的父亲王忬在嘉靖朝为严嵩奸党所害，王世贞用上疏乞休的态度，表明了一定要为父平反的决心。

皇帝天坛祈雨一个月后，万历十三年五月丙戌入梅那一天，京师天降甘霖。

海瑞在南都上任以后，南京人无不欢欣雀跃，见到他的人都说海爷尚未老也。乡下人见面打招呼都是在问，你知道海都堂已经回来了吗？更有苏州人带着干粮来南京，就为能在街头看海瑞一眼。而官员畏惧海瑞的清廉，雨花台、牛首山、燕子矶这些地方宴请游乐的现象一夜之间都绝迹了。

那时候，高淳人黄秉石才十几岁，在南京读书。有一次，诸生集体谒见海瑞，他便跟着一起去了。据他后来的回忆：当年的海瑞，身材修长，四方脸，双耳垂，面容可爱可亲，穿着青纱织金服，前后整齐。看上去很庄严，其实人很温和，当然，严厉的时候也不是没有。这时候他才明白，旧袍高帽的形象不足以代表海公，是世人演绎太过了。他举了一个关于海瑞的故事为例：一日京师抓到一个木妖，审讯的时候皇帝列举了诸大臣的名字，这个木妖根本不怕，当听说要将其送到南京海某处后，则吓得默不作声。黄秉石感慨，关于海瑞的一些不实传闻，都是当时江湖艺人编的故事，在通衢要道上说唱，赚取点糊口钱而已。

七十二岁高龄的海瑞老当益壮，夙夜在公的时候，比他小一属的王世贞在太仓的乡下过着闲云野鹤的日子。秋天里，夜贼潜入王世贞的书斋行窃，将满屋的经卷弄得一片狼藉。加上儿子王士骐要在秋冬启程去北京参加来年的会试，于是王世贞从乡下又搬到太仓城里的弇山园居住。在城里的应酬又变多了，按照他自己的话说，“几复成一酒人”。但重阳节那一天，王世贞是不饮酒作乐的，因为那一天是他母亲的忌日。

这年闰九月，倒有个番外的重阳节能过一过，这并不犯忌。该日，后生陈继儒来访，王世贞遂呼朋唤友，在弇山园的缥缈楼设宴。酒桌上，众人从苏东坡推及王世贞，这位“文必秦汉，诗必盛唐”的复古派首领不禁有点志得意满，陈继儒微醺着说：“先生有一件事情不及东坡！”王世贞问：“何事？”陈继儒答道：“东坡生平不喜做墓志铭，而先生所撰志，不下四五百篇，较似输老苏一着。”王世贞闻之大笑。

作为文坛领袖，通过替他人写墓志铭，以润笔费的方式获得报酬无疑是很可观的。只是那几年王世贞拒不出仕，为父申冤平反到处请托，明里暗里花销很大。当天在缥缈楼畅饮的宾客们也许不知道，手头很紧的王世贞，已经准备将家中珍藏的钟繇真迹《荐季直表》质押给当时的书画收藏大家，同时也是江南巨富的项元汴。

1587年：万历十五年

冬天的江南，雪总能成为诗的语言。

密雪如织，四野阒然。椽条处传来一阵断裂声，屋顶顿时亮出一个天窗，瓦片像散落的算珠一样落进室内。范家这间老宅子是住不成了，六十六岁的徐渭面临第十次搬家。个中滋味，他在《雪中移居》中写道：“百苦千愁不在念，肠断茫茫黯黯天。”湿滑的雪地里，烂泥足有一尺深，徐渭深一脚浅一脚来到酒庄，草鞋早已不知去向。温一壶老酒，醉咏梅花，杖头钱赊账一百（“长须赤脚泥一尺，买佣呼酒赊百钱”）。

1586年的冬天，绍兴的雪一场接一场，小儿子徐枳只好将居无定所的老父亲徐渭接到他入赘的王家暂住。

雪化了，春天也就不远了。1587年2月5日，农历腊月二十九，立春。当日，顺天府尹完成了一年一度向皇室进春的仪典，文武百官在午门外吃了御赐的春饼，这春天可就算是来了。

爆竹声中一岁除，春风送暖入屠苏。大年初一，江南地区狂风大作，雷电交加，太仓弇山园内年味冲淡，闲居的王世贞照惯例写了一首新年试笔诗后，镇日闭门枯坐。这一天北方的天气倒是晴朗，破晓时分，一阵东北风将除夕夜满地的鞭炮屑徐徐吹散，京畿大地，四方晴明。皇帝身着衮冕，在皇极殿升座，接受百官的元旦朝贺。

1587年2月7日，大明王朝迎来了万历十五年。

明朝官员在正月里享受两轮假期，从正月初一开始是为期五天的春节假，元宵节给假十天，从正月十一持续到正月二十。皇帝作为一国之君，除勤于政务，还要刻苦研习儒家经典和祖宗家法。1587年2月17日，农历正月十一，是元宵节假期的第一天，但万历皇帝没有给自己放假，而是到文华殿进行了一次日讲。文华殿的前殿和后殿有穿廊连接，皇帝的日讲就在这样一个过廊里进行。

给皇帝上课的老师称为日讲官，由翰林院的侍讲学士和侍读学士充任，官阶从五品。上课时一官读，一官讲，故又称讲读官。万历十五年的第一场日讲，不出意外的话，徐显卿作为翰林院侍读学士应该参与其中。半年前，徐显卿在他五十大寿的前两天，荣升詹事府詹事，执掌皇室的教育事务。这位在明史上没有留下任何传记文字的正三品大员，却用一册图文并茂的《徐显卿宦迹图》，向世人强势呈现了他人生中最重要的二十六个瞬间，皇帝日讲的场景赫然在列，记为“日直讲读”。画面显示，万历皇帝的日讲除六名日讲官之外，四位内阁辅臣也会到场，在御案右侧正面入画的当为申时行和许国，背对画面，在御案左侧的当是王锡爵和王家屏。不过正月十一的那场日讲，内阁四人组中的山西人王家屏缺席，因几个月前，其继母景氏在京病亡，王家屏持丧而归，并将居家守制，丁忧三年。

皇帝的日讲现场，讲读官和内阁按资排辈，分两列序立在文华殿后穿廊东西两侧。讲读前，宦官展开御案上的书卷，讲读官持象牙签，躬立在御案前，读到某字某句，签即指到书卷中的某字某句。皇帝诵读课文，新学习的句子读五遍，温习的句子读三遍，宦官在御座屏风后掷钱计数。日讲结束后，临近中午，内庖给讲读官和阁臣准备的午餐已经好了，皇帝会客气地说一句“先生每（们）吃酒饭”，就餐地点在文华门。若赶上皇室先祖的忌辰之日，赐宴无酒，皇帝则说“先生每（们）吃汤饭”。日讲的地点之所以选择在文华殿后面一个通透的穿廊中进行，因为这里连接着文华殿的前殿和后殿，课间休息或者学习完毕，皇帝退到后殿小憩，日讲官和阁臣则可以到前殿用茶，君臣双方进退有据，各得其所。

万历皇帝御极的十五年，也是他勤于治学的十五年，只是从上一年开始，皇帝的学习就松懈了。往年在放假前，内阁会将皇帝当年学习的经书、讲章单独刊刻成书，以备他温习亲览。但是因万历十四年的日讲不过数次，学习内容甚少，以至于不能装订成册，只好作罢。内阁首辅申时行进言皇帝：自古圣主明君，未有不以讲学为急者也，希望皇帝在深宫燕居之余，不忘温故知新之大益。也许是为不辜负阁老的一片苦心，万历十五年正月里，万历皇帝的日讲进行了两次，可到二月份，皇帝治学最为隆重的经筵却迟迟没有召开。二月十五日，大内文书官口传圣旨：皇帝因动火服凉药过多，湿热下注，脚上生了小疙瘩，搔破了正在贴膏药，日讲和经筵暂免。

万历十五年，正月十二，北京城元宵节的试灯不断被点亮的那一刻，苏格兰女王玛丽一世被送上断头台，英格兰的刽子手用刀斧熄灭了她的生命之光。

在玛丽一世死刑判决书上签字的人，是她的表姑、英格兰女王伊丽莎白一世。单身的伊丽莎白一世已经五十出头，并无子嗣，英格兰王位的第一序位继承人就是苏格兰的玛丽一世。和明朝万历年间延宕多年的立太子、争国本相比，英格兰的王位继承危机才是一部步步惊心的宫廷大戏。

十六世纪，在欧洲宗教改革运动浪潮的席卷下，英格兰变成了新教国家，女王伊丽莎白一世及其臣僚都信奉基督新教，这在虔诚的天主教徒玛丽一世眼里纯属宗教异端。如果玛丽一世继承了英格兰的王位，以新教圣公会为国教的英格兰，无疑会天翻地覆。

苏格兰女王玛丽一世，这是一位将一手好牌打个稀烂的典范人物。她人生的华丽序章自不必多言，却说1567年，怀孕中的玛丽一世，放任情人谋害了亲夫达恩利勋爵。三个月后，在一地鸡毛中和犯罪嫌疑人结婚，并无可救药地走向始乱终弃。欧洲王室的联姻通常都能产生丰厚的回报，面对玛丽一世一路走低的行情，二十六名苏格兰贵族气得直跺脚，联手起兵将玛丽一世赶下了台，转而拥立她一岁多的儿子为国王，即苏格兰的詹姆斯六世。第二年，玛丽一世趁机逃脱，流亡到英格兰寻求表姑伊丽莎白一世的庇护。此时的英格兰因宗教改革，和罗马教廷分庭抗礼，水火不容，教皇不能容忍异教徒统治自己的子民，便申明玛丽一世才是英格兰的女王。因此，当玛丽一世主动送上门来的时候，这个亨利七世的曾外孙女让英格兰人感情复杂，最后只能将她监禁起来并以礼相待。

玛丽一世的流亡生涯转眼过去了二十个年头，她已经被自己的国家和人民彻底抛弃。长大成人的詹姆斯六世坚决反对自己的母亲回国，他明白，和表姑奶奶伊丽莎白一世搞好关系，不仅能得到眼下的实惠，还有一个巨大的期权：继承英格兰的王位。玛丽一世伤心欲绝，通过密信向外联系天主世界，宣称将自己拥有的一切王权都让渡给西班牙国王菲利普二世。更为致命的是，她以一如既往的轻率，卷入一起暗杀伊丽莎白一世的阴谋中。当玛丽一世针对英格兰女王的所有不轨企图一一浮出水面之时，她也跌入了万劫不复的深渊。

1587年2月18日，玛丽一世以殉教者的姿态坦然赴死，她希望能用自己的鲜血在救世主面前为世人赎罪。考虑到砍头后倒在血泊中可能会太刺眼，玛丽一世挑选了一套大红色的长裙，还有一副火红的袖套。临刑前，她打断新教牧师的布道，自己坚持用拉丁文大声祈祷。戴着面具的刽子手跪在地上，祈求玛丽一世能宽恕他操刀的罪孽，玛丽一世答道："我衷心原谅你，现在，希望你能结束我所有的痛苦。"因当时英格兰沿用儒略历，拒绝使用罗马教廷颁布的公历（格里高利历），所以玛丽一世砍头的那一天又被记录为2月8日，和现行的公历有十天的时间差。这对虔诚的天主教徒玛丽一世来说肯定是不能接受的，因为这个日期没有和罗马教廷的日期相接轨。新教国家和天主教国家使用两种不同日历的状况持续了数百年，这种日期的各行其道，也许是新教徒和天主教徒不能一起好好过日子的生动写照。

玛丽一世被处决的次日，消息传到伦敦，全城沸腾，举国欢庆。英格兰人担心王位继承危机中天主教复辟的隐忧，随着玛丽一世的死亡而大大缓解。内忧虽除，外患不灭，强大的西班牙已经做好了全面入侵英格兰的准备，在1587年，这是全欧洲尽人皆知的秘密。为能将伊丽莎白一世赶下台，把英格兰变为天主教国家，狂热的天主教徒、西班牙国王菲利普二世拿出三百万达克特的军费预算，这笔开支教皇答应将承担三分之一。为防止罗马教廷不认账，1586年11月，西班牙国王要求全体红衣主教宣誓，如果他们在西克斯图斯五世死后被推选为教皇，新任教皇也要履行支付这笔资金的承诺。在支付节点上，双方经过磋商后达成一致：只要西班牙部队在英格兰登陆的消息得到确认，教廷立即向西班牙支付一百万达克特。西班牙针对英格兰的军事行动开弓没有回头箭，1587年的英吉利海峡，弥漫着一种挥之不去的死亡气息。

砍头这件事，当事人痛一下子，却让旁人痛一辈子。大明王朝的文坛盟主王世贞，每当念及父亲王忬的遇害，便肝肠寸断，五内俱焚。

嘉靖时期，王忬因政绩突出，由巡抚转任蓟辽总督，和宣大（宣府、大同）总督一起，构成京城防务的左膀右臂。王世贞此时已经中进士。王氏父子二人刚正不阿，为当时的权奸严嵩所嫉恨。1559年（嘉靖三十八年），蒙古喀喇沁部领主青把都率部自潘家口入关，西渡滦河，进逼三屯营，气焰十分嚣张。唐山迁西的三屯营是蓟镇总兵府驻地，这里是明代蓟镇东西一千公里长城防线的军事指挥中枢，与宣府、大同共同构成拱卫京师的屏藩，明代先后有七十八位总兵驻守于此。

王忬作为蓟辽总督，对蒙古人的动向早有戒备，因当时的军政，蓟镇官兵听宣大总兵官调遣，蓟镇的驻防只以戍卒自守。王忬请求朝廷调兵，严嵩在皇帝面前却禀告说他是挟虏自重，不可听。危急时刻，幸有大将马芳以轻骑兵八千趁夜色绕到敌前，蒙古人不知虚实，未敢劫掠，三日而去。

蒙古人此次袭扰没有造成多大损失，王忬所受的处分只是暂时停俸，戴罪秋防。但在严嵩的谗言构陷下，该年五月，王忬下大狱。刑部尚书心生怜悯，按律拟判王忬戍边。嘉靖皇帝认为量刑过轻，最终王忬以失陷城寨罪，判斩监候，就是死刑择期执行。王世贞旋即自劾解官，进京为父鸣冤。王世贞和弟弟王世懋囚服垢面，匍匐在严嵩门前，恳求宽贷，严嵩以谩语相诓。兄弟二人求救无门，吞声饮泣，含辛忍悲，艰难万状不能一一尽表。

1560年十月初一，王忬斩首于市。事出猝然，王世贞兄弟闻变，奔至西市，跪舐父血，啮地三尺。奈何人死不能复生，五日后，扶灵南归。

随着严嵩倒台，嘉靖驾崩，王家的遭遇逐渐得到朝廷的同情，1567年（隆庆元年），隆庆皇帝登基半年后，下诏为王忬平反。转眼二十年过去了，让王世贞念念不忘的是其父冤情虽平反，但并未得到官方的恤典和追封。进入万历朝之后，王世贞积极向朝廷为父乞恩，常叹息曰：“当此宽大显信之世，而先君子仅以故官就土。人子死，则已。不死，何以自安？”

事情在太仓人王锡爵入阁拜相后产生了转机，在王阁老的鼎力帮助下，万历十五年二月，皇帝下诏予王忬恤典，赐祭二坛，给银四百两造坟安葬。五月，追赠原蓟辽总督右都御史王忬为兵部尚书。至此，王世贞为其父争取旌恤的全部期望都已实现，夙愿以偿。

和王世贞为亡父奔走呼号二十余年相比，詹姆斯六世面对母亲玛丽一世的蒙难则显得大度得多。1587年2月，玛丽一世砍头的消息传到苏格兰之后，苏格兰贵族义愤填膺，但詹姆斯六世选择相信伊丽莎白一世在这件事上是无辜的，并表示不会破坏苏格兰—英格兰的同盟关系。因为，英格兰女王首席秘书沃尔辛厄姆在给詹姆斯六世的密信中，开出了一个让人无法抗拒的价码：伊丽莎白一世百年之后，将由他入继英格兰的大统。

秀才遇到兵，有理说不清。但秀才徐渭的晚年，和他最投缘的人还是大明猛将李如松。

万历十二年（1584年），李如松在山西任总兵官，他的父亲是赫赫有名的辽东总兵官李成梁，父子二人均为封疆大吏，功名久盛，宠禄无加。李成梁为避免旁人疑忌，主动向朝廷提出辞任。为能杜天下悠悠之口，让老帅李成梁安心守边，皇帝和内阁从爱护李氏父子的角度出发，将李如松从山西总兵官调到京城任都督府都督佥事，同时提督京城内外巡捕。而此时的江南老叟徐渭已经年逾花甲，在浙江绍兴过着居无定所、穷困潦倒的日子。

1586年端午节前夕，李如松托人给徐渭捎来书信，并附银五两。徐渭用这笔钱买来米和酒，解决了几个月的温饱问题。身无长物的徐渭，在纸上画了一些竹笋寄给李如松算是还礼，题诗有句云：醉后答书无一物，尽髡篱笋寄辽东。这虽是玩笑话，但在《答李长公》的回信中，徐渭情真意切地写道，如果轮回之说不误，希望如同三生石的故事里那样，和李如松生生世世结为知己。

徐渭听闻李如松勋业日隆，大用在即，由衷地为他高兴，信中畅想了好友披甲破敌，浮大白不计斗石的豪迈场景。最后，徐渭还安慰李如松对自己不必牵挂，如果想念他，在士兵队伍里找一个和他模样相似的人一起喝酒就行了。这里显然又是引用了一个典故：孔融与蔡邕交好，蔡邕死后，有位虎贲勇士相貌有点像蔡邕，孔融每次喝大酒，便招他与之同坐。行文至此，信也就写完了，毕竟自己年事已高，相见无日，徐渭在信的末尾写了四个字：临书三叹。也许这封信中饱含的真情，将钢铁男儿李如松也打动了，转过年来，李如松转任宣镇总兵官，遂邀请徐渭北上。

万历十五年，在徐渭决计北上，做李如松的入幕之宾时，身居湖北麻城的李贽也接到了友人焦竑的邀请。不过此时的焦竑和李贽一样，都是一名穷举人，唯一不同的是，举人出身的李贽已经从官场急流勇退，开启了学术生涯。而焦竑在功名的道路上继续前进，两年后将高中状元。

1587年春，焦竑在江苏虎丘觅得僧舍，准备请李贽去那里清修。李贽回信说，研读佛经，在什么地方都是可以的，虎丘虽好，但花费颇多，而焦竑也不富裕。这封信里，李贽还袒露了自己有意到南京投靠焦竑以终老的打算，只是妻子一直在身边想将他劝回泉州老家，所以去南京还得再等一等。此时的李贽辞官已经六年有余，在湖北麻城的维摩庵住了也将近三年，虽一妻一女在身边，但李贽潜心治学，精神面貌已和出家人无异：带发辞家一老僧，三年长伴佛前灯。

1553年，李贽第一次进京参加会试时，海瑞也是数千应考的举人之一，两人双双落榜。两次会试不第的海瑞遂以举人身份出仕就禄，任福建南平教谕。三年后，李贽又考了一次，再次落榜后向吏部申请派官，和海瑞一样也是谋求了一个教谕的岗位，他的仕途是从河南辉县教谕起步的。明朝举人至少要参加两次会试而未被录取，才有资格向吏部提出申请，寻得个一官半职。

光阴荏苒，一晃三十多年过去了，到万历十五年，这两位昔日的举人，均已进阶成当时的风云人物：七十三岁的海瑞，在南京右都御史（正二品）任上正努力站好最后一班岗，比他小十三岁的李贽，则在前一年和耿定向的论战中抛出“童心说”之后，继续扛起反对思想禁锢的大旗，同假道学做顽强的斗争。

李贽这个人是率真的，他对自己获得功名，毫不客气地坦白为“窃禄”。李贽自叙举业的全过程：读经传，朱夫子（即朱熹）的注解又不能契合他的心意，弃之不读又闲得慌，无以消磨岁日，暗想考官也不一定能通孔圣人思想的精蕴，于是撇下经传不看了，找来“尖新可爱”的八股文每天诵读数篇。应试时，看到相关的题目，原封不动地默写出来，就像誊抄一样，如此这般竟然高中了。中举后，李贽也明白，“吾此幸不可再侥也”，遂以举人身份随性就官。

但李贽也绝非视学问如敝履的狂妄之辈，有这样一桩往事：李贽在国子监做教官时，生活依旧清贫，冬天下大雪，断炊了七天，饥寒交迫。房东可怜李贽，给他做了一顿饭，李贽狼吞虎咽之后，作为一个南方人，居然没分辨出自己吃的是黍米还是稻米。他由此感叹，治学之道就像找东西吃，对于一个饿坏了的人来说，是不会区分黍米和稻米的，那么，对于一个真正做学问的人，孔孟、老庄学说也不存在选择谁的问题，由此，李贽开始研习《老子》。

1581年，李贽从云南姚安知府任上辞官，没有照常理荣归故里，而是怀着做学问的赤忱之心，携家眷客居湖北黄安（今红安县），因为这里有耿定向兄弟三人，和他一样都是王阳明心学的拥趸。耿定向当时在家丁忧，有官在身，属于体制内人物，万历十五年海瑞去世以后，接替南京右都御史的人正是他。李贽在黄安，一方面和耿氏兄弟进行思想交流，一方面教授耿家子弟，但他的激进思想终被耿定向所不容。耿定向为家族子侄辈前途着想，容不得李贽对传统儒学大加鞭挞，二人矛盾日深，论战不断。在黄安耿家待了四年，实在待不下去了，李贽徙居湖北麻城。但他不把这些当一回事，认为朋友之间如果争论都不屑了，那也就称不上是朋友。

万历十五年秋，李贽说服妻子，由女儿女婿护送她回泉州，自己则亲近师友，继续在外游学。李贽和妻子黄氏一共育有四男三女，仅一个女儿活了下来，按照当时传统的观念，并无子嗣。李贽双亲早年间均已归土，弟妹七人婚嫁各毕，妻子回泉州老家之后，有女儿外甥等朝夕服侍，为让妻女的生活有保障，他将为官时的积蓄如数尽交。那种认为李贽“弃人伦，抛妻室”的看法，显然有失偏颇。第二年夏，了无牵挂的李贽在麻城维摩庵剃度落发，谈到落发的原因，他自己的说法是，剃发以示不归，另可不受地方官的管束。至此，狂狷而欲承千圣绝学的李贽，以白须秃头的全新形象，展现在世人面前。

在李贽遣眷回乡的这一年，徐渭北上投奔李如松的计划并不顺利，小儿子陪他一起出发，行至徐州，因老病不支，只得打道回府。徐渭旅途中的这一场小病，让李如松的帐中少了一位幕僚，却让艺术史上多了一位大写意花鸟派的宗师。

万历十五年，徐渭的画还没有名气。在这一年修成的《绍兴府志》中，介绍徐渭时只提到他的书法造诣：擘窠大字类苏轼，行草类米芾。因徐渭参加了《会稽志》相关部分的修撰，所以在《绍兴府志》的序志中又以类似编委的身份再次介绍他：（渭）素工书，既在缧绁，益以此遣日。于古书法多所探绎其要领，主用笔大率归米芾之说。工行、草、真，有快马斫阵之势。

这段文字中的“既在缧绁”，指的是1566年，徐渭因杀害妻子张氏，后来整整蹲了六年大狱。不过说他在牢房里写毛笔字消磨时光则太理想化，因为他的牢狱生涯里有四年是戴重枷的，谈何翰墨自娱。总之，在万历十五年，徐渭六十七岁时，他的画还是养在深闺人未识，他将用余生的桑榆晚景，奠定自己在大写意花鸟一派中的殿堂级地位。

因罪革去功名的徐渭，在晚年已经算不上秀才，着装上只能身穿两截衣，头戴乌角巾，因此在绍兴府的人物志中，仅将他和术士一样列在方技类，连乡贤都算不上，这也实属情有可原。但贵为一方诸侯的宣镇总兵官李如松，却从未看低过徐渭，一直对他关爱有加。如果要推出一位绍兴师爷代言人，那自然非徐渭莫属。在嘉靖年间，徐渭入浙直总督胡宗宪幕中，文经武略让人刮目相看，特别是胡宗宪在任上平息了浙江沿海的倭乱，徐渭作为胡宗宪幕府的座上宾，也随之声名鹊起。

嘉靖年间的倭乱，是徐渭、李贽和海瑞这一代中国南方人刻骨铭心的苦难记忆。1560年，李贽奔父丧，因倭寇袭扰，只能昼伏夜行，从南京回泉州路上足足用了六个月的时间，到家后又无暇尽孝子事，穿着丧服守城抗敌。浙江淳安县当时也是倭寇横行的重灾区，海瑞就任县令以后积极推行保甲法，组织乡民自卫，抵御外侮。大明帝国的倭乱，很大程度上是因为日本国内不稳定的政治因素造成的。随织田信长和丰臣秀吉一代枭雄崛起，日本武力割据、四分五裂的局面得到改变，逐渐走向统一，倭乱在中国沿海也随之销声匿迹。

万历十五年春，丰臣秀吉仅用一个月的时间就征服了九州岛津氏，心情大好，下令这一年的十月一日在京都的北野天满神宫召开一次茶会，史称北野大茶会。在提前两个月发布的告示里，公布了茶会的规则：只要热心茶道，不问武士、商人、农民，都可以参加；与会者自备茶具和饮品，如果没有茶，用焦粉（一种米糊）代替亦可；会场设在北野的松树林里，茶室可以是榻榻米的形式，也可以是一般的草席；另外特别提出，凡是到场参与茶会的人，不论高低贵贱，都有机会喝到丰臣秀吉亲自点的茶。也许，只有“和敬清寂”的茶道精神，才能慰藉日本战国乱世中一颗颗滴血的心。

万历十五年十月初一，北野大茶会现场热闹非凡，这是日本茶道史上最为著名的事件。以千利休为代表的三位茶道宗匠亲临现场，如果想要喝到丰臣秀吉和茶道宗匠们亲手点的茶，需要抽签来决定。是日，当丰臣秀吉在自己的茶摊上忙着端茶倒水时，万历皇帝也正在和臣子们进行一场小型的互动：颁发历书。传制官高声宣制曰：“钦天监进万历十六年《大统历》，其赐百官，颁行天下！”一年一度的颁历仪典在十月朔日举行，除朝参的官员，国子监里的诸生、外国使、道士、僧人乃至士绅百姓都有机会参加，以示皇恩浩荡，雨露均沾。

南京的海瑞已经用不上新日历了，1587年11月13日，七十四岁高龄的海瑞死在南京右都御史任上。其清贫的情状令人泪不能收，有诗云：

萧条棺外无余物，冷落灵前有菜羹；
说与旁人浑不信，山人亲见泪如倾。

海瑞往日经常路过南京的阙门，当时没有照相技术，于是有画工守候在此画得其像，竟成为市场上的抢手货。卖给苏州人，一小幅能值银五钱。有时候画像尚未脱稿就被卖出去了，每天求画的人络绎不绝，很多画工因此发财致富。海瑞以举人出身，从不入流的县学教谕做起，最后官居正二品，成为大明帝国模范官员的代表。他的仕途也并不是一帆风顺，其间受张居正弹压，有十六年赋闲在家，年逾古稀复出，仍不改勤政爱民之初心；惓惓之意，死而后已。

李贽对海瑞评价颇高：青松翠柏，和果木斗春，没有花；与草木斗秋，没有果实；世上傲霜雪而不可任栋梁的清节之士，就像万年青草一样多。国之栋梁，可以有各种不足，数量也少，如同青松翠柏，海瑞显然就是这样一类人。李贽对自己也有清醒的认识，在他剃发的这一年，作《五死篇》，预言了自己的死亡：此间既无知己，无知己又何死也？……既无知己可死，吾将死于不知己者以泄怒也。

十五年后，李贽因言获罪，在狱中用剃刀割颈自刎，辞世时享年七十有六。

万历十五年，是朝廷考察两京中央官员的京察之年。这本是六年一度整顿吏治的重拳，但在内阁的袒护和皇帝的纵容下，数千名进士出身的京官仅有三十三人受到贬黜，宽松程度让人大跌眼镜。

按照惯例，京察在当年的农历二月份结束，五品及以下官员，由吏部、都察院会同所属部门的堂上官共同考察；四品及以上官员，向皇帝上疏自陈得失，以待圣裁。大明帝国的监察制度极其完善，为防止皇帝在用人方面产生误判，京察之后还有“纠拾察遗”的规定动作。

万历十五年二月，京察的拾遗环节中，都察院的御史们揪出了工部尚书何起鸣。那些年，何起鸣在工部右侍郎的岗位上提督皇帝寿宫的营建，和司礼监掌印太监张诚相互勾结，口碑确实不太好。但是万历皇帝对何起鸣印象不错，加上内官多进美言，何起鸣在万历十五年正月里刚被提拔为工部尚书，因此，当皇帝见到御史弹劾何起鸣的奏疏时大为光火："朝廷每用一人，言官们就纷纷攻击。这成何体统？何起鸣已着他去了，你们举荐堪当此任的人，不许推诿。"御史高维崧等人连忙上奏认罪，并没有推举他人。

皇帝盛怒之下，将涉事的四名御史降级处理，俱调外任，并对主持京察工作的都察院左都御史辛自修大为不满。辛自修深感不安，遂引病归隐。这时，吏部稽勋司员外郎（从五品）顾宪成挺身而出，激愤上疏，直言：职司考察反被中伤，大计重典一朝而坏。

顾宪成的这句话可谓一针见血，石破天惊。

明朝自万历十五年起，执掌京察的官员如果秉公执法，大多难逃被倾轧的命运，大明官场风气从此为之一变。万历皇帝显然不认同顾宪成的指摘，以"肆言沽名，好生轻躁"的罪名，将他降三级外放，贬为湖广桂阳州判官。顾宪成谪居桂阳的居所被他取名为"愧轩"，取愧对先贤和百姓之意。

万历十五年，春寒料峭的日子里，万历皇帝和臣子们斗气，英格兰女王伊丽莎白一世和枢密院大臣们的关系也降到冰点。1587年2月11日，犹豫不决的女王在玛丽一世的死刑判决书上签了字，正如后来她致函苏格兰国王詹姆斯六世所说，自己只是迫于枢密院和国会的压力签署了死刑状，但无意执行，却被胆大妄为的枢密院大臣们在未通知她的情况下，将死刑状签章送出，从而导致其母玛丽一世的意外死亡。

真相确实如此，因害怕女王反悔处决玛丽一世，十位枢密大臣背地里聘用刀斧手，对伊丽莎白一世完全保密，于1587年2月18日将囚禁十九年的苏格兰前女王砍了头。次日，在伦敦得到消息的伊丽莎白一世异常震惊，以泄密渎职和藐视王权两项罪名，将操办此事的国务大臣威廉·戴维森关进了伦敦塔。

女王的暴怒导致枢密院大臣人人自危，重大政务几乎停摆。一个月后，英格兰的星室法庭宣判威廉·戴维森无罪，但为讨好女王，威廉·戴维森被罚款一万英镑，并要收监关押到令女王满意为止。威廉·戴维森的无罪判决，标志英格兰宫廷政治的式微，枢密院和国会分享王权的地位得到确认，英格兰逐渐演变为君主共和的近代化国家。

而同一时期大明帝国的皇权则登峰造极，万历皇帝恩威并重，乾纲独断。内阁重新回到皇帝秘书的角色，让张居正大放异彩的相权昙花一现，官员队伍由勇于担当的士大夫阶层，沦落为明哲保身的既得利益群体。万历十五年都察院左都御史辛自修仓皇辞官的那一刻，宣告了大明帝国吏治的全面衰退。

1587年2月，玛丽一世被砍头的消息用了十天时间才传到巴黎，天主教徒对此反应强烈，在鲁昂，抗议示威者夺取了塞纳河里的英格兰商船。玛丽一世作为废黜的苏格兰女王，同时也是孀居的法国前王后，兄嫂的惨死让法国国王亨利三世义愤填膺，但是他自己也深陷国内宗教战争的泥潭，除口头威胁和英格兰断交以外没有任何声响。倒是西班牙国王菲利普二世在幽冷的埃斯科里亚尔修道院暗下决心，无敌舰队必须在这一年春天结束前做好远征英格兰的准备。

为阻扰西班牙人的入侵计划，大名鼎鼎的环球海盗德雷克获得女王的授权，武装了近三十艘各种吨位的舰船，准备对西班牙和葡萄牙的重要港口进行偷袭。1587年4月12日，德雷克的舰队从普利茅斯港秘密出海，最终目标锁定在距离英格兰本土一千海里开外的西班牙海滨重镇加的斯湾。英格兰人用十八天时间长途奔袭，4月29日下午在毫无预警的情况下突然出现在加的斯湾。德雷克名字的西班牙拼法为Draque，因此他有“恶龙”的诨号。加的斯市民以为英格兰海盗要洗劫这座城市，逃难的人群酿成一起严重的踩踏事件，导致二十五名妇女和儿童死于非命。

德雷克在旗舰上敲响了他那闻名遐迩的小军鼓，战斗在下午四点钟打响。加的斯海湾的交火中，西班牙人的加莱桨帆船明显力不从心，英雄迟暮。地中海时代，以加莱桨帆船为代表的战舰是陆地领土的延伸，海战总会上演陆地上攻城战的模式：登陆敌舰继而在船上短兵相接，混战一团。而海盗出身的德雷克，用多年打劫西班牙人商船的实战经验，将英格兰战舰武装成一个移动的弹药库，以绝对的火力压制作为制胜法宝。战斗中，英格兰主力战舰单侧舷炮发射一通的弹药量，和西班牙人整支舰队同时开炮的火力不相上下。

夜幕降临，西班牙人斗志全无，加莱桨帆船龟缩在安全的浅水湾里。岸上传来稀疏的炮击声，对德雷克来说，就像是夜间打更一样无伤大雅。英格兰人放火焚烧了捕获的商船和战舰，熊熊的大火将加的斯湾映得通红，西班牙方面损失大小船只近三十艘，货船上的面粉和饼干，正是为无敌舰队出征准备的军粮。接到加的斯湾的损失报告时，菲利普二世平静地表示，破坏不是很大，敌人如此大胆地进攻倒是值得钦佩。德雷克则谦虚地说，奇袭加的斯不过是烧了西班牙国王菲利普二世的几根胡须。在加的斯湾得手后的德雷克，攻占了葡萄牙西南端的圣维森特角，这里的海岬是欧亚大陆的最西端，中世纪时，欧洲人认为这里是世界的尽头。

反客为主的德雷克在圣维森特角巡回警戒，截获并销毁了大量无敌舰队的军需物资。其中有一大批干燥坚硬的白蜡树板材，被英格兰人付之一炬。据估测，这些木材如果做成木桶，能装两万五到三万吨淡水和食品。由于损失了这批上好的原料，后来的无敌舰队不得不使用劣质的板材做木桶，因淡水渗漏，食物腐烂变质，导致日后远征英格兰的士兵们叫苦不迭。驻扎在圣维森特角的英格兰舰队，处于里斯本和加的斯之间的咽喉地带，距离两地均不足一百五十海里。迫于德雷克的强大实力，菲利普二世指示西班牙从地中海调集的船队原地待命，不得启航跨过直布罗陀港。地中海时代已经过去，真的勇士需要直面大西洋，很显然，在即将到来的海洋争霸赛中，英格兰人仿佛已经领先了西班牙人半个身位。

1587年春夏之交，英格兰人在伊比利亚半岛西海岸的破坏和袭扰，让菲利普二世动用无敌舰队入侵英格兰的行动计划大大延迟。因德雷克销毁了大量无敌舰队的军需物资，倒是让西班牙人塞万提斯找到了一份好差事。时年四十岁的他已经出版了自己的第一部作品《伽拉苔亚》，在文学界崭露头角。也许，这种田园牧歌题材的小说和家庭生活，都让这个不走寻常路的男人感觉有些厌倦，他暂时放下作家的光环，抛家舍业，像一名快乐的单身汉一样，跻身于皇家军需部门为国王效力。1587年9月，塞万提斯开始执行就职以来的第一次任务，到塞维利亚省的埃西哈征粮。

塞万提斯作为皇家军需部门一名征收粮油的特派员，还兼具警察的职能，可以下令逮捕可疑之徒，没收不法财产，并能处罚一切妨碍征粮的地方官。不可否认，这是一个肥差，但工作其实并不愉快，征粮过程中的纠纷不断，很多时候要采取强制措施，如请锁匠来打开农户的谷仓。雷厉风行的塞万提斯很快得罪了受俸教士中的一些种粮大户，被塞维利亚的大主教开除了教籍。这点小小的羞辱无关宏旨，因为老国王查理五世和当今圣上菲利普二世都受过被驱逐出教会的惩罚。在军需官的职业生涯里，塞万提斯需要和三教九流打交道，天天与人争吵或者说笑，学会了伊比利亚半岛各种俚语和歌谣。他在埃西哈的征粮工作持续了一年多，当1588年夏天执行第三次征粮任务时，万众瞩目的西班牙无敌舰队经过数年的准备，已经向英格兰进发了。

1588年7月29日清晨，英格兰负责警戒的巡逻船在锡利群岛附近发现了大量的西班牙舰船，于是火速向普利茅斯的皇家海军驻防部队汇报。当天下午，英格兰海岸线的烽火台燃起狼烟，敌情可以在一两个时辰之内传递到伦敦。当年的海盗头子德雷克爵士，此时已官拜海军中将，听命于和他并肩作战的海军上将霍华德。当时英格兰人在普利茅斯集结的战舰有一百零五艘，海军还有一半兵力由海军司令西摩扼守在多佛海峡。

西班牙无敌舰队抵达英吉利海峡时，舰队规模有一百三十余艘，虽然数量上不及英格兰全部的应战舰船，但总吨位大大盖过了对方。无敌舰队相当大一部分船只是运兵船和后勤补给船，总兵力约三万人，他们的指挥官是有点晕船的西多尼公爵，原舰队总司令圣克鲁兹侯爵因积劳成疾，在数月前出师未捷身先死。临危受命的西多尼公爵数番推辞国王委托的重任，最后还是在里斯本大教堂的圣坛上领过一面受过祝福的战旗出发了。

按照菲利普二世制订的作战方案，无敌舰队需要和荷兰的帕尔马军团会师，再联手渡海展开登陆战。帕尔马公爵的人马驻扎在今天的比利时布鲁日地区，苦于当地的沿海没有深水港，因此菲利普二世命令帕尔马公爵，在无敌舰队抵达法国加莱之时，其麾下的两万将士使用平底船出海，和无敌舰队会合后在多佛抢滩登陆英格兰。

自1588年7月29日德雷克迎战之后，西多尼所率的无敌舰队在英吉利海峡长驱直入，按照国王的命令前往加莱和帕尔马的军团会师。无敌舰队贴着英格兰的海岸线由南向北行进，西多尼祭出了海战时著名的新月阵形。这种舰队阵列的左右两翼互为犄角，如果有敌方船只冒进至新月阵形的中间地带，必被左右两翼的船只合围歼之。英格兰战舰则一路尾随，寻找战机，从7月31日以后，便不断有所斩获，击沉和俘获千吨级巨舰各一艘，舰上的指挥官和四百多名水手做了俘虏，战利品包括价值五万五千达克特的金币和数不清的军需物资。

8月3日，双方在怀特岛附近又展开小规模交火，因为不确定无敌舰队是否会在此登陆，英格兰人捏了一把汗，要知道当时英格兰所有城市的防御系统都不完善。好在西多尼指挥舰队心无旁骛地继续向多佛海峡移动，三天后，无敌舰队抵达法国的加莱，准备在此与帕尔马公爵的陆战部队会合。加莱距离帕尔马军团的驻地直线距离不到一百公里，过了加莱就没有了深水港，无敌舰队必须在加莱等待帕尔马。但是从敦刻尔克往北的海岸线，都被支持英格兰的荷兰舰队严密封锁，帕尔马的陆战部队一筹莫展，海上会师计划困难重重。法国加莱的总督是天主教神圣同盟的支持者，对无敌舰队的行动毫无异议；加莱港口附近城镇和村庄的居民成群结队地赶来看热闹，在海边的悬崖上作壁上观，打赌两支舰队的胜负。

不妨用一种轻松的笔调对当时的战况做如下解读：在这场比赛中，英格兰打的是防守阵形，面对西多尼的右路盘带，德雷克和他的表哥霍金斯积极防守。西班牙人的进攻意图很明显，西多尼和帕尔马两大前锋，需要在多佛海峡临门一脚，将两人会师后的五万兵力推进英格兰的海岸线以内。这时，请不要忽视英格兰方面引进荷兰外援的力量，帕尔马在左边路伺机而动，但是他没有直接打门的机会，正是因为荷兰人采用盯梢战术，导致帕尔马不能形成突破。

1588年8月7日上午，英格兰舰队的司令官们召开作战会议，指出必须破坏西多尼和帕尔马的会师计划，要尽快将无敌舰队赶出加莱海域。当天夜里有最强劲的西南风，恰逢天文大潮，事不宜迟，英格兰方面当机立断，准备实施火攻。这晚，由八艘上百吨大型战舰改装成的火船，借助着风力和潮汐力，化成一支支熊熊燃烧的利箭，向无敌舰队射去。西多尼公爵看到有六艘对方的火船突破了舰队的外围警戒线，便发射信号弹，命令无敌舰队所有船只起锚退避。德雷克这条“恶龙”喷火了，西班牙人惊恐万状，大小船只左冲右突，不战自乱。来不及起锚的船只只好割断锚索，丢失主锚的战舰是没有灵魂的，无敌舰队很难再摆出那个好看的新月阵形了。

天亮之后，在加莱和敦刻尔克之间的海域，英格兰人向溃不成军的无敌舰队发动新一轮攻击，战斗持续了一整天，西班牙人疲于奔命，伤亡惨重。帕尔马公爵的军团在岸上目睹了海上的激战，他们和无敌舰队两两相望，最后眼睁睁看着同胞被英格兰人逼向北海。接下来的几天里，风向一直对西班牙人不利，无敌舰队差一点被西北风拍到比利时西海岸的浅滩上。西多尼公爵已经做好了决定，如果未来两三天风向不能转为北风，无敌舰队将不再返回英吉利海峡，而是一路北上，绕过英格兰和爱尔兰回国。

上帝保佑女王！1588年8月12日，德雷克一路护送无敌舰队到北纬56度线，菲利普二世入侵英格兰的大战略宣告破产。

胜败乃兵家常事，西班牙国王菲利普二世并没有责难他的将士们，只是举重若轻地说了这样一句话：我派你们和敌人作战，而不是和上帝的风浪。

英格兰人则扬眉吐气，幸灾乐祸地调侃无敌舰队：他来了，他看见了，他逃走了。

1590年：弇州山人

1590年2月4日，正午的太阳在南美洲上空被月球的暗影渐渐吞食的那一刻，地球另一侧的大中华地区正值除夕夜，大明帝国即将送走万历十七年的最后一天。

寒随一夜去，春逐五更来。正月初一，新任南京刑部尚书的王世贞身着大红锦袍，在官署向京师方向望阙遥拜，尔后和南都的官员一起谒明孝陵。王世贞在当天的新年试笔诗里留下了这样的句子：不知春至真多少，明日东郊探早梅。

万历十八年的正月初一恰逢立春，江南地区的天气并不好，连日小雨夹雪，年届古稀的徐渭不失童真和幽默，他在《连雪后迎春忆旧十二韵》的诗中快活地写道：土牛一夕添神采，雨霰连朝妒客鞋。泥塑的春牛一夜之间添了神采，因为立春那一天将被人们牵着四处报春；细雨和雪珠纷飞了好几天，那可能是老天爷嫉妒各位客官穿的新鞋吧。

万历皇帝的这个年过得并不开心，正月初一的元旦朝贺被鸿胪寺奉旨传免。是日，心情非常不好的皇帝在内廷召见内阁辅臣，阁臣申时行、许国、王锡爵、王家屏入见于毓德宫西暖阁。阁臣向皇帝叩头请安，恭贺新春。皇帝有点丧气地说："朕之疾已痼矣。"然后自言去年开始经常头晕目眩，胸膈胀满，刚调理得差不多了，又被雒于仁肆口妄言的奏疏弄得肝火复发，至今未愈。申时行劝解说，为了祖宗神灵和两宫圣母，皇帝一定要珍护身体，无知小臣狂戆轻率，不足以动圣意。皇帝气不过，将雒于仁的奏本亲手递给申时行说："先生每看，这本说朕酒色财气，试为朕评一评。"

申时行展开雒于仁的《酒色财气四箴疏》，还没来得及回话，皇帝便将牢骚如同竹筒倒豆子一样全部抖落出来："他说朕好酒，谁人不饮酒？若酒后持刀舞剑，非帝王举动，那有是事？又说朕好色，偏宠贵妃郑氏。朕只因郑氏勤劳，朕每至一宫，他必相随，朝夕间他独小心侍奉，委的勤劳。如恭妃王氏，他有长子，朕着他调护照管，母子相依，所以不能朝夕侍奉，何尝有偏？他说朕贪财，因受张鲸贿赂，所以用他。昨年李沂也这等说。朕为天子，富有四海之内，普天下莫非王土，天下之财皆朕之财，朕若贪张鲸之财，何不抄没了他？又说朕尚气。古云少时戒之在色，壮时戒勇、戒斗，勇即是气，朕岂不知？但人孰无气？且如先生每，也有童仆家人，难道更不责治？如今内侍宫人等，或有触犯及失误差使的，也曾杖责，然亦有疾疫死者，如何说都是杖死？先生每将这本取票拟重处。"

皇帝的意思是让内阁大臣们评评理，拿出一个处置方案，重惩雒于仁。申时行对曰："此无知小臣，误听道路之言，轻率渎奏。"因雒于仁只是大理寺评事，并非御史，亦非言官，皇帝说：他这是沽名卖直博出位。申时行不失时机地说：他既是沽名，皇上若重处之，适成其名，反损皇上圣德。唯宽容不校，乃见圣德之盛。皇帝沉吟道：倒不是损了朕德，只是损了朕度。

但皇帝还是怒火难消：朕气他不过，气他不过，必须重处。申时行做了如下的劝解：这个奏本确是轻信讹传，若将雒于仁的胡言乱语票拟处分，六科廊房抄发下去，传之四方，反倒让天下人信以为真了。他接着进言曰："臣等愚见，此本应留中不发。容臣等将此事载之史书，传之万世，使万世称皇上是尧舜之君，此乃盛事。"

就这样，舍得一身剐，痛骂万历皇帝"病在酒色财气"的雒于仁毫发无伤，在内阁首辅申时行的回护下，罢官了事。

1590年初春，万历皇帝圣体违和，深居静摄的时候，法国的亨利四世正为自己的王位浴血沙场。

继去年夏天亨利三世遇刺身亡之后，他的第三代表兄、来自纳瓦拉王国的波旁亨利成为法国王位的继承人亨利四世。当时法国九成以上的人口都信奉罗马天主教，因为亨利四世的新教信仰，大多数法国人拒绝接受这位新国王。1590年3月，巴黎西郊打响了伊夫里战役，和亨利四世对垒的是吉斯家族的吉斯·查尔斯，他是硬汉吉斯·亨利的弟弟。前国王亨利三世诛杀吉斯·亨利之后，吉斯·查尔斯成了天主教联盟的领袖，和新教势力不共戴天。在伊夫里，亨利的人马有一万两千名步兵和三千名骑兵，和天主教联盟的兵力旗鼓相当，这是一场势均力敌的厮杀战。

3月14日黎明时分，两军交火，战斗前，亨利四世发表了著名的演讲："如果你们迷路了，丢失了你们的军旗，那么就请跟随这顶白羽盔，它永远会在追求荣誉的道路上。”他身骑白马，头戴白羽，将那一天当成了自己生命里的最后一天。

天主教联盟的军队输掉了战斗，身先士卒的亨利四世无愧法兰西之子的荣耀。

5月7日，亨利四世的军队包围巴黎，久攻不克。法国的内战引起邻国的强烈关注，同属新教阵营的英格兰女王伊丽莎白一世派出数千人的特遣队，和亨利四世领导的胡格诺派新教徒并肩作战。西班牙则公开出兵支持法国天主教徒，法兰德斯的帕尔马公爵率两万西班牙大军挥师南下，以解巴黎之围。当时巴黎高耸的城墙内住着二十余万人，但城区面积只有四点三九平方公里，三个月的围城造成四五万人死于食品短缺。以好人著称的亨利四世不忍为了王位饿殍遍野，加上西班牙人大兵压境，遂无心恋战。四年后，他将换一种方式进入巴黎，正式开启法国的波旁王朝。

亨利四世在巴黎出生入死、冲锋陷阵的日子里，大明帝国的边疆也有一些不大不小的战事牵动着万历皇帝的神经。

隆庆时期，明朝开关互市，和蒙古诸部化干戈为玉帛，结束了双方长达二百年的敌对状态，被封为顺义王的俺答汗也发誓永不再犯大明，数千里长城沿线由此迎来了难得的和平岁月。但1582年俺答汗去世之后，其子侄羽翼渐丰，另有所图者不乏其人。

万历十八年，世袭顺义王的俺答之孙扯力克率部进驻青海仰华寺，和蒙古火落赤部联手进犯洮州（今甘肃临潭东），明军大败，副总兵官战死。七月二十六日，朝会结束后，皇帝在皇极门暖阁召见辅臣，就洮州失事语重心长地说：番人也是朕之赤子，番人地方都是祖宗开拓的封疆。皇帝直指军政存在的问题，如文官凌虐牵制武将，但有功劳，督抚有升有赏，一旦有事便将责任推于武官，虚文搪塞。又如隆庆和议的封贡纳降不可久恃，宋事可鉴。桀骜不驯的蒙古部落心骄意大，岂有餍足？须自家修整武备，保守封疆。皇帝认为，现在边备废弛，不止陕西一地，须趁如今抓紧时间收拾，亡羊补牢，为时未晚。

当日，皇帝头眩臂痛，步履不便，但为边事，特视朝与内阁商议。

三天后，协理京营戎政兵部尚书郑洛经略陕西四镇及山西、宣大边务，处置洮河之变。

洮河失事，让兵部车驾清吏司主事王士骐忧心忡忡，不单是边防吃紧，马政和驿传事务繁忙，更因其父王世贞健康状况恶化，寝食不宁，恐有不治之虞。

这年正月初四日，南京刑部尚书王世贞以宿疾未愈、疽毒骤发、双目不明为因由，上疏乞休。虽然染疾在身，眼昏目花，但他没有忘记万历八年重阳节那天见到的一个湖北佬。

十年前，李时珍到太仓请王世贞为《本草纲目》作序，也许王世贞认为这部鸿篇巨制负其渊博，或不暇检点，因此没有满足李时珍“愿乞一言，以托不朽”的愿望。当日，王世贞为远道而来的李时珍写了一首诗，有一句这样写道：华阳真逸欲临仙，误注本草迟十年。华阳真人陶弘景本来可以很快成仙，就是因为痴迷醉心于注解《神农本草经》而耽误了整整十年。

可能是这句“误注本草迟十年”让李时珍找到台阶，和王世贞商量了一个十年之约。和王世贞分手之后的十年时间，是李时珍为《本草纲目》增删校补的十年。万历十八年正月十五日，王世贞欣然为《本草纲目》作序，盛赞李时珍为北斗以南第一人也。他认为这本书不能仅以医书看待，实乃“性理之精微，格物之通典，帝王之秘录，臣民之重宝也”。

三月初一日，王世贞又以胫毒愈甚、饮食艰难上疏乞休。当月二十五日，观邸报，诏准回籍调理。太仓弇山园内泉石如故，花竹日新，王世贞返乡后，在这里与风月流连，与亲友相欢，优游度日。但见膝下儿孙环绕，案头著述等身，固是一派难得的怡然晚景。太仓没有山，王世贞的私家园林以弇山为名，硬是凭空搬来了一座仙山。因弇山园，王世贞又自号“弇州山人”。弇山出自《山海经·大荒西经》：弇州之山，五彩之鸟仰天，名曰鸣鸟，爰有百乐歌舞之风。弇山园兴建于万历初年，占地七十余亩，以“一池三山”的仙境造园理念，园内的水系环绕上弇、中弇、下弇三座假山，园中有佛阁、楼、堂、书室、轩、亭及修廊各种中国古典园林的建筑凡二十六处，为当时东南名园之冠。

回到弇山园之后，王世贞心情愉悦，病也好了一大半。他每日与二三老友杯酒相慰，杜门里居，相得甚欢。虽说世态人情如浮云过眼，但有一则往事却总是在王世贞的心头萦绕，块垒难消。明代中期，主张“文必秦汉，诗必盛唐”的复古派在文坛独领风骚，继李攀龙之后，王世贞成为万众瞩目的复古派领袖，一时士大夫及山人、词客、衲子、羽流，莫不奔走门下。王世贞崭露头角之时，归有光对复古派提出了自己的一些看法，他认为宋元以降诸文章大家，笔力直追秦汉，且不相上下，直斥“一二妄庸人为巨子”主导的复古派厚此薄彼，导致同时代的文人追章琢句，模拟剽窃，真是可悲可叹！而王世贞对归有光的文风也不看好，他说自己每次读归有光的八股文，厌其长篇大论没完没了，若千尺线。又曰：归熙甫如秋潦在地，有时汪洋，不则一泻而已。意为归有光的文章没有深度，如地上的一汪秋水，着实有些刻薄。

嘉靖四十四年（1565年），老举子归有光第九次应试，终于以六十岁高龄考中进士，名次在三甲，授职长兴知县。归有光和王世贞同属吴郡同乡，因文学主张不同造成的龃龉不和，并不是他们关系的全部，在归有光进士及第后，王世贞对他的诗文相赠表明，两人间又有了更深层次的交往。

1590年夏天，王世贞在弇山园里拖着病躯想起归有光的时候，心里一阵酸楚。他托人从归有光家求得归氏画像，临摹出一小幅，作了一篇像赞，并请嘉定的书法名家娄坚书写其文。赞曰：千载有公，继韩欧阳；余岂异趋，久而始伤。他推崇归有光是继韩愈、欧阳修之后的一代宗师，同时感慨，自己的志趣并没有什么不同，这么多年过去了，说起来真是让人伤感。

英雄惜英雄，归有光去世十九年后，王世贞肯定了归有光的价值，他的判断力远在晚明众人之上。

暮年的王世贞才识益高，而心气益下。娄坚说了这样一个细节，王世贞在弇山园养病时，仍手不释卷，在读苏轼应诏诸篇时，不由得说：这才是真正的策文，先秦时期哪里有这样的文章？秋七月，王世贞的右眼视力模糊，牙齿也脱落殆尽，自感衰老不胜，加上昙阳子先师所预八八之数，让时年六十有五（虚岁）的王世贞自感人生已经走到了尽头。但在给长子王士骐的信中，他却一再向儿子强调西北告警，务必以工作为重，坚守兵部车驾清吏司主事的工作岗位，不可轻言去官告归。

入秋之后，王世贞病情恶化，汤药无济。请来了一位盛姓神医，能立断人之生死，给王世贞把脉之后说：无恙，数日可起。全家老少信以为真，内外子弟欢声若雷。但旬月过后，神医的话并没有得到应验，王世贞对家人说：我命在我，不在盛君。何以汤药为？又作大彻大悟者言：死生旦暮耳，吾何恋此幻躯。万历十八年农历十一月二十七日，王世贞与诸儿孙诀别，遗命不请恤典，不供牺牲，周身棺殓皆以布素。并令传语长子王士骐，教以：去懒去偏，中立不倚，是吾子也。吾强作世情语，吾甚悔之。又叮嘱家人，在他神识离开身体时禁妇女近前。

是日，一代文坛盟主王世贞面对生死大限，不怖不乱，谈笑而逝，享年六十五岁。可能文曲星下凡之后，在人世间走得都很匆忙：韩苏李杜从头数，谁是人间七十翁？

1591年：女巫之殇

万历十八年（1590年）春，亨利四世在巴黎城外一筹莫展的日子里，努尔哈赤率领一百零七名女真族人，从赫图阿拉启程了。

半年前，逐渐统一建州女真的努尔哈赤由都指挥升为都督佥事，进京朝贡是他的权力，更是义务。当时的东北女真族有三大部落：海西女真、建州女真和东海女真。除了距离中原较远的东海女真可不定期朝贡以外，朝廷规定：海西、建州女真必须每年遣人朝贡一次。在抚顺通关之后，努尔哈赤便换乘大明帝国官方的驿传车马，满面春风地向北京疾驰而去。

万历十八年农历四月二十九日，努尔哈赤一行抵京，入驻皇城根下的会同馆，这是他第一次以首领的身份率部众进京朝贡。国初诸番来朝，必见皇太子及亲王，皇帝亲御殿侍宴；后停止朝见，皇帝赐宴会同馆，命礼部待之，成为定制。因此，努尔哈赤终其一生，七八次朝贡之旅，却未曾和万历皇帝有过一面之缘。

北京会同馆坐落于今王府井大街东侧，当年有房屋三百七十六间，差夫三百余名，专造饭食以供八方来使。伙食的标准在洪武帝朱元璋时期就已经制定好了：正使每天供应猪肉二斤八两、干鱼一斤四两、酒一瓶、面二斤、盐酱各二两、茶油各一两、花椒二钱五分、烛每房五支。随从的标准稍低，每人日支肉半斤、酒半瓶、米一升、蔬菜厨料。当然，诸番蛮夷因风俗习惯的不同，饮食必有差别，这些小细节自然会被礼部精膳清吏司处理精当，分毫不差。会同馆内防禁甚严，馆内各族贡使每五日可出馆一次，余时则闭于会同馆中，不许随意出入。万历十八年春夏之交，在会同馆里饱食终日的努尔哈赤可能做梦都不会想到，半个世纪之后，他的儿孙将成为紫禁城的主人。

此时努尔哈赤尚未对逐鹿中原起心动念，而苏格兰国王詹姆斯六世正为将来入主英格兰积极创造有利条件。

1589年9月，丹麦的安妮公主远嫁苏格兰，孰料送亲船队在北海被惊涛骇浪拦住了去向，不得不紧急驶向挪威避险。大西洋上咆哮的西风带，不仅吹垮了西班牙人的无敌舰队，也差一点毁掉苏格兰国王詹姆斯六世的金玉良缘。新郎官心急如焚，呼吁全国禁食一天为安妮公主的平安祈祷，随后又做出一个惊人之举，他率领一支船队深夜悄悄出海，亲自去挪威迎娶自己的新娘。这场爱的大冒险一举粉碎了当时关于他性取向不明的传言。从挪威到丹麦，历时半年的斯堪的纳维亚半岛娶亲之旅，为詹姆斯六世赢得巨大声誉，丈母娘对这位乘龙快婿非常满意，于是在女儿的嫁妆里又追加了两万英镑，以减轻詹姆斯六世的经济负担。1590年5月1日（儒略历），詹姆斯六世携安妮返回苏格兰，丹麦和苏格兰两国王室的政治联姻，解决了詹姆斯六世的婚姻大事，这也是他在表姑奶奶伊丽莎白驾崩之后，能顺利继承英格兰王位的重要筹码。

1590年5月17日，詹姆斯六世的新婚妻子安妮在荷里路德修道院加冕成为苏格兰女王。操办完一系列盛典之后，丹麦当局决定对公主出嫁途中船只不能抵御风暴的原因展开调查，送亲的海军上将佩德·蒙克认为，丹麦的财政大臣对皇家海军保障不力，导致安妮公主的护航舰队在海上险象环生。财政大臣则坚决不肯背这个黑锅，最后，事件的原因归咎于巫术。哥本哈根市的织布女工凯伦供认，她用独轮车将一些小恶魔运到海边，它们爬上送亲舰船的龙骨并召唤来了暴风雨，让安妮公主险遭不测。凯伦同时指认了自己的帮凶，包括安娜·科金斯在内，前后共有十二名妇女被鉴定为女巫，她们最后的结局，是在克伦堡的火刑柱上化成一堆堆悲惨的灰烬。

中世纪的欧洲，教会并不否认超自然能力的存在，但他们认为这些超能力只有两个来源：上帝和魔鬼。浮士德的故事广为流传之后，出卖自己的灵魂、和魔鬼做交易的理论也就变得深入人心。十五世纪，德国的天主教修士出版了一本名为《女巫之槌》的猎巫手册，这本书第一次将中世纪以来在欧洲流行的巫术、女巫知识概括起来，并提供了如何识别女巫、如何审判她们的方式方法。按照教会的信条，没有女巫应该活下来，猎巫行动随即从德国蔓延开来，社会各界开始自发寻找、审判和处决任何可能是女巫的人。欧洲各国也相继出台了各种关于打击女巫的法案，如1563年颁布的《苏格兰巫术法》规定，施行巫术和与巫婆交往都是死罪。《女巫之槌》中列举了五种鉴别女巫的手段，其中最常用的是水淹测试，水本来是纯净的，将嫌疑人绑在椅子上扔到水里，如果嫌疑人沉没，表明水接受了她，显然她不是女巫。如果她漂浮着，则表明嫌疑人已经背弃了基督教的洗礼而被水所拒绝，因此可以被认定是女巫。

女巫鉴别最直观的方法，则需要在她们身上找到魔鬼留下的印记，如一块老茧、一条伤疤或一处不同寻常的色斑。在魔鬼信仰中，巫师有供差遣的精灵，通常以动物的形象出现，如狗、猫、蛤蟆、老鼠等。人们相信，女巫有一个非正常的乳头，被差遣的精灵从这个特别的乳头吮吸女巫的鲜血以作养料。因此，乳头瘤病毒感染生成的疣子，常常会作为辨别女巫的明显标志。中世纪的审判官还认为，狡猾的魔鬼会在其追随者身上留下看不见的痕迹，如果在脱毛和剃刮后发现被告巫婆身上没有任何瑕疵，则需要将铁针刺入她的体内，如果找到没有痛觉的皮肤组织，同样可以判定对方是女巫。

丹麦猎杀女巫的行动开始后不久，在国王詹姆斯六世的亲自督导下，苏格兰上演了相同的一幕，其声势有过之而无不及。爱丁堡附近的海滨小镇北柏威克，成了苏格兰女巫出没的重灾区。一位名叫吉利斯·邓肯的女仆被其主人指控拥有神奇的治愈能力，并会趁着夜色潜入户外。她无法解释自己掌握的医术和其他奇怪行为，酷刑之后承认自己是女巫，并指控了更多使用巫术的人，这里面有男有女，有平民，有贵族。其中，艾格尼丝·桑普森被认定是其中最为危险的女巫，她受到了世俗法庭的刑讯逼供。艾格尼丝·桑普森被脱去衣服，并剃去全身的毛发，以免隐藏任何可疑的痕迹，最后在其私处发现了魔鬼的印记，她方才承认自己女巫的身份，魔鬼因为可怜她是一个寡妇，而主动提出帮助她和她的孩子们，詹姆斯六世和安妮公主从丹麦返回时，她将一只死猫扔到莱斯港附近的海里，巫术引发的风暴威胁到国王的安全，而国王的舰队在归国途中确实损失了一条船。1591年1月28日，艾格尼丝·桑普森在爱丁堡被绞杀后施以火刑，根据相关的财务记录，执行的费用为六英镑八先令十便士。

一位名叫约翰·费安的教育工作者也被指控是巫师。

费安在学校教书时，喜欢上了一个学生的姐姐，便计划用巫术让那个女孩对他产生好感，但魔高一尺道高一丈，这个女孩的母亲也是一位训练有素的女巫，费安老师施加在心上人身上的魔法，被这位母亲悄悄转移到一头牛的身上。镇上的居民亲眼所见，很长一段时间里，无论费安走到哪里，这头中了爱情魔咒的牛都紧紧跟随着他。费安在审判中承认自己和撒旦签订了契约，但是他会放弃撒旦，并发誓要重新过上基督徒的生活。根据他的供述，在他宣布放弃撒旦的那天晚上，魔鬼穿着一身黑衣，手持一根白色的魔杖来到他的牢房，魔鬼警告他说：一旦你死了，你就属于我。魔鬼随后折断白色的魔杖，立刻从他眼前消失了。费安偷了一把牢房的钥匙逃脱，但他最终被抓获并遭受折磨，和其他女巫一样，被绞死后付之一炬。因巫师成为恶魔的仆人，不仅背叛了国王，也背叛了上帝，因此面临双重惩罚，先是以叛国罪被勒死，继而又因异教徒的身份处以火刑。

猎巫行动同时成为政治恐吓的手段，国王詹姆斯六世的堂兄弗朗西斯·斯图尔特也深陷其中，不得不流亡海外，最后死于意大利的那不勒斯。

北柏威克镇的猎巫行动持续两年，有七十多人受牵连。1597年，詹姆士六世出版了三卷本的专著《恶魔学》，展现了自己在相关领域的非凡造诣。在苏格兰历史上，前后有近四千人遭到巫术指控，超过一半的当事人被判处死刑，女性占绝大多数。1736年，英国的法令废除了巫术罪，取而代之的是新的“假装巫术”罪，最高刑罚仅为一年监禁。

在中国，巫师是上古夏商周时期的文明开化者，战国以降，巫师群体开始跌下神坛走向民间。鉴于元末白莲教起义颠覆政权的历史教训，朱元璋专门在《大明律》中增加了“禁止师巫邪术”的法律条款，规定“凡师巫假降邪神，书符、咒水、扶鸾、祷圣，自号端公、太保、师婆，及妄称弥勒佛、白莲社、明尊教、百云宗等会，一应左道乱正之术，或隐藏图像、烧香聚众、夜聚晓散、佯修善事、煽惑人民，为首者，绞；为从者，各杖一百，流三千里”。国法之外，地方上家规祖训尤其是其中的女诫部分，对师巫邪术也采取零容忍态度，唯恐家族中的女性误入邪道。清代桐城桂林方氏家规中有这样一条诫令：其亲族有为僧尼下流者，绝其往来；古云三姑六婆，不可入家。无独有偶，桐城高岭汪氏宗谱亦有如下训示：僧道巫尼，各色手艺之人无故不许往来。

当然，如果真有神女仙姑现身，总是能经文人士大夫之手传为美谈。

万历年间，太原西寨人马朝阳（万历五年丁丑科进士）就任四川松藩兵备兼按察使，见公署后院大门紧闭，不明就里，小吏回禀，此处关着一个女妖。马朝阳问：此女妖言惑众乎？答：否。夜聚晓散乎？答：否。香火敛钱乎？答：否。马朝阳说这怎么能算是妖女呢？于是开门看个究竟，只见一女颜面充腴，形体安舒。问及饮食，答曰开始夫家还送饭，后来也就不管了，因收监的地方水火不便，遂辟谷三年。问及禁锢的原因，下属道出了原委：其夫娶此女，夜间视其形在床，听其言在床，若身近之，则隔如山也。因而讼之官府，关押在此。

马朝阳查清了情况之后说：你没有罪，我会向有司汇报并将你无罪释放，不知你有什么打算？此女答曰：欲得深山小室，静坐以俟天年。遂顺其所愿，用轿子将她送往峨眉山的石洞里。临行前，仙姑自语："凡玄释两门，遇宰官生嗔喜心，皆本人自造黑白业也。"言闭，留蒲扇一把，行道士礼，一稽首而别。

1592年：烽火壬辰

1592年3月3日，莎士比亚的《亨利六世》在泰晤士河南岸的玫瑰剧院首次上演，门票收入三英镑十六先令八便士。考虑到当时伦敦演出市场一张票只卖一便士到三便士，根据票房可以推算出，这部新戏上演首日，大约吸引了五六百名观众。

玫瑰剧院的样式有点像福建客家的圆形土楼，上下三层，观众席能容纳近千人。舞台在中央的天井里，受照明条件的限制，演员只能利用白天的自然光进行表演，因此伊丽莎白一世时期，伦敦剧院的演出总是在下午，而不是晚上。

1592年春，《亨利六世》共演出十五场，总票房三十英镑，观众人数在三千到五千人之间，而那时伦敦的总人口也只有二十万；这意味着时年二十八岁的莎士比亚，正式在戏剧界崭露头角。

《亨利六世》这部历史剧的时代背景是英法百年战争时期，英格兰人在法国战场上的节节败退，让台下的观众唏嘘不已。有道是：年光似鸟翩翩过，世事如棋局局新。1592年的英法两国关系已经渡尽劫波，前嫌尽释，并凝聚出一种兄弟般的情谊：女王伊丽莎白一世派遣了一支七千人的小分队，正在帮法王亨利四世争夺王位。亨利四世自己只有一万五千名士兵，加上英格兰和荷兰的援军，麾下人马勉强达到两万五千人。欧洲当年的战场上，参战的主体是贵族和骑士以及他们的扈从，一个国家的正规军往往只有几万人，这在东亚地区是不可想象的。当亨利四世用两万五千人渐渐成就自己登基大业的时候，日本人已经做好了入侵朝鲜、进犯大明的准备，在丰臣秀吉的调动下，一线跨海作战的总兵力多达十五万八千人。

1592年是农历壬辰年，壬在五行里属水，辰在生肖里属龙，这一年，日本人的侵略大军就像出水的蛟龙一样，从釜山登陆。丰臣秀吉的如意算盘是：吞并朝鲜，从辽东直扑北京。

对于这场战事，中国方面早在一年前就得到了琉球国的情报，浙闽沿海一带立即行动起来，备查险要，修理城垣，制造火器，拣选将领，积极加强军备。但是日本人没有选择走海路直接登陆大明，他们的海军完全不具备这样的实力，这一点从朝鲜的李舜臣率部数战数捷碾压日本水师就可以得到明证。海上不行就只能走陆路，丰臣秀吉意欲借道朝鲜。但是大明是朝鲜的宗主国，日本人软硬兼施，也未能让朝鲜人俯首称臣。

开战前，丰臣秀吉下令，在和朝鲜隔海相望的肥前国（今佐贺县）修建名护屋城，作为日军的战时指挥大本营。1592年正月，名护屋城完工，规模在当时仅次大阪，是日本的第二大城，而这只用了四五个月的时间，可见丰臣秀吉决心之大，手腕之强。

二月底，福建方面又收到了更为详尽的倭情密报，随即上报朝廷，三月初九日，礼部题“归我漂海华氓，备陈倭情狡诈”，这里提到的漂海华氓，当是流落到日本的两位中华赤子：许仪后和朱均旺。

祖籍江西吉安的许仪后，隆庆五年过广东，被倭寇掳至日本鹿儿岛，因其医术高超，成为萨摩藩国第十六代藩主的近侍医官，并在当地娶妻生子。江西抚州人朱均旺，在福建建瓯做生意，万历五年，到漳州贩卖布匹，因货多难卖，于是雇小船从海上到越南转售，不料途中也遇到了日本的海盗，被掳后卖到鹿儿岛的福昌寺为僧，写经度日。

万历十五年正月，许仪后到寺中拜佛，话语中听出朱均旺是江西同乡，两人遂相熟。许仪后作为当地有名望的华人，将朱均旺从寺院赎出，留在身边抄药书。在丰臣秀吉出兵朝鲜、进犯大明的战争前夜，许仪后为神州亿兆斯民的安危，先后三次向祖国传递情报。1591年九月初三日，第一份情报由长崎平户托人送往国内。九月初九日，许仪后又闻确切消息，丰臣秀吉筑名护屋，将在来年开春发兵。于是他又写了一份情报，交给一名新来鹿儿岛的中国船主。许仪后的倭警陈报全文约五千字，简要提及自己被掳到日本的经过之后，详细介绍了日本的国情、丰臣秀吉的个人情况、日寇的战争部署以及大明的御寇之策等。这些至关重要的情报，许仪后不确定大明当局能否收到，不禁“日夜忧哭，仰天长叹”，绝望之际，“幸而朱均旺衷心激切，意气发见，自愿以身报国，报此状上告”。

当时日方为严防军情泄露，令琉球国不准进京朝贡，在日华人一概不许出海。有漳州客商林绍岐在日本贩有白麻一船，亦不得起锚。许仪后从中调停，说这是做买卖的商船，如不放他，恐绝日后交易之路。于是朱均旺在正月十六偷偷搭乘该船回国，一路上因风向不给力，在海上漂了四十多天，二月二十八日二更时分，朱均旺在福建惠安大岞湾上岸，趁夜色直奔福建军门投报。

福建和北京相距四千华里，朱均旺捎回的情报十万火急，只用十天时间便传到了北京，因为这封最详尽的倭情陈报中明确指出了丰臣秀吉发兵日期是：1592年的三月初一。

这年春天，丰臣秀吉因眼疾耽误了从京都前往名护屋督战的行程，加上他对朝鲜人不战而降还抱有一丝幻想，因此日军并没有在三月初一渡海。按照许仪后在御寇之策中的筹划，大明应该出动百万雄师进入朝鲜，针对日寇打一场大规模的歼灭战："为大国计，切宜命忠义智谋之士，统有教勇略之兵，或二百万，或三百万，进屯高丽。"根据朝鲜的地理形势，伏大兵于朝鲜四畔，布下口袋阵形，诱敌深入，四面火拼为号，攻而杀之。山东和辽东各出水兵五十万，望烟火为号，水路互攻。许仪后认为，大明要有全歼日军的信心，并且此役可直接将日本打成一盘散沙的状态："关白可以生擒，倭奴百万，片甲无回矣……我国尽杀倭奴，即移得胜之兵五十万，径追而入倭也，倭奴心碎胆寒，束手待擒。前攻后招，前招后取，不数月而可尽平日本诸国也。"

许仪后的慷慨陈词并没有让北京当局积极行动起来，因为1592年的二月间，宁夏发生了一场大规模兵变，河西四十七座城堡悉数落入叛军之手，其余各地方旦夕自危。叛军首领哱拜，蒙古人，前宁夏副总兵，因屡次受巡抚党馨的责难而心生异志。二月十八日，哱拜唆使宁夏镇城（银川）士兵哗变，杀巡抚、兵备副使，逼迫宁夏总兵官自杀。西北蒙古诸部见此情势，纷纷与哱拜结盟。叛军挟虏自重，放言要攻打陇东，直取关中，一时间全陕震动，举国皆惊。消息传到京城，万历皇帝开始认为宁夏兵变是边军穷苦，抚臣不加体恤导致，下诏兵部剿抚并用，毋纵毋激。三月，陕西三边总督魏学曾带兵平叛。

此时朝廷内阁刚经历了一次大换血，礼部尚书赵志皋和吏部左侍郎张位登阁拜相。去年秋天，内阁首辅申时行和阁臣许国同月致仕，转过年来，正月还没有过完，王家屏因不配合皇帝对科道官的处分，封还御札，有忤上意，主动求去，半年时间不到，四位阁臣走了三个。王锡爵回太仓侍奉老母，尚未销假，新晋东阁大学士张位三年前因病回籍调理，成为内阁成员之后，照例要推辞一番，皇帝两次差官行取，正在来京赴任的路上。因此在万历二十年的春天，阁中仅年近七旬的赵志皋一人办事。突如其来的宁夏叛乱，需要皇帝乾纲独运，决胜千里。

到四月，平叛的进展较为顺利，三边总督魏学曾给京城传来了好消息：官军相继夺回所失城堡，斩获凶丁，目前已攻至青铜峡的玉泉营，距离叛军驻守的银川城不足百里。他向皇帝提出了一个小小的要求，拨付盐菜银三千两，以资犒赏。兵部尚书石星收到魏学曾的这封军情快报是四月十二日夜，不敢懈怠，马上呈报内阁。赵志皋见此密揭，立即秉烛夜书，向皇上述陈危机，对于魏学曾所需的三千两赏银，赵志皋认为：此何裨于纤毫之用哉？语云“军无赏，士不往”，希望皇帝加大赏赐力度，发府库银数万两，以激动士心。皇帝从善如流，次日谕令：发马价银五万犒师。

四月十三日，就在万历皇帝大手一挥，向宁夏平叛前线发五万马价银犒师的那一天，丰臣秀吉入侵朝鲜的第一军团动用四百多艘船只，将一万八千人集结在釜山港，壬辰朝鲜战争正式打响。

当天傍晚，日军向朝鲜人发出开门迎降的最后通牒，釜山守军将领郑拨断然拒绝，誓死不从。次日凌晨，登陆战和攻城战相继展开，战斗仅持续了两个时辰左右，郑拨力战而死，釜山陷落。拿下釜山之后，在第一军团长小西行长的指挥下，日本人就像台风一样迅速移动，直扑王京（首尔）。四月二十七日，朝鲜实力最强的防御部队在忠州弹琴台全军覆没，消息传到王京，朝鲜国王李昖决定弃城北上，退守平壤。五月初三，日军第一军和第二军进入不设防的王京，是日，距离小西行长在釜山登陆不足二十天。

日本人从釜山登陆入侵朝鲜的消息，在五月初十传到北京，万历皇帝下诏辽东山东沿海各省严加整练防御，无致疏虞。此时宁夏的战事正吃紧，小西行长在朝鲜半岛势如破竹之时，大明猛将、山西总兵官李如松受命提督陕西军务，半年后，他们俩将在平壤一决雌雄。

御史梅国桢主动请缨到宁夏监军，本来监军人选是兵部职方司郎中杨于庭并蒙钦点，兵部题：恐两遣行事未便，乞收回成命；皇帝照准兵部所奏，同时令宣府、大同调六七千骁兵助战，再发二十万两马价银犒军，御史梅国桢和李如松随即开赴宁夏前线。

宁夏镇城西据贺兰之雄，东据黄河之险，是历代西北军事防御要冲。哱拜叛乱之后，力邀延绥、宁夏、甘肃边外的蒙古部落为奥援，蒙古诸部应声而起，打乱了朝廷进剿叛军的部署。官军虽有三万兵力，但在四处出击的蒙古骑兵面前陷入被动状态。朝廷对于蒙古部落的搅局行为采取抚赏羁縻措施，同时指令各边守军出塞攻其老巢，动摇了蒙古人援助哱拜的信心。但是哱拜盘驻的宁夏镇城周长十八里，高三丈六尺，护城河深两丈，阔十丈，易守难攻。官军兵临城下，战斗进入相持阶段。

朝鲜国王李昖在平壤待了不到一个月，面对日军疾风骤雨般的推进，不得不再次起身上路，一路往北，有内附大明之意。面对朝鲜危局，六月初三日，万历皇帝令辽东抚镇发精兵两支应援朝鲜。在是否接纳朝鲜国王的问题上，万历皇帝的态度很明确：可择一善地居之。

六月二十一日，兵部题，精兵二支沿鸭绿江为朝鲜应援，出境作战在本国尚无先例，止于江边未敢擅自行动，乞敕相机援剿。皇帝下旨：援兵久遣，岂容迟误，今后各边镇紧急事务，毋拘奏请致误军机。此时，辽东巡抚郝杰已经不待兵部批复，命各部跨过鸭绿江，救援朝鲜。六月底，惊魂未定的李昖抵达中朝边境的义州，看到大明的援军不禁高呼皇恩罔极，在大臣们的强烈要求下，李昖决定驻跸义州，等待复国的那一天。

六月下旬，李昖在鸭绿江畔见到大明援军的日子里，御史梅国桢和山西总兵官李如松千里迢迢抵达宁夏镇城。六月份的宁夏战况让皇帝非常不满意，切责三边总督魏学曾讨贼数月未平，赐魏学曾尚方宝剑，将帅不听命者，军前斩首。六月十七日，皇帝谕内阁，魏学曾身任总督，不能设法于前，又畏怯于后，坐视费饷损兵，显然是玩寇辱威，推诿误事，令其严督将领，限期攻城灭贼，以盖前愆。六月下旬，银川城下集结了大军，十天的攻城战中，官军死亡六十七名，重伤一千八百零二名。此时官军手里倒是有一个撒手锏：水淹镇城。黄河大堤之水，比宁夏西塔顶还要高出数丈，若将堤水决开，城可立破。但城中有生齿三十余万众，决堤灌城实属下策。七月二十七日，皇帝将督战不力的魏学曾就地免职，命其回籍候叙。升宁夏巡抚叶梦熊为兵部右侍郎，总督陕西三边军务，并接管了魏学曾的尚方宝剑。

日本人在六月十六日占领平壤之后，因补给线过长，战斗力明显减弱，小西行长在平壤城没有等到后方提供的补给，倒是等到了一位大明副总兵：祖承训。

祖承训带三千精兵在七月十七日杀到平壤，本来想打下平壤再吃早饭，不料城内近两万日军让祖承训损兵折将，大败而去。消息在半个月后传到北京，兵科给事中认为祖承训不遵守相机进止的圣谕，贪功取败，至此反令全辽丧气，应治失机之罪。皇帝举重若轻，只是下令督抚应严加申饬诸将，不以小败自阻，不必深入为功。但是面对宁夏前线监军御史梅国桢传来的一份军情奏报，皇帝顿时气得怒不可遏。

梅国桢称，七月初二日，被困在城内的河东道佥事随府从南门悬楼跳下，他的家仆张兴身携关防大印一起跳楼，欲逃往官军大营。张兴把脚跌伤，滚到已经抽干的护城河边，被官军救起，而随府受伤严重，在地上动弹不得。总兵官董一奎连忙派人去搭救随府，竟无人听令。此时叛军四人缒出城墙，就像老鹰捉小鸡一样将随府绑了回去。心急如焚的董一奎连射三箭，以致用力过猛把弓都折断了。抢人的四名叛军获赏纹银一大锭，披红挂彩于城楼上，夸耀自己从数丈高墙下地擒绑随府，不费吹灰之力。官军面对咫尺干壕，竟不肯趋前，军令不严，由此可见一斑。梅国桢又指出，部队里没有旌旗金鼓鼓舞士气，队形不整，缺粮少马，武器装备匮乏，刚刚营中发箭一万，以四万大军计，每四人才摊到一支箭；制作攻城的攻具没有木料，制造火器没有铁料，也没有工匠。敌人大摇大摆地下城捡箭，过壕沟取草，官军坐视不管，打起仗来，畏缩不前，不乏有人用鸡血染衣诡称受伤，验视时又毫发无损。

皇帝见前线军纪不肃，保障无力，大怒，命总督叶梦熊从严治军，三品以下官员作战不力，就地军法从事，对已经罢官的前总督魏学曾，命锦衣卫派人扭解来京审问。梅国桢提到，念一城生灵，不忍决堤灌城。若蒙古的援军迫近，导致官军腹背受敌，不得已才为水淹之计。皇帝表示：其决水攻城之谋，毋得异同误事。言下之意，不要因为意见的不统一而耽误了大事。

皇帝的御批于八月初四日下发，此时官军已经在宁夏镇城的四周砌筑了一道长有十华里的围城大堤，同时有计划地开闸放水，给城内叛军施加压力，到八月初一，城墙下的水深八九尺。与此同时，官军的将领先后击溃各路蒙古援军，至八月，虏骑腾山逃去，自此解体，不敢复入矣。叛军失去蒙古诸部的外援，便成了瓮中之鳖。九月十六日城破，李如松旗下兵士将叛军首领哱拜斩杀于战火之中，余党亦被一网打尽，长达八个月之久的宁夏叛乱宣告平息。

九月十八日，总督叶梦熊入城，见庆王世子和佥事随府等人俱无恙，城内男妇老幼沿街顶香，欢声动地。

李如松攻下宁夏镇城一百一十天之后，亲率四万大军出现在距离宁夏四千里之外的平壤，他的对手将从蒙古人哱拜换成日本人小西行长。

1592年，八月十八日，万历皇帝在三十岁生日的第二天，钦点兵部右侍郎宋应昌经略蓟、辽、山东、保定等处备倭事宜，这意味着壬辰倭乱四个月后，面对日本人的狼子野心，大明帝国有了抵御外侮的最高指挥官。

面对鸭绿江对岸的战火，大明廷臣在是否主动参战的问题上态度不一。兵科都给事中许弘纲反对境外作战，称：夫边鄙，中国门庭也，四夷则藩篱耳。闻守在四夷，不闻为四夷守。同时指责朝鲜面对日本人的攻势望风逃窜，弃国授人，我们这是拿芦苇一般的藩国来做屏障么？而万历皇帝垂怜小邦，对发兵朝鲜持肯定态度，八月初五，朝廷派行人司行人薛藩奉敕出使朝鲜，在给朝鲜国王李昖的圣谕中明确表示：朕今专遣文武大臣二员，统率辽阳各镇精兵十万，往助讨贼。皇帝提到的文武大臣二员，文臣在当月有了人选，即兵部右侍郎宋应昌，但出征朝鲜的武将一时还没有着落，尚在廷议推举中。

九月初二日，薛藩抵达义州，带来了万历皇帝的圣谕纶音，让朝夕不能自保的朝鲜国王吃下一颗定心丸。李昖奉读万历皇帝的敕谕，声泪俱发，感激涕零。从北京到朝鲜义州，出山海关至辽东都司所在地辽阳，路程一千五百八十里，途经驿站二十六座，辽阳到中朝边境的九连城，又三百里地，大明使者一路行来，仅用了二十六天的时间。因朝鲜形势危急，在义州停留一日后，薛藩便回京复命，车马劳顿下患病途中，薛藩托义士疾趋奔走，于九月下旬将朝鲜最新局势呈报朝廷。

行人司行人，官秩正八品，在大明官场上只是给朝廷跑腿的普通官员，但位卑不敢忘忧国，薛藩就军政要务向皇上慷慨陈词，在一千五百余字的奏疏中，直言倭情狡猾，调兵征讨当急。薛藩认为，福建、浙江常遭倭患，而辽阳天津不闻有倭寇，都是因为有朝鲜做屏障。若日寇占领朝鲜，鸭绿江无险可守，敌军可乘今冬河冻进犯辽东，又可待来年开春借风汛扬帆过海直击津门，必将引起京师震动。在出兵刻不容缓的原因上，薛藩指出速征则我藉朝鲜之力以擒倭，迟征则倭率朝鲜之人以敌我。御敌之策方面，因南人善于御倭，北人善于御虏，薛藩建议出南兵两万，以挫其锋而折其锐。

九月二十八日，兵部尚书石星在私寓首次会见了抵京十日之久的朝鲜请兵使臣郑昆寿。四天前，宁夏平叛告捷的露布传来，东西两线作战的被动局面不复存在，加上薛藩切中肯綮的军情分析，兵部坚定了抗倭援朝的决心。此时大明御倭的最高指挥官宋应昌在经略任上正积极备战，请马价银二十万两，制造火器、藤甲、弓箭等军械；令天津、永平（秦皇岛一带）、辽东沿海各道募兵设防，确保京师安全无虞；兵马未动粮草先行，宋应昌督令沿海各分守道官以及山东巡抚负责从地方采购粮食，征集十万大兵半年所需粮饷运至辽东集中。

十月十六日，从宁夏班师回朝的路上，李如松接到了新的任命：提督蓟、辽、保定、山东军务，充防海御倭总兵官。至此，明廷发大兵入朝作战已呈箭在弦上、一触即发之势，李如松正是这支利箭。

让李如松再立新功的宁夏平叛之役，历时六个月，天子宫闱幄帐，决胜千里。十一月十二日，十八个月没有上朝的皇帝御皇极门，尔后登临午门城楼，参加了宁夏宣捷的献俘礼。这也是两位新晋内阁辅臣赵志皋、张位上任一年多来第一次见到深居内廷的圣上。御门宣捷的第二日，文书房官口传圣谕：内阁凡遇常朝御门侍班时，可登阶于滴水上站立。这一小小的细节，将皇帝拉拢内阁的小动作暴露无遗，因为在册立太子的问题上，万历皇帝正被廷臣弄得焦头烂额，亟待内阁施以援手。十一月二十四日，皇帝给路费银三十两纻丝二表里，将上疏称“礼孰大于皇长子之册立”的礼部尚书李长春打发回家，升吏部左侍郎罗万化为礼部尚书。

罗万化，浙江会稽人，隆庆二年（1568年）戊辰科金榜状元。这位神州大地一等一的英才，能否解决当朝立太子、争国本的难题，实难预料。皇帝又将希望寄托在老臣王锡爵身上，此时的王阁老正在江苏太仓老家照顾病母，告假一年有余。立冬前后，眼瞅着大运河即将封冻，架不住皇帝的数番催促，便打点行装，觅舟北上。

西伯利亚寒潮翻过蒙古高原，东北亚的冬季来临了。此时且回顾一下壬辰倭乱爆发半年来，朝鲜半岛的战局演变。日本人自四月十四日从釜山登陆，五月初三攻下王京（首尔），当月下旬渡过临津江。日军先锋部队三个军团如同一件三叉戟，锋芒毕露，所向无敌。占领开城后，日军第一、二、三军团兵分三路，中路是小西行长的第一军，继续向北挺进，目标直指平安道的平壤。左侧是黑田长政率领的第三军，这支一万人左右的部队进攻黄海道。而第二军团的两万余人在悍将加藤清正的带领下，在右路向咸镜道进发，七月底，加藤清正便杀到朝鲜东北边陲的会宁，并越过图们江和女真人交上了火。这支部队在一百天不到的时间内，从釜山狂飙一千五百公里到会宁，纵穿朝鲜（山峦起伏的）全境，和“二战”中希特勒（发兵）远征莫斯科的行程相当。

在朝鲜战场上出尽风头的小西行长，于六月十六日兵不血刃顺利拿下平壤。平壤距离朝鲜小朝廷偏安的中朝边界义州不足二百公里，按照日本人的作战能力，旬日可达，但是小西行长并没有这样做。一方面是因为战线过长，补给不足，孤军深入很容易被当成钉子给拔掉；另外一个方面，若小西行长步步紧逼，李昖内附大明导致朝鲜亡国，其实不符合日本人的利益。出兵朝鲜，入主大明，征服印度，乃至完成称霸亚洲的伟业，在日军统帅丰臣秀吉看来，这盘大棋实际操作起来，应该如同推倒多米诺骨牌一样简单。日本三大军团大兵压境，朝鲜李氏王朝必定臣服，进而组成朝鲜、日本联军进入中国辽东，辽东投降之后，多米诺骨牌再继续倒向山海关以南。事实证明，在壬辰年的五六月间，日本人占领了朝鲜的三京（王京、开城和平壤），摘取的不过是一枚好看但并不好吃的果实。朝鲜人誓死不做亡国奴，各地义军蜂起，特别是朝鲜海军在李舜臣的指挥下，以不可思议的优势碾压日本海军，数战数捷，无一败绩。因海军这块短板，日本人放弃了由海上航道向朝鲜北部地区运兵运粮的计划，由此一来，丰臣秀吉从辽东进攻北京的战争构想也就变成天方夜谭。

面对后勤补给的不足，小西行长及其麾下的两万日军在平壤城盘踞了大半年。由于情报失误，辽东副总兵祖承训曾在七月间率三千精兵欲收复平壤，结果寡不敌众，铩羽而归。明军的初战失利让小西行长更加猖狂，嘲笑对手是“群羊攻一虎”。明廷当时正忙于平复宁夏哱拜叛乱，无暇东顾，不得已下了一着议和的闲棋。沈惟敬，这位通晓日语、深谙东方厚黑学的民间高人进入官方的视线。

受兵部指派，沈惟敬于八月底抵达平壤，深入敌营，其孤胆英雄的姿态让小西行长深表叹服，议和的重要成果是约定了一个五十日的停战期。对双方来说，这都是一个来之不易的缓兵之计。隆冬时节，因小西行长第一军团的将士来自日本南方的九州岛，普遍不耐寒，十一月二十六日，沈惟敬借议和之机，再入平壤城，并从国内带去一批帽子赏赐给守城的日军，一举摸清了城内倭寇的总兵力为“二万数千，而不满于三万”。

1592年岁末，大明王朝做好了痛击日本人的准备，总兵官李如松在京城参加完宁夏献俘礼之后，带着西征大捷的余威，火速奔赴辽东。

十二月初八日，李如松到达辽东都司所在地辽阳，随即指挥四万大军分批次入朝，而此时小西行长尚蒙在鼓里，浑然不知。寒冬腊月里，命犯驿马奔波在路上的人，除了猛将李如松，还有当朝的首辅王锡爵。十月初，王阁老一家人从太仓出发，准备走大运河水路北上，考虑到北河即将封冻，而皇帝征召甚急，王锡爵于是将妻子和老母亲留在船上等待来年河开，自己则和义子王卿、礼部行人司行人何崇业一起，乘驿传车马由陆路进京。

腊月二十四，提督李如松跨过鸭绿江，移师义州，朝鲜国王李昖总算是盼来了大救星。次日，李如松在义州举行战前总动员，但见这支精锐之师斗志昂扬，气吞万里如虎。两天后，明军主力向平壤进发，除夕夜，李提督是在定州的中军帐内度过的。朝鲜史书记载，大年初一，白气三道自西北亘天，横贯太阳，傍有双虹围绕二匝，在渴望胜利的朝鲜人眼里，这是天兵豪气凌云、克敌制胜的吉兆。正月初二，李如松抵达距离平壤仅一百五十里地的安州，朝鲜二号人物、总管军务的体察使柳成龙求见。

柳成龙从袖子里拿出平壤地图，汇报地理形势及兵马行进之路，李如松一一用朱笔在上面做了记号，踌躇满志地说：敌人都已经被我锁定了。倭寇自恃有鸟铳，我所用的大炮射程五六里，他们如何抵挡？简短的军情分析会结束后，李如松还在扇面上给柳成龙写了一首七律，三百多年之后，李提督手迹夹在柳成龙宗族文籍之中，在二十世纪六十年代被列为韩国第160-8号国宝，珍藏于安东市回河村的忠孝堂。诗云：

提兵星夜到江干，为说三韩国未安。

明主日悬旌节报，微臣夜释酒杯欢。

春来杀气心犹壮，此去妖氛骨已寒。

谈笑敢言非胜算，梦中常忆跨征鞍。

当日，柳成龙在明军大本营告退之后，回到安州清川江畔的百祥楼，将这首诗吟咏良久，直至深夜。

正月初四，明朝大军的先头部队抵达肃川，此地距离平壤一百里地。副总兵查大受带一小队人马行进到顺安一带，以议和的幌子麻痹平壤城内守城的日军，小西行长遣二十余名将士出城一探虚实。明军大帐的鸿门宴里，摔杯为号，不料伏兵处置失当，生擒行动变成了一场大屠杀，仅有三名倭寇侥幸逃脱。遭此变故，小西行长才知道大祸临头，大明王朝虎狼之师已经兵临城下。

大明首辅王锡爵的这个春节也是在路上度过的，正月初四那天，王锡爵在山东德州，下一站就将进入北直隶河间府境内。眼看着京城越来越近，但是王阁老却高兴不起来，因为他在路上看到了一份邸报，其中有一份材料和自己有关。这本是一件很小的事情，科道官林材上了一份涉及王锡爵的奏疏，内阁做了票拟题请皇帝下发，皇帝仅回复“览奏，知道了”，并未发抄该疏。但是作为一个复出的大臣，既然听到有人在议论自己，自不敢冒昧前进。而王锡爵也不知道林材在背后说他什么事，于是向皇帝上奏“为赴召在途闻言惭悚恳乞圣慈俯察愚诚曲赐矜全事”。他在奏章里揣测，背后人言无非是两种情况，要么是指责自己为臣大义有亏，要么是可怜自己的母子之情，总之，不管说什么，他都是乐意接受的，皇帝也不用替他隐瞒。初七日，王锡爵的奏章就送到了皇帝的手上，万历皇帝的回复是：览奏，知卿趋命还朝，朕心喜悦。此行具见卿忠孝大义，人言诬诋，显是阻扰，姑且不究。皇帝同时让王锡爵不必介怀此事，宜速速进京佐理国事，不得延迟。

当然，王锡爵也并没有停在德州不走，行至高碑店的时候，就接到了皇帝劝解的温旨。

德州距离紫禁城，路程六百六十里，出德州安德驿，从河间景州东光驿计算，到京郊良乡共有十个驿站，从王锡爵正月初四尚在德州计算，他每天一个驿站，才能于正月十四赶到北京，并在次日谒午门谢恩。由此可见明朝人用驿乘车马赶路，日行六十里左右，这也正是驿站之间的平均距离。而明朝政府的文书在路上传递，由急递铺传递，昼夜须行三百里。因此，王锡爵初四日在德州向皇帝发出的奏疏，在初七日得到皇帝的批复，也就不足为奇了。

当内阁首辅王锡爵衔风冒雪、谨小慎微地赶赴神京之时，大明猛将李如松已经在朝鲜打了一场名垂千古的大胜仗。

前期沈惟敬和日本人虚实相间的议和谈判中，得知小西行长有意退出平壤和王京，在不战而屈人之兵的巨大诱惑面前，明廷的决策者非常冷静，兵部认为宜趁“士饱马腾”之机奋勇杀敌，以图万全。年前的腊月十三日，皇帝也做出批示：着经略（宋应昌）相机剿除，以绝后患。正月初五，宋应昌上报朝廷分析道，日本人占据平壤、开城和王京诸地，决不能让其会师于一处，今日兵马、钱粮已集，大战必不可缓。

在这样的战略部署下，李如松携中朝联军共五万余人，号称十万大军，于初六日抵达平壤，两天后环城摆阵，向城内的日军发起猛攻。当天的战斗中，中朝联军视死如归，以一当十，顺利攻下平壤外城，当阵斩杀倭寇首级一千二百八十五颗，缴获战马二千九百八十五匹，得东洋兵器四百五十二件，救出城内被虏男女一千二百二十五人。龟缩在平壤内城的小西行长见势不妙，仓皇弃城，连夜遁逃。

万历二十一年正月初九，平壤光复。

错误、边缘、野马

冷冰川 张立宪

2020年9月19日，南通籍艺术家冷冰川在读库阅读基地，与《读库》主编张立宪做一席谈。

张立宪：大家好，生活中最大的乐趣就是，让一个平时不爱说话的人张嘴滔滔不绝。今天我尝试完成这个难题，让冷冰川这样一个平时很难开口说话的人，尽量多说一些。

我们准备了一些冷冰川老师历年来的创作，从八十年代初到现在，将近四十年，有他自己选的，也有我选的。万一碰上他不愿意说话的时候，就用作品来说话。他不喜欢事先设定主题，约定好谈什么，所以我们俩基本上是现挂。

冷冰川：我知道我要事先准备腹稿就说不好，还是即兴好。

张立宪：很多人对冷冰川的印象是一个艺术家、画家，但我手上有一本经常会拿着看的小书《七札》，作者是他，里面几乎没有画，全是文字。我觉得他也是一个了不起的作家。

在大多数人的印象中，“文艺”这两个字，“文”和“艺”总是分开的，就像中国作家协会和中国文联属于两个并行的机构一样，写作和另外的艺术好像是两个职业。但这两个职业在冷冰川身上融合得很好，只不过很多人不太清楚他作为作家的这一面。

冷冰川：老六说我是作家，我已经认了。

这本书叫《七札》。是二十几年间我不肯学外语，在国外的漫长煎熬中看中文，用中文想问题、一直延续地创作，因为没打算发表，所以写得放松，没有顾忌。我的老朋友，也是这本书的责任编辑汪家明先生，他喜欢我的文字，前后编了十六年，一直编到退休，都没编好。

张立宪：一直在催稿，催了十六年这本书才出版的？

冷冰川：我从来没有催过他，因为内敛害羞，也不知道自己是个作家。我后来好奇地问过汪家明先生，为什么会编得漫长困难？我没有一点儿催他的意思，他似乎也感谢我没有催促。他说编书要有一个结构，可我这零散的文体，没有结构。他想了十几年，才编出《七札》的结构，2019年由三联书店出版。

出版后，在上海的第一场活动，就是我和老六对谈，他为此专程赶去上海。那次聊得很好，我们俩没有提前交流过，因为我对他很信赖，便想着把自己完全放松地交给他；他随便问，我认真地回答就是。

张立宪：今天我们先从冷冰川的画开始谈起。

冷冰川：我可以瞎说吧？

张立宪：可以。《无题》（图1）这幅是我选的，1983年，算是你早期的作品吗？

冷冰川：对，属于《读者文摘》那种气质。那时候我也没搞对象，不知道为什么会画这个。

这是一座塔（图2）。塔跟我的生活一直有关系，我工作的地方有这种塔，小学、中学附近也有，在两堵墙之间。

张立宪：《静物》（图3）这幅是你选的，你好像特别喜欢画这个？

冷冰川：我不知道是怎么画出来的，后来觉得那么自然。老想到它。

张立宪：画出来之后，你也不知道它是怎么画出来的？

冷冰川：记不住了，有很多画我都记不住是怎么画出来的。

《四月》（图4）是我当时的另外一种风格。因为不想现实主义，不想“高红亮”，就由着自己瞎来。我当时试有很多种风格，这是其中几种，属于我喜欢的抒情风格。

张立宪：跟冷冰川是同龄人的话，大概能够回忆起1984年前后，中国主流美术界流行的是什么画，跟这幅画的风格应该很格格不入吧。

你刚才说的“高红亮”是什么意思呢？

冷冰川：高大全、工农兵的形象。我那时候画这种画，被人无穷无尽地嘲讽，但我知道我是对的。现在那些笑话的人不知道跑到哪里去了。

张立宪：他们也都还活着呢。

再往下看，1988年的《秋空》（图5），可以看出你已经开始形成自己的风格了。

冷冰川：对，较成熟了。它也是我第一本画册的第一张画，我知道了自己的风格元素：江南的房子、女性、猫——猫是欲望，还有门神，抒情的。

张立宪：我很好奇，猫是欲望？女性不是欲望吗？

冷冰川：嗯。猫知道，我就不用说了。

张立宪：你作品中的月亮好像永远只是那么一弯，为什么呢？

冷冰川：因为这种弯很抒情。

《闲花房之冬》（图6）是我早年的一张代表作。我反复强调这幅画，因为后来很难再找到这么疏野的了……我后来不知道这是怎么画出来的。

张立宪：我们是在聊天，您不能总说“我不知道它是怎么画出来的”。

冷冰川：过去很多年了，当时我和上帝知道是怎么画出来的，现在只有他知道。另外我一直不构思，也不画草图，故意拒绝了很多规则；每天都在燃烧的野火，规则有什么用呢？我选择相信现场发挥，相信自然勃发的灵性，我认为那和灵感有关。

张立宪：这幅画的确很奇怪，像你刚才说的，你的很多画都很茂密，线条很繁复，但这幅画的线条之间还是有空隙。

冷冰川：对，疏散胖瘦随着成长环境变。看我这四十年来画的人体，没发育时，喜欢壮硕的女性，后来瘦—胖—瘦，现在又回到胖的，其实都是根据变化的心境、审美。

张立宪：那时你见过那么多女性吗？

冷冰川：我没有啊。真遗憾没有。

张立宪：这张《谷雨》（图7）又是代表作。

冷冰川：我作品中永恒的主题，女性和阅读、自然。

《歌谣》（图8），这张画得太好了，我什么都不想说。

《传说之三》（图9）这张也是我非常喜欢的。我到了西班牙后，在那里看到这种大水车和茂密的野芦苇，我喜欢荒疏的东西。

张立宪：我们都以为这画的是南通，结果你说画的是西班牙。

冷冰川：南通不用这么大的水车，南通是脚踏的小水车。

张立宪：你有些画是在南通画的，有些是到了西班牙画的。我认为你好像属于墙内开花墙外香，是南通之外的人更接受你吗？

冷冰川：对。其实我不交流，这种画也没投稿。江苏美术出版社的老总朱成梁，我们互不认识，他到南通来找我，做了我的第一本画册。我也是因为这本画册出国的。

张立宪：说到这里我插一句，因为冷冰川的画就是艺术品，但很多人拿来当插图用，冷冰川这边好像也很慷慨，直接就拿给对方用了。

冷冰川：我不喜欢自己被称作“插图画家”，我从来没有为一本书画插图，作家、诗人喜欢这种比较单纯的东西，他们是在画册上扫描借用的。

张立宪：很多人都没有经过你的同意就拿来用？

冷冰川：嗯。现在会说一下。

张立宪：可能在座很多人了解你，都是通过那些书的封面或者里面的插图知道的你，尽管是盗版。

冷冰川：那我应该谢谢他们。

《鸟儿乖乖》（图10）画的是童年记忆。我出国前住在南通的老房子里，童年记忆很深的是春夜，猫在屋顶叫春。老共产党员的父母也不肯告诉孩童，猫为什么在上面惨叫，我一直会想这个问题。特别是在外面，老想国内的事儿，老想门神、猫，还有屋顶。

张立宪：到国外想起了猫的惨叫。

冷冰川：这张《霜夜里的惊醒》（图11），当时我好像已经在办出国手续了，就想画一张代表作结束国内的创作。总想到了国外以后，要把我的风格全部扔了，重新学习新的东西，所以这张我记忆很深。画的欲望，山水田地都是西式的，西班牙式的百叶窗，我其实都没有见过。当时就是画的这种洋派头，面具、猫、情欲、人、自然，还有夜晚。

张立宪：这是画的你想象中的世界吗？

冷冰川：多情想象中的夜色世界。

张立宪：《老葵》（图12）这张是你选的。

冷冰川：啊，我突然感觉不像是我选的呢？

张立宪：这是唯一一个男性的躯体，是吧？

冷冰川：大家总说，冷冰川画“情色”。我想那画一画男人吧。可是画了这张以后，我就不想再画了，觉得多余，不好看。

张立宪：可能你都不知道为什么会选这一幅，就像你不知道当年为什么会画这幅一样。

冷冰川：《夜如花的伤口》（图13）是我到西班牙后画的第一张，也是我在国外回归黑白后，最单纯热烈的一张。累积了两年没有画，情绪全在这里出来了。这张我很喜欢，一直舍不得卖。和太太结婚时，我把这幅作为礼物送给了她。

张立宪：从刚才展示到现在，您已经说过很多次“这幅画我很喜欢”，这幅是你最喜欢的吗？

冷冰川：之一吧。

张立宪：另外一点我很好奇，“夜如花的伤口”这个名字是你起的，你好像画过很多以此为标题的作品？

冷冰川：画题都是自取的。这些题目不是刻意想的，是在画的过程中，自然出现的。

张立宪：这个词语的组合是你个人很喜欢的吗？

冷冰川：我喜欢。

画这幅《霜降》（图14），是我最壮年时，老想留代表作，老想表现技艺，想画一张别人无法超越的。这张很复杂，我不知道刻画了多长时间。

张立宪：你想把它画成你的代表作？自己也不能超越，别人也不能超越？

冷冰川：对。其实每一幅都是这么想。

张立宪：你现在还这么想吗？

冷冰川：精神密度是能够超越，但叫我再用这么繁密复杂的结构，可能会考虑一下。

张立宪：可能很多人接触冷冰川都是从这幅《花底一声莺》（图15）开始的。

冷冰川：这也是一个代表作，“春夏秋冬”这组画里的。

张立宪：这是“春”。

冷冰川：《秋虫夜雨》（图16）是我第一次在画面里用光。我不用电脑，不想也不敢看网上的留言，不喜欢跟别人交流创作方面的事。但我有时会听到别人说，冰川你这个风格不能画中国山水，不能画光……或别的什么。我就会挑战式的刻意地去表达一下，这张大概是想画光。

张立宪：你刚才说不敢看别人对你的批评，你是怕别人的批评控制了你的创作吗？

冷冰川：我说我不敢看网上外行的留言，肯定乱七八糟，我不喜欢这种东西。我是真的没看过，一半是骄傲，另一半还是骄傲。

张立宪：但是像这样，他们说，冰川你好像不能画光。你就开始画光、表现光？

冷冰川：对。

张立宪：如果他们不这么说，难道你就不会自己去画？

冷冰川：我就不会刻意去做这个东西。

张立宪：就不会驱动自己来表现光，是吗？

冷冰川：对，因为光在我的画里不重要。

张立宪：我想你能不能就这幅画，跟大家讲一下这些画是怎么创作的？

冷冰川：创作时只有女性是想画的，别的都是自然繁衍出来的。我想象的是个青春的女性，在夜的深处，古典大雨将至……但不小心把脸画坏了，就画了个面具戴上。

这是个青春的女性，需要一个与青春对比的荆棘和稗子，我就画了一把很老的椅子暗示死亡和衰老。我的画面永远都是各种各样的对比，方圆、曲直、拙巧、死亡和青春希望……鸟窝是青春纠缠的，还有猫，有书。

张立宪：我跟大家介绍一下，冷冰川的画不是画出来的，是刻出来的。他要先在一个白色的卡纸上涂墨，把白纸涂得无穷的黑。他说每次把白色的纸变成一张黑纸板的过程，是让他元气大伤、极其消耗体力的过程。

冷冰川：对的。卡纸可能和手接触过，有油，我刷中国墨时会刷不匀。只要第一次刷不匀，就得无穷无尽地在上面搞。一遍遍，仿佛考验我的耐心。

张立宪：等有了黑色的纸板之后，他才用刻刀——用的也是很便宜的刻刀，是吗？

冷冰川：因为我总是在几个地方跑来跑去，又是一个不相信技术、不相信工具的人，特意用很廉价的、两块钱一把的美工刀，表示我故意要错过一些东西，可我不稀罕——我要让朴直堕落得慢一些。我喜欢简单的工具。

张立宪：一把两块钱的美工刀，您能刻几幅画呢？

冷冰川：刀片很便宜，随便我刻几幅。

张立宪：我忍不住动了经济学家的头脑。冷冰川的刻墨作品，一幅都卖上百万，他的成本只有两块钱……

他的画可能和很多人想象中不一样，大家以为是在黑色的纸张上用白色的线条画出来，但其实全是刻出来的。所以在不同的光线照射下，不同的角度，观感都不一样，很奇妙。

冷冰川：这张《流霞》（图17）也是在西班牙画的，也是我觉得自己后来再也画不出来的一种。这幅画是先想到题目，再来创作的。人家问，“云”和“霞”你用刀怎么画？我就想到了画流霞。

张立宪：你想表现“云”和“霞”，但是它们在画幅中占的比例并不大。

冷冰川：它们是流动的，而且像在漆黑的夜里播种，有一道像光一样的东西，我认为它应该受到关注。

张立宪：这幅画你哪里画错了，又用后来的内容弥补呢？

冷冰川：应该是有的。我的画从来合情不合理，只要合乎自己天然的情致。不合常理才是针尖上的蜂蜜，醒着不死的才是创作。

张立宪：你的创作都是不打草稿，一旦出现错误，就想办法把它处理掉吗？

冷冰川：对呀。按照通俗艺术教育的黄金律，千千万万的人画出来都是雷同的，没有问题但也说不出好的东西，那有什么意义？如果每一张没有一个新的清新启示，或清洁，我也不会坚持四十多年表达它。

我是个很没有耐心的人，能这么长久的坚持专注，是因为给自己设置了很多难度。比如我故意不打草稿，故意不考虑主体人物在画面中的位置，任意一点就开始画。肯定有不少的错误，不是高了就是低了，不是左倾就是右偏，然后我就用百分之九十五的力量去调整那些率意的错误。

调整好了，一看很舒服，怎么这么"结实的好"。因为开始的那个错误别人肯定不会犯，不幸的错误反成了我燃起的烈火。所以大体上看，每一张都有别样的新鲜感。尽管我往往是七八幅一起创作，但自然保持了最原初的想念和感情，因为我在错误的时间唱出来了。

张立宪：任由错误发生，然后用百分之九十五的精力围绕着错误展开。你有没有一开始就画得特对的时候呢？

冷冰川：有。画得太顺畅优美的画，我马上就把它卖了。所以画得太顺手的，我都没有记忆。

张立宪：能记住的都是画错了的时候？

冷冰川：自己纠结、咒骂的东西记得久些。画得太顺利时，我往往自己主动停下来，我不信任圆熟。

张立宪：你是拒绝圆熟的？

冷冰川：我觉得圆熟和多余的技巧都没有用，因为它们没有贫穷。

张立宪：缺少贫穷？

冷冰川：对。

张立宪：六十年代的南通大地上产生了这样一个人，真的好奇怪，你这些观念是怎么来的？

冷冰川：在错误里放野马，我喜欢在错误里瞎跑，跑得远远的。反正也没有人敢给我律令，也不需要听别人的命令。错误、边缘、野马，也许更接近创作真相。

我现在才知道许多老的大师都是这样创作的，神仙挡不住人想逃，越跑离内心的真实越近。因为艺术创作就是这种大似造化小儿的游戏。

我就想在一张纸上杀人放火，但我做不到，只有瞎来的时候，才感觉内心是对的，有我喜欢的那种有力的搏动。所以我老找那种错误的、不顺畅的，表现的都是自己的怒火。那些个看了都很美的，其实都是用尽了力气，单靠想当然的意愿，是唤不出血肉丰满的。创作的怒火“美难”往往也被我带到生活里来，所以生活里我少有什么耐心。

张立宪：他说得让我们无话可说了。

这幅《一千哻》（图18），应该再说说吧？

冷冰川：这个太优美了。

张立宪：这是属于那种“画对了”的吗？

冷冰川：对的。一些创作不为这些、那些，不知道那些、这种，所以也就不在乎有没有提出新观点。

张立宪：所以你很快就把它卖了？

冷冰川：这个没舍得卖。

张立宪：说说它为什么在你的作品中属于另类的呢？

冷冰川：有人总说天分和灵感，其实我不知道天分是什么，我觉得一根线就足够时，绝不用第二根线，这可能就是所谓的天分才华吧。

张立宪：您的意思是，天分就是不多余？

冷冰川：简洁就是才华。当然这要靠积累、选择，才知道它的正好。

经常有人问我，你的技巧是什么？我说，我没有技巧。他们说，你画了四十年，难道没有技巧吗？我有，但我也不懂它能刻写在哪里，如果不刻在心上，刻在哪里都没用，我要把无知的技巧忘记——现场发挥就是我的技巧，在那个境地，能把原生的朴质本色力量引发出来……这时，真实会变得令人无法相信。至于灵感除了是平时无穷无尽的积累外，还有现场挖掘，并模仿天分的自发与清新。

张立宪：也就是说你的每一幅画到最后，都多少让你感到有点意外？

冷冰川：我其实不知道会变成什么样，我的初衷是一个样式，但往往走偏了，变成另外一种东西。

张立宪：反正你“杀人放火”的愿望是完成了？

冷冰川：对，在纸上杀人放火。

张立宪：我们再看《梵·高系列之十三》（图19），梵·高系列你好像画过很多幅？

冷冰川：我想得很多，画得也很多，但仍有很多创作瓶颈，画不出来，很急躁，这个时候我就刻画梵·高，因为可以不打草稿，任性瞎胡来，手上常常刀痕累累。有时候画得很快，也不注意，手上被弄得很多伤痕。一看到画的梵·高，我就知道该动身去见一首从来没有被写出来的诗。

张立宪：你画梵·高之外的画，手受过伤吗？还是只有画梵·高时手是受伤的？

冷冰川：是梵·高划得太快，急着想把那个情绪画出来，有时候纸、刀、手不能协调。

《冷山》（图20）是新画的，我很喜欢，甚至想取自己的名字，因为画面上就是冰川嘛。

张立宪：结果用了你儿子的名字。

冷冰川：不敢作，不能这么骄，后来就用了我儿子的名字“冷山”。有冰山、女性、自然、植物，当然是有欲望的植物、燃烧的植物，还有傀儡、山水、性暗示之类的。

这幅我是有所节制的，杀人杀了一半就没敢杀。我画的女性很少有穿衣服的，她穿衣服穿了一半又不甘心，就把最青春豪迈的东西又露了一点出来。

张立宪：这就叫节制？

冷冰川：对，以前不穿还炫技呢。

《万卷如雪》（图21）比较新，是约稿，为张爱玲画的一组作品。这幅很难。

张立宪：这个难在哪里呢？

冷冰川：说起来是书架、人体和死亡在交流一种情绪，但书架要用表情，要有很强烈的东西在里面。这张性感又不轻薄。我喜欢。

张立宪：你说到一个词“轻薄”，你的画好像跟轻薄基本都没关系，你认为什么是轻薄的呢？

冷冰川：我不去想的东西都是有点轻薄的。

张立宪：这真是艺术上的法西斯。

《沉香》（图22）应该也是流传甚广？

冷冰川：这张也是画张爱玲。大概熟悉张爱玲的人都知道，她一生中怀过一次孕，仅三个月就做流产了。我想这是她人生中很重要的一下子吧，就画了她怀孕三个月的样子。我想象三个月的肚子是这么大，也不知道是不是。

张立宪：大家觉得看到这张作品能够和张爱玲关联在一起吗？

冷冰川：不能，但买家说能，他说这个好。

《野豌豆》（图23）这张很小，很难，我不知道我是怎么画出来的。很多人喜欢，要买这一幅，我都想重复再画一幅。但是没有了，它永远没有了，画不出来这种东西了。

张立宪：这幅画没有卖、这幅画再也画不出来了。是这个意思吗？

冷冰川：对。

张立宪：在今天的这些作品中，你觉得这是最难的一幅吗？

冷冰川：不，恰恰不是难，是轻灵。可能是一闪而过，但我抓住它了。

张立宪：大家知道冷冰川的作品最大的是多少？

冷冰川：现在我的画很大，有画到两米五了。

张立宪：那你此前的刻墨作品呢？

冷冰川：以前我的画有一个常规尺寸。人家问，为什么是七十厘米呢？我后来想了想，刚好是我手臂的长度。我习惯坐着画，因为每天工作强度大，站着画体力是不够的。

《野竹》（图24）这幅画，也是因为别人说，你画不出古代诗意，所以我要画一个中国古代的诗人，夜晚看月亮，月亮看竹子，竹子映水里……

我想因为用情过度，竹子其实画过了，有点抢眼。有时候太认真过头，也会犯很多错误。

张立宪：能把刚才这话再说一遍吗？

冷冰川：创作要现场挖掘。我想画一张古代题材的代表作，就把那段时间的全部精气神都灌在这张画里，只顾了激情，没考虑控制，竹子画得太强烈，人就出不来了。竹子怒放过头了。

张立宪：让画家解释自己的作品，你逼他一遍，他就会有一个版本的解释；再逼他一遍，他就又会有一个版本的解释。这挺过瘾的。

冷冰川：2013年的这张《无题》（图25）画的是死亡，有面具、死亡有关的东西。以前人家说我的画太甜，现在没人说我甜美，都是说太优美，我听着总觉得是个贬义词。

张立宪：优美、甜美这两个词，你都认为是贬义词？

冷冰川：不，甜美是贬义词，优美未必。我老想，我不甜美，那会是什么样呢？那就是杀人放火。这幅画也没有控制它，但我及时把它收住。

张立宪：你认为是怎么收住的呢？

冷冰川：没再像那片竹子一样放纵，我就收住了，你能看到有未完成感。

说到绘画专业，我觉得我很多画都画得太完整，许多画册想选局部的时候很难选，因为画得太完美，边边角角都弄得很周到。我现在想要画未完成的感觉，故意画坏了的感觉，让最原初的那种感官常识、痕迹，停一停，顿一顿。

张立宪：我好像能明白了，未完成的作品就终止在那里。《野竹》那张相当于是画过了，就赶快把它卖了。

这张又是“夜如花的伤口”（图26）。

冷冰川：对，我画了很多。这幅画和死亡有关系。这张画我不能够描述出来，我也不想把它重复表达出来。非常好。一片漆黑。

《朗读者之二》（图27）是疫情期间画的，从2019年开始画到2020年，我往往把起稿日期算作创作日期，因为向日葵很难画，画完它需要很长的时间。画里死亡和阅读都在，没有女性了，书看起来比《读库》大一点，有很多东西在。

张立宪：为什么说向日葵很难画呢？

冷冰川：我和一个没有画过向日葵的人，说一个很难画的向日葵……

画向日葵很难偷懒，一刀一刀刻得很难受。它瞎长我瞎画，天晓得要刻成什么样。这是心里的向日葵，不是田地里的，我要把它画得像人，像无数的人和无数的欲望，连死亡看着它都怕。

张立宪：这个作品的名字叫《疫典》（图28），是跟疫情有关的吗？

冷冰川：对。既然死亡都在跟我搞，我就在画面上瞎来了。你看我用很多立体的线条，穿插了很多赤脚的东西。这张也是用过情的。

张立宪：你认为现在这个画比若干年以前的画更厚重？

冷冰川：没有啊，我青壮年时的画也厚。不一样的是，我现在敢像孩子那样狂吼，可以在画面上瞎来了。

张立宪：《春夜》（图29）这幅画是我选的。

冷冰川：我知道。

张立宪：冷冰川是那种对人很放心的人，他把三百多幅画的原图都给了我。他不太会用电脑，就自己选了二十多幅，让我帮忙做成一个PPT。我忍不住加了开头的两三幅，那是我能查到的年代最早的，但我自己真正好奇的是这一幅。

冷冰川：我没想到你内心这么优美。这幅画的题目是《春夜》，也是很优美、很青春的东西。

张立宪：这样优美的作品，至少我看到的很少。这些线条你是怎么处理的？就是由着性子来的吗？

冷冰川：对，是由着情绪来的。但我还是不能够告诉你……

张立宪：你喜欢这幅画吗？

冷冰川：我喜欢。

张立宪：你认为它只是一个小品，还是你真正的作品？

冷冰川：和心有关系的都是大的，没什么小的。

张立宪：我们从三百多幅作品中选出了二十多幅，我又加了三幅，今天算是浏览了他这四十年的创作生涯。但我很好奇，有什么是你没有……

冷冰川：画不出来，又写不出来，那是什么呢？

张立宪：也说不出来了吗？

冷冰川：那是小偷，是贼，而且是骑自行车的贼。

我感觉真实的肉欲，好像是写不出来也画不出来的。如果是肉欲的思想，就要隐藏起来，但还得让人能够发现呢，否则我这几十年就没有了。

我想最重要的思想是隐藏的思想，最深刻的肉欲是隐藏最深的肉欲。我们每天对视，看到的不是眼睛，而是相互的谋杀，我们、欲望和人的争斗。我画不出来的就是这个东西。

张立宪：我们来鼓掌吧，我也不知道该做什么反应，我觉得你已经说够了。

冷冰川：我把羞耻说够了。

张立宪：他没有画出来的部分，刚才那几句话，也已经说够了。很多人说到印象中的冷冰川，好像长期以来就是这个风格，从八十年代他走出南通的那一步，一出手就是风华正茂、出手不凡。但我觉得这种所谓成熟的风格，在你这儿也不存在。

冷冰川：我害怕成熟的风格。这个话题挺好，但我现在说不好。

我多么不想有所谓成熟的风格，我即兴捕获内心瞬间的、自然勃发的、清新的所有陌生的东西。我不要成熟的风格呢，灵巧就够了。一点不多，一点不少。

现场读者：请问冷先生一个问题，我小时候经常去濠东路，那儿有个梅庵书苑，据说是你妹妹冷雪兰女士开的。我在那边看到有很多古琴，想问冷先生，您有音乐方面的爱好吗？

冷冰川：我在音乐上有盲点，很遗憾不能深入自如地从音乐里直接吸收养分，只是个普通的欣赏者，“普通的赝品”。遗憾。

现场读者：冷老师好，您的作品多次提到死亡，死亡在您的作品中是怎样的位置？您对死亡在作品中的呈现是如何思考的？

冷冰川：你看我说话这么紧张，还提这么大的问题。

张立宪：这个问题确实用一座图书馆都说不清，但你还是用一句话来说清楚吧。

冷冰川：我的心态壮实，敢想敢画，没有把“死亡”有关的东西看得很重，它只是一种和青春的交易。再说死亡没有任何技术含量，青春才是风险和幻觉。

张立宪：你什么时候可能会回避死亡、害怕死亡呢？

冷冰川：我老了就会。

那时青春的虚荣、皱纹都没了。但可能有另一种灵活的补偿，不寻而获。

现场读者：冷老师，在您的艺术创作中，有没有对您影响特别大的艺术家？

冷冰川：太多太多了。

那个年代，说起来，你们无法想象匮乏到什么地步。我记得城市里，只有文化宫有一个书报阅览室，订了几份报刊，《人民日报》《解放军报》《工人日报》……我每晚吃好饭，就骑自行车去那里。坐了一屋子人，大家都在等，等上一个人看完报纸后传给下一个人阅读。我每次进去便问“谁是最后一个？”我就盯着他，到他之后就是我。

我会把报纸从头翻到尾，只要有一小豆腐块的画，我就临摹，不管他画得什么样。可见我的杂食和饥渴。我不愿意学报纸插图、尾花那些东西，想要寻找新东西。赶上改革开放，图书馆也悄悄开放。当时我还未成年，不能办借书证，父亲的同事帮我弄了个证。他们看我像是孩子，有时不放心让我进，因为有禁书。总是问我要看什么书，我什么都没看过怎么说得出来，便倚小卖小，说，你可不可以让我进去挑？

幸运的是，我居然找到比亚兹莱、麦绥莱勒、肯特……他们是鲁迅上世纪二三十年代推崇并出版的一组欧美画家。后来，也寻到米开朗基罗、达·芬奇、毕加索、张光宇等，青年的我消化不了这些猛兽般扑倒的东西，生硬地凭直感，把最土的中国民间艺术和最洋的比亚兹莱、毕加索混剪结合，从那时开始了一个自我摸索的路程。

没有标准，不知好坏，也没有专业自信，从未想过要变成什么模样……无数的画家、民间艺术对我产生影响。

我庆幸是个自学者，消化能力很强，好东西拿来直接就用，要把它们变成自己的；因为灵魂、肉体皆无法模仿。

年轻时，我从不追求诗和所谓风格，它们自己会从无数的悔恨、嘈杂处渗入；无数的悔恨——那是人四处溃散啊，最后逃成了一种自己。

张立宪：那你画成自己之后，又喜欢跟谁对话呢？

冷冰川：好多。凡是规定动作之外，有一套自选动作的，我都渴望交流。文学、理论、诗歌、绘画一样，我找同样天真、热忱的。

张立宪：你当时的年纪，有没有想过拒绝苏联现实主义风格有可能带来的风险呢？

冷冰川：我当初还在美术家和小说家之间徘徊呢。我想无非就是“现实主义”和俄罗斯不要我了，那我就去写小说，后来戏法没转成。

现场读者：冷老师好，我有两个问题，您提到说在情绪需要发泄时，就会去刻画梵·高，您是不是认为梵·高是一个最惨的画家？或者是又惨又值得尊敬，所以会去刻画他呢？

第二个问题，您刚才说害怕成熟的风格，抛弃技巧，我就想到老子所说的“道法自然，大直若屈，大巧若拙，大辩若讷”。是否一个人成熟之后就越趋于老子的道法自然呢？

冷冰川：梵·高是一种象征，独一而无法模仿，是我很热爱的人。我有情绪障碍的时候，就会去找他。每次在他那里胡乱发泄一通，就跑出来。

我一直尊崇内心的天然，如果不是“天然”，我也不会成熟。以此回答第二个问题。

现场读者：您如何看待欲望和艺术的关系？您年轻时，或是从创作初期到现在，看待这个问题的态度是否有所改变？

冷冰川：没有什么变化，只不过现在我能更理智地扰乱了。我是感性的人，尊崇内心自然生发的一切茁壮和清新，我刻画欲望时，一切不美的东西都在淫亵。

如果仅仅认为我是在画女人和欲望，那真是枉费了我的危险和纯良，还有平静。

张立宪：他的画里即使有裸女，但是没有荷尔蒙。

冷冰川：我想起来了，我画的不是欲望，恰恰是“欲望”的死亡时间。

欲念死难之后的部分，是靠在静寂之上的——哪一刀不是靠在性命之上的洁与破相。

现场读者：冷老师，我向您请教一个问题，我年龄比较小，但是可以从您的画中看出那种极度的奔放和视觉冲击，请问您是怎样表达出来的呢？

冷冰川：因为你是用心读的，我也是用心画的，这种自然如歌诗般性命的沟通、表达，不需要语言，也不需要年龄的成熟，表达和理解就这样奋勇醒出。

我只相信内心原生的、健朴的东西，也真心不说假话。我搞对象时也没敢说假话，这就保证了我一直不说假话的勇气。

现场读者：冷老师，今天在您的家乡南通，南通在您早期创作及之后的各个阶段中处于什么样的地位？对您的作品有哪些启发？

冷冰川：我出国以前都在水乡南通，所有的灵感和画面都是江东这儿的。我从不寻求构思，习惯独白，因为“对话”拷问我的耐心。

每年我都要回到南通，就像楼上悬空的狗要飞奔趴到地上吸地气一样；我画任何风格都有收敛和保留意识，这是南通水城的内部轮廓吧。

张立宪：冷冰川画江东，我看那些作品时能感觉到，好像就是他血液里的东西，并且是他梦里的东西，一个人做梦总是回到自己家乡的感觉。他把那个画出来了，真是特别了不起的一件事。

冷冰川：江东大，我的家乡肯定永远是最大的。北京、荷兰、西班牙都没有变成我的家。

张立宪：读库的工作人员把冷冰川叫“黛玉老师”，因为他貌似鲁智深，但内心是林黛玉。冷冰川就是这样一个极端冲突的人格混合在一起的人，他说自己看起来很荤，内心很素；看起来很粗犷，内心很细腻。他父亲对他的创作有个形象的比喻，“李逵拿绣花针”。这可能是南通这片土地上特有的气质吧。

冷冰川：我从前长得也很细腻，长发飘肩，老了就变成了这样。

现场读者：冷老师好，刚才听您的描述，您其实一直在创作中寻找突破，寻找一些新的东西、新的感觉。艺术家们通常有一个创作习惯，隔一段时间冷静下来去创作采风。您在采风的过程中，有没有好玩的、有趣的东西给我们分享一下。

冷冰川：我又要让你失望了。我不是个写生型画家，我是画回忆的画家，老想往前回跑。大自然里我也用心去记住了一些东西，但读了这么多大尺寸的自然，想对自己说的却是：请忘掉那些空洞的佳句吧。

如果你不能用平淡如奇的血肉细部，就什么也不是。我的作品跟生活贴得很近，用的是最生活化的材料和感受。刚刚连小女生都说，我看懂了你的画。这肯定有最亲近自然的东西。

现场读者：冷冰川是我的小学同学，我不讳言，他也是我们的骄傲。我们经常跟冷冰川交流，参加过很多场他的新书发布会，他的画我们也都看过。可能是我比较浅薄，好像没有感觉到在他的画里体现出我们一起读书的时代。他刚才也提到，那是一个极其贫穷的时代，但我认为有时贫穷也是一种财富。请问冷冰川同学，我们什么时候可以从你的绘画作品或文字作品中，看到我们一起走过的那个时代呢?

冷冰川:十年贫穷的记忆我没忘,我当年幼儿园用一个澡盆洗澡的女孩子在这里,十六岁懵懂启蒙了我“性命”联想的女同学今天也在这里……

张立宪:但是您二十六岁才谈恋爱,这太辛苦了。

冷冰川:说的都是真的。我真是晚熟啊。

现场读者:这幅《春夜》,你画了多长时间?

冷冰川:想不起来了,这幅画是调节临时的情绪的,我就没有记。

现场读者:哪一幅你想得起来画了多长时间?

冷冰川:和欲望有关的,都画了超过二十天以上,画了很长时间,一天工作八个小时,我是这么算的。

张立宪:时间过得太快了,冷老师,我认为你不得不和南通的父老乡亲说一声“再见”了。

冷冰川:读库要我说再见,那就再见吧。我自己也对家乡的父老乡亲说声再见,谢谢你们。

图 1.《无题》，尺寸不详，1983 年

图 2.《塔》，尺寸不详，1983 年

图 3.《静物》，尺寸不详，1984 年

图 4.《四月》，60 × 60cm，1984 年

图 5.《秋空》，尺寸不详，1988 年

图 6.《闲花房之冬》，30 × 42cm，1989 年

图 7.《谷雨》，50 × 35cm，1989–1990 年

图 8.《歌谣》，48×35cm，1996 年

图 9.《传说之三》，48×44cm，1998 年

图 10.《鸟儿乖乖》，50 × 38cm，1998 年

图 11.《霜夜里的惊醒》，48 × 38cm，1992 年

图 12.《老葵》，50 × 35cm，1992 年

图 13.《夜如花的伤口》，52×35cm，1996 年

图 14.《霜降》，50 × 38cm，1996 年

图 15.《花底一声莺》，50×35cm，2003 年

图 16.《秋虫夜雨》，50×35cm，2001 年

图 17.《流霞》，70×50cm，2004 年

图 18.《一千哼》，50×70cm，2010 年

图 19.《梵 · 高系列之十三》，50×70cm，2015 年

图 20.《冷山》，49 × 78cm，2018 年

图 21.《万卷如雪》，50×70cm，2012 年

图 22.《沉香》，70 × 50cm，2012 年

图 23.《野豌豆》，22 × 28cm，2011 年

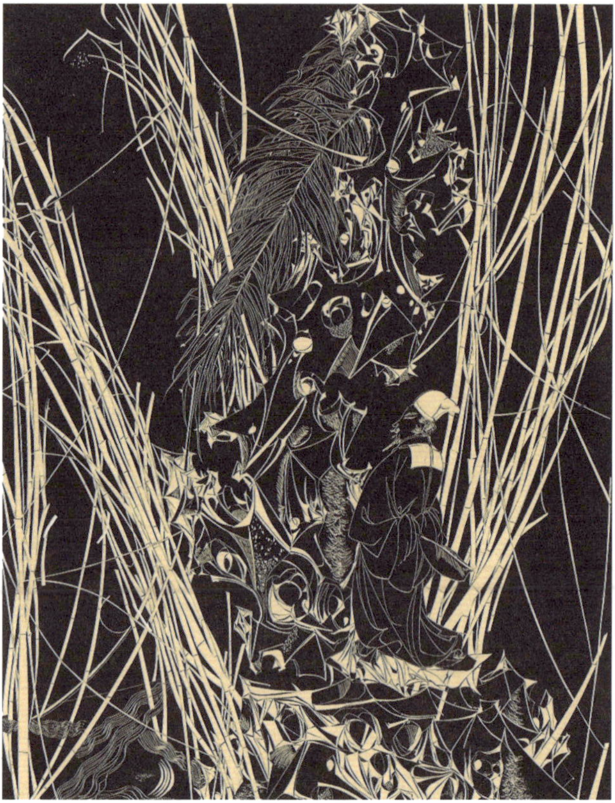

图 24.《野竹》，79 × 60cm，2017 年

图 25.《无题》，70 × 50cm，2013 年

图 26.《夜如花的伤口之十》，50×70cm，2012 年

图 27.《朗读者之二》，55 × 78cm，2019 年

图 28.《疫典》，55×41cm，2020 年

图 29.《春夜》，60 × 78cm，2018 年

少年西湖记

傅国涌

一个知天命之年的童子师和童子们共同完成的西湖心灵史。

2017年10月7日，我在杭州开设国语书塾。开班以来，多次将课堂放在西子湖边，水声、鸟声与读书声融汇在一起，孩子们喜欢在西湖边上课，山水和人文景观给课堂带来了许多无法预想的新因素，比如正在上课时，一群鸟飞来了，鱼游过来了，花落下来了……这一切都构成了课堂的一部分。

经过一年思考，我构想出了一门《西湖走读课：四季西湖和文化中国》，在季节的轮转和物候的变化中重读西湖，不仅在自然中体悟，而且在文化中拓展。阅读、行走、课堂和写作结合，“西湖的声色香味”为总纲，其他跟着节气、花事，从桂花、芦花、红叶、蜡梅到梅花、桃柳、新茶、荷花，每一课结束时，童子们都会投票选出本期“西湖人物”。

过去的一千多年，西湖的书写有了文人谱系、英雄谱系和美女谱系。《少年西湖记》将四季西湖放在中国文化的脉络中来，期待与我一起走读西湖的童子能写出历代文人没有写出的西湖之美和西湖之重，开创西湖书写的第四个谱系——童子谱系。

我试图从审美的角度切入，带着童子们一边读席勒、爱默生和宗白华、朱光潜、李泽厚的论美之作，一边读中国文化的相关著作，由文化和审美的双重视角，空间和时间的叠加，进入西湖的心灵。我们在季节变化中与苏东坡、岳飞、张岱、胡适、徐志摩他们的心灵相遇。

我期待这不是一部普通的游记之作，而是一个知天命之年的童子师和童子们共同完成的西湖心灵史。

西湖的声色香味

童子诵

洛夫的《白堤》——

白居易是不是一个浪漫派
有待研究
而他的的确确在一夜之间
替西湖
画了一条叫人心跳的眉

且把鸟语，长长短短
挂满了四季的柳枝
啁啾了千多年才把我
从梦中吵醒
早餐是一窗的云
外带一壶虎跑泉水泡的钟声
饱得打嗝
但散步到堤上
又补了一顿
被荷叶吃剩的秋风

先生说

西湖可以听，有“啁啾了千多年”的鸟声，有“一壶虎跑泉水泡的钟声”，当然还有风声雨声，此刻又加上了你们的读书声。

西湖可以吃，不仅秀色可餐，而且有楼外楼、天香楼，有东坡肉、西湖醋鱼，诗人洛夫甚至说“早餐是一窗的云”，还有“被荷叶吃剩的秋风”，连西湖的云和风也可餐。

西湖可以闻，有三秋桂子，十里荷花。

西湖可以看，“欲把西湖比西子”，苏堤花暗柳明，白堤如一条“叫人心跳的眉”，长长短短的鸟语，挂满了四季的柳枝。

此刻，我们在柳浪闻莺，不但看见了西湖，湖水荡漾，桂花正开，在桂花香中闻见了西湖，也在鸟声、虫声、水声、船的欸乃声中听见了西湖。我把这一课叫作《西湖的声色香味》，先从听见的西湖说起。

西湖的声音，大家想一想——在著名的“西湖十景”[①]中，有没有主要靠听觉的景观？——风景一般都是用眼睛来看的。

（童子：柳浪闻莺。）

对，有一个“闻”字，这是春天杨柳绿时听鸟声最佳之处。还有吗？

（童子：南屏晚钟。）

南屏晚钟，一听见这四个字，我就会情不自禁地想起我少年时流行的一首歌，歌词中有一句：“南屏晚钟，随风飘送，它好像是敲呀敲在我心坎中……”至今还在我心坎中不断回响。有一天，我读到著名作家无名氏的小说《无名书》（第一部《海艳》），写到南屏晚钟的那段文字，太惊艳了。大家一起来读：

晚饭后，有时，他爱在苏堤上散步，许久许久，一声晚钟声从黑暗中响起来，东方式地敲着夜，敲着他的情绪。为了寻觅这片幽隽的钟声，他曾穿过长长苏堤，向净慈漫步。

① 苏堤春晓、曲院风荷、平湖秋月、断桥残雪、花港观鱼、柳浪闻莺、三潭印月、双峰插云、雷峰夕照、南屏晚钟。

钟声如一只船，悠悠荡着他，带他入奇异的我佛莲花世界。另外的时候，他就泛舟于钟声中，直到装满一船钟声，才慢慢从靠净慈的那一带湖面驶回去。

关于钟声，他有哪两种说法？（童子：“钟声如一只船”。）在钟声中悠悠荡着，就像在船上悠悠荡着似的。还有呢？（童子：“装满一船钟声”。）他可以将钟声装满一船。这是南屏山下，净慈寺的钟声，从此也是无名氏的钟声。这个净慈寺你们从杨万里那首诗的题目里早就熟悉了（《晓出净慈寺送林子方》）。这一船钟声，今天你们也可带回去。

无名氏长期住在杭州，对西湖很熟悉，他在这本书中写到玉泉观鱼，长夏的下午，不时传来一片蝉声，小说中的人物坐在那里，“悠悠看鱼，悠悠喝龙井茶，全世界似变成一座古刹，静得叫人一片空明，只有鱼群唼喋声、拨水声，和蝉声”。

这里有鱼的声音，作家于敏在《西湖即景》中对此有更细致的描写，我们一起来读：

又有一个月夜，我坐在苏堤的长椅上。朦胧的月色投下神秘的影子，在水面上撒开浮动不定的光，好似无数的银鱼儿在那里跳动。周围很静，鱼儿也就大胆了，都悄悄地来到水边，不时一翻身子，跃出水面，好像要窥探人间的奥秘。听到溅水声，一个银亮的物体在水面上一闪，转眼又不见了。

月色中，西湖中的鱼还醒着，发出的溅水声多么吸引人。我们继续读于敏的《西湖即景》——

有一个浓雾的早晨，我来到堤边。四处迷迷茫茫，山和湖都不见了，面前只有看不透的乳白色的混沌。欸乃之声由远而近，和悦耳的鸟声相应和。白色的空洞里隐隐约约有一个点子，而后，一只船的轮廓渐渐显露出来。这是这一天最早的一只游艇。

这里有什么声音？（童子：船的欸乃之声，还有悦耳的鸟声。）鸟声，我们从一千多年前白居易的一句“几处早莺争暖树”中依稀就可以听见了。诗人洛夫在《白堤》这首诗中说白居易“替西湖/画了一条叫人心跳的眉/且把鸟语，长长短短/挂满了四季的柳枝”。

明代人杨周有《苏堤春晓》：

何处黄鹂破暝烟，一声啼过苏堤晓。

清代人田庶写了一首《西湖柳枝词》：

短长条拂短长堤，上有黄莺恰恰啼。

翠幕烟绡藏不得，一声声在画桥西。

一声啼过苏堤晓的黄鹂，和柳枝上的黄莺恰恰啼，都是西湖的鸟声。1946年5月，作家柯灵写下《在西湖——抗战结束那一天》，提及他喜欢的苏堤，“堤上静得出奇，偶尔有鸟语一声两声；一个少女骑了自行车，穿过夹道的垂杨，在如雾如烟的绿色中逝去，留下的还是一堤空寂”。白堤的鸟语和苏堤的鸟语，在柯灵和洛夫的笔下遥相呼应。

说到“欸乃声”，宗璞的《西湖漫笔》也留下了一笔：“波平如镜，船儿在水面上滑行，只有桨声欸乃，愈增加了一湖幽静。”

女作家张爱玲在《异乡记》里写到小船划到西湖的宽阔处，湖上起了雾，难得看见一两只船，在雾中像黑蚂蚁，两只桨便是蚂蚁脚——

自己身边却有那酥柔的水声，偶而“啯”地一响，仿佛它有块糖含在嘴里，隔半天咽上一口溶液。

这“酥柔的水声”和偶而“啯”地一响，真是与众不同。张爱玲的感觉总那么特别。

无名氏的小说《海艳》写到了西湖的桨声，还有鸽笛声、琴声——

水上只有桨声，极轻，岸上人声飞到湖心，也变成一片静。穹空有鸽笛鸣。笛声似一些金属片，美丽的敲击湖面；水底响着瑰丽的回声。鸽笛声使天穹更蓝更静了，也使湖水更蓝更静了。

琴声响了，一组组活泼泼音符舞出来，轻快极了，明朗极了。它们是一大群第一次飞翔的麻雀，由于一阵大欢乐的冲动，扇起第一次成长的翅膀，突然从树顶飞冲出来：那片无限新鲜而好奇的飞、冲、跳、踯、欢忻！琴声又像一只只精灵的燕子，缤纷缭绕地从琴弦上飞出来，美丽的斜掠湖面，飞入蓝空，翱翔蹁跹，描不尽的轻疾！画不尽的欢畅！

是那样喜悦而活跃的旋律！那样明丽而敏捷的节奏！……最后一声猛割，琴声突停……

我想起金庸的武侠小说《书剑恩仇录》，乾隆皇帝与红花会总舵主陈家洛在西湖初会，一个弹的是《锦绣江山》，一个弹的是《平沙落雁》，还有钱塘歌姬玉如意在西湖船上的歌声。这一切当然都出于虚构，但西湖千余年来不乏笛声、琴声、歌声，元代散文家贡师泰有诗《赠钱塘琴士》：“画船载酒西湖上，一日笙歌几万钱。”元明之际的文人陈基有诗：“蛱蝶影随罗扇动，琵琶声逐画船回”；“瞥然一见唱歌去，荷叶满湖风雨来”。西湖还有采莲女的歌声，明代人张宁的《曲院荷风》中就有“时闻采莲曲，不见采莲舟”之句。

丰子恺在《西湖春游》中写过这样一段，我们一起来读——

记得有一次我和几个朋友买舟游湖。天朗气清，山明水秀，心情十分舒适。忽然邻近的一只船上吹起笛来，声音悠扬悦耳，使得我们满船的人都停止了说话而倾听笛韵。后来这只船载着笛声远去，消失在烟波云水之间了。

自南宋诗人林升的“山外青山楼外楼，西湖歌舞几时休”传世以来，不断有人提出这样质疑。元明之际的散曲家汤式就写下了——

问西湖昔日如何？朝也笙歌，暮也笙歌。问西湖今日何如？朝也干戈，暮也干戈。

西湖当然可以听见水声，日本作家芥川龙之介在楼外楼吃饭，“脚下不远处，便是波光粼粼的西湖。湖水不停地荡漾着，在岸边的石缝中荡出着轻柔的声响”。傅天琳的《西子湖》开篇这样写：

记不得乘哪一趟梦车来过
被哪一片春风裁过
裁一群燕子
我，是其中的哪一只？

当南柯一梦
　　一梦醒来
循着水声看见自己的影子
谁能相信确已来到西子湖畔

如果遇上雨，西湖听雨也是一道风景。苏东坡的诗句“山色空濛雨亦奇”，尤其“白雨跳珠乱入船”，这一句有色也有声。从陆游的“小楼一夜听春雨，深巷明朝卖杏花”，到现代画家潘天寿的“绿透芭蕉红透杏……小楼一夜潇潇里”，喜欢听雨的代有其人。潘天寿这首诗叫《俞楼夜雨》，俞楼就在孤山下、西湖边。

作家王统照夜游西湖，在《西湖上的沉醉》中这样写：“这时已近中夜，雨虽落得不大，可还是点点滴滴的在船篷作响，满湖里已没有一点灯光。”雨打船篷，虽无“白雨跳珠”美，却也别有一番风味。诗人洛夫的《杭州虎跑泉躲雨吃茶》这样写：

蝉子早就把整季的聒噪让给了雨
听它们七嘴八舌
分说当年一位高僧匆匆离寺
上山追虎的细节

虎跑了
泉水仍涓涓滴滴
点读着青山夕阳，浸泡着
雷峰塔里塔外的韵事二三
……
雨声
在飞檐之外
在如香灰般茫然的
钟声之外
当热茶缓缓流入肺腑
便再也兴不起
向城里女人借伞的念头

雨声、钟声之中，诗人想起的是白蛇与许仙的故事。有一位诗人甚至说："吴语呢哝，白堤为笛，苏堤为箫。"（俞强《西湖音色》）。西湖就是这样，她是可以听的，而不仅是你们的读书声可以听。

如果说西湖的"声"，当然还有西湖一千多年来形成的名声。元代散曲家奥敦周卿的《蟾宫曲·咏西湖》：

西湖烟水茫茫，百顷风潭，十里荷香。宜雨宜晴，宜西施淡抹浓妆。尾尾相衔画舫，尽欢声无日不笙簧。春暖花香，岁稔时康。真乃上有天堂，下有苏杭。

所谓“上有天堂，下有苏杭”，是西湖为杭州赢得了天堂的美名。在此之前，南宋诗人范成大的《吴郡志》里就有“天上天堂，地下苏杭”的说法。《马可波罗游记》说杭州这个名字是“天城”的意思：“这里名胜古迹非常之多，使人们想象自己仿佛生活在天堂。”“天堂”的美名从此远及世界，而不限于中国。

西湖是可以看的。西湖有色，西湖色比西湖声更诱人。自从苏东坡写出“欲把西湖比西子”，陆游也说“犹得西施作淡妆”，在世人眼中，西湖早已成了绝世的美色，与春秋的美女西施连在一起。

元曲四大家之一、以《天净沙·秋思》广为人知的马致远写西湖的春夏秋冬，“可喜煞睡足的西施”，“清洁煞避暑的西施”，“风流煞带酒的西施”，“难装煞傅粉的西施”。元代散曲家薛昂夫说：“西湖也怕西施妒，天也为他巧对付。晴，也宜画图；阴，也宜画图。”

清代诗人樊增祥有诗说：“能写吴宫西子照，此生才可赋西湖。”在人们心目中，总是“西湖西子曾相唤”。擅写旧体诗的作家郁达夫说：“楼外楼头雨如酥，淡妆西子比西湖。”

湖心亭壁上挂着一幅《西子捧心图》。1921年夏天，年轻的湖畔诗人汪静之写了一首白话诗《西子捧心图》：

伊看看自己，确是美丽无比了；

伊几千年来颦着的眉，蹙着的额，都开展了——她满脸光明，微微地笑着。

诗人流沙河这样《看西湖》——

隔着柳丝如隔着睫毛
西子向我瞬目示意
眼中笑出荷花来

诗人昌耀在《西子湖》中喊着：

西子在哪里？
西子在哪里？
西子不在这里。
解开船缆，西子
把散发飘在湖空。

洛夫《杭州纸扇一把题赠痖弦》：

（唰的一声）

知
乎
水
月

诗人信手题的四个大字
便如西子动情的小腹
在哗哗的水声中
赤裸地
一一展现

近千年来，人们不断地回应那一句“若把西湖比西子”，把西湖比作美人、少女。诗人杨牧在《西湖记忆》中写西湖的朦胧美：

晨。西湖给我一片朦胧，
纯净的少女醒来了，从那梦中
柳丝摇曳——理着柔发，
湖水含烟——睡眼惺忪。
湖心岛么，为什么那样影影绰绰？
——少女的春心正在萌动……

艾青的《西湖》中有桃花如人面：

在清澈的水底
桃花如人面
是彩色缤纷的记忆

江一郎《西湖的水》这样写：

一匹江南丝绸
在桃红柳绿间抖开

亲爱的，要是将它裁成衣服

我担心有一天你会穿破
还是做你的皮肤吧
一生都穿着
美给天下的女人看

1597年，明代作家袁宏道初遇西湖，“此时欲下一语描写不得，大约如东阿王梦中初遇洛神时也”。1955年，金庸在报纸上连载生平第一部武侠小说《书剑恩仇录》，写到陈家洛漫步西湖，想到的就是袁宏道的文字，大家一起读出来：

心想：“袁中郎初见西湖，比作是曹植初会洛神，说道：‘山色如娥，花光如颊，温风如酒，波纹如绫，才一举头，已不觉目酣神醉。’不错，果然是令人目酣神醉！”

自袁宏道以来，就不断有人将西湖跟女神联系在一起。1921年初遇西湖的郭沫若写过一首《西湖的女神》：

据说西湖里有一位女神
每逢月夜便要从湖心出现。
游湖的人如果喜欢了她，
便被诱引向湖中的春天。

今晚的湖上幸好没有月，
我没有看见西湖的女神。
不是我被诱进西湖的水底，
是西湖被诱进了我的心。

很多年后，董培伦也写了一首《西湖女神》：

当群星像顽童一样
跌进西子湖的波心
溅起的那片热烈喝彩
随着波纹的流漾冷却

这时你便浮出盈盈水面
……
像芰荷探出带露的微笑
……

这些诗很寻常，却都从西湖想到了女神。与女神不同，明朝亡后，张岱在《西湖梦寻》中则说西湖是曲中名妓，“声色俱丽，然倚门献笑，人人得而媟亵之矣。人人得而媟亵，故人人得而艳羡；人人得而艳羡，故人人得而轻慢”。

相距二三百年，白话文作家张爱玲也说西湖的水“是前朝名妓的洗脸水”：“看上去厚沉沉的，略有点污浊，却仿佛有一种氤氲不散的脂粉香。”这是极为准确的把握，简直将西湖水写绝了，虽然在她之前张岱已将西湖称为曲中名妓。张爱玲说：“我第一次感到西湖的柔媚，有一种体贴入微的姬妾式的温柔，略带着点小家气，不是叫人觉得难以消受的。中国士大夫两千年来的绮梦就在这里了。”

西湖到底是什么色的？在不同的时间、不同的光影之下，不同的人眼中，西湖呈现出自己不同的色彩。在画家任微音的笔下，西湖首先是黛绿色的——

领略这湖水，这远山，尤其是湖上这一片满含水分的黛绿，就觉得积虑全消，呼吸舒畅，自悔以前的孟浪。这种黛绿色，湖里也有，山上也有，树上也有，只要是视野中间，完全都有，但是若要细看呢，山仍是山，水仍是水，树木、亭榭、桥梁、堤岸各有风韵，却又无法指出它们何以在这一片迷蒙后面，显得那样美丽。这种绿色，绘画、照相、咏诗、联句都不能恰当地表现，它是随处都有，又随处都无。西子本是玲珑造化，而这一片黛绿的空气，却更增加了她的妩媚，这就怪不得东坡诗人那样倾心地赞美。（《雨丝风片游杭州》）

这种黛绿色不仅“满含水分”，连空气都成了黛绿的。

作家宗璞的《西湖漫笔》也着力写了西湖的绿——

雨中去访灵隐，一下车，只觉得绿意扑眼而来。道旁古木参天，苍翠欲滴，似乎飘着的雨丝儿也都是绿的，飞来峰上层层叠叠的树木，有的绿得发黑，深极了，浓极了；有的绿得发蓝，浅极了，亮极了。峰下蜿蜒的小径，布满青苔，直绿到了石头缝里。……

西湖胜景很多，各处有不同的好处，即便一个绿色，也各有不同。黄龙洞绿得幽，屏风山绿得野，九溪十八涧绿得闲。不能一一去说。漫步苏堤……走着走着，忽见路旁的树十分古怪，一棵棵树身虽然离得较远，却给人一种莽莽苍苍的感觉，似乎是从树梢一直绿到了地下。走近看时，原来是树身上布满了绿茸茸的青苔，那样鲜嫩，那样可爱，使得绿荫荫的苏堤，更加绿了几分。……

在花港观鱼，看到了又一种绿。那是满地的新荷，圆圆的绿叶……跳跃满池。

于敏的《西湖即景》这样写西湖的绿："那绿茸茸的细草，那碧莹莹的苔藓，似乎也都散发出清香。……柳浪和花港隐没在浓绿里，偶尔露出影子似的飞檐。"在"绿荫婆娑的苏堤"外边，"豁然开朗的是绿水平平的西湖"。

任微音干脆称这种绿为"西湖绿"——

天是浅灰的，水是淡青的，堤岸是茶褐的，树木是老绿暮赤的，这几种颜色错杂陈列着，再加上石桥飞阁，本就是一幅极好的水彩画。……最妙的是一阵微风吹来，波面自然泛起了条条细纹，吸收了一些空气中的西湖绿，为寂静的景物增加了无限活力。

曾春夜荡舟西湖的王统照说，"湖水在岸边尚反映出浓绿的颜色；及至我们的船'放乎中流'的时候，湖水便同深墨了！"

以研究词学著称的夏承焘有"西湖绿如酒，休唱满江红"的诗句，确实"西湖绿如酒"，不知醉倒了古今多少人。西湖是绿色的，西湖也是蓝色的，不信我们来读无名氏的文字——

船在水中行走。塔在水中映。树在水中浮。山在水中弯。这是一个淡淡阳光的下午。湖像一大片蓝色裙子，在船上人眼里飘起来，是一个舞女探身下跪撑满舞裙如伞的静姿。蓝色谧静中，混着金色的围绕……

岸上一片绿，水中一片蓝。柳在堤上，柳在水中，柳在蓝里，柳在金里。长长的一堤绿直插在蓝里。湖四周有树，也有山。山妩媚婷立，半隐半显，绰约于一片蓝色岚霭中。……

蓝色的天，蓝色的湖，他整个人变成一片蓝。他所有思想与知觉都没有了，脑子里只剩一堆蓝，记忆里也只剩下一点蓝。蓝就是他的梦、他的笑、他的希望与欢乐。他躺在蓝里，呼吸在蓝里。

不是无名氏一个人发现了蓝色的西湖，在不同的时间和天气，柯灵也曾发现——

雾还没有消散，整个西湖是浅蓝带乳白，远山像涂了几笔石青。如果西湖的好处是清和秀，这时候可算清逸秀丽到了极处。

诗人高崎的《西湖信步》中也有“蓝色大诱惑”。

我们再来读张岱的《湖心亭看雪》——

崇祯五年十二月，余住西湖。大雪三日，湖中人鸟声俱绝。

是日更定矣，余拏一小舟，拥毳衣炉火，独往湖心亭看雪。雾凇沆砀，天与云、与山、与水，上下一白。湖上影子，惟长堤一痕、湖心亭一点、与余舟一芥、舟中人两三粒而已。

“天与云、与山、与水，上下一白”，此时的西湖则是白色的。

西湖也可以是红色的，当秋深时灵隐路上、花港、曲院到处都是红叶。

我们是否也可以说，春天的西湖是杨柳色、桃花色的，夏天的西湖是荷花色的，秋天的西湖是桂花色、红叶色的，冬天的西湖是雪色的、梅花色的？

归根到底，这都是西湖色。就像画家说西湖的绿色也是西湖绿一样。

西湖可以闻，春有茶香，夏有荷香，秋有桂香，冬有梅香。

其中最动人的是自然的桂香。桂花不是“色”引人注目，自唐代诗人宋之问写出“天香云外飘”，尤其北宋词人柳永的“有三秋桂子，十里荷花”深入人心，千百年来，不知有多少人曾被西湖的桂花打败。

清代诗人丁立诚《满觉陇担桂》中有两句：“卖花人试卖花声，一路桂花香入城。”做过十年浙江巡抚的学者阮元有《秋日西湖泛舟》：“三面青山倚夕阳，桂花天气半温凉。不须泊岸寻花去，湖上秋风镇日香。”好一句“湖上秋风镇日香”，却也没有“一路桂花香入城”那样可喜。想起卖花人挑着一担桂花，从满觉陇进城，肩上挑着美，也挑着香，更挑着生活。

明代作家高濂说起满觉陇桂花开时，数里外便能闻见桂香。一村都以卖花为业。

郁达夫的小说《迟桂花》写的翁家山，也在满觉陇附近。

桂香之前有荷香，清代人赵庆熺的诗《销金锅》中说：“荷花香，桂子香”。桂香与荷香并重。

南宋诗人杨万里的“香满西湖烟水”（《昭君怨·咏荷上雨》），“都将月露清凉气，并作清晨一喷香”（《清晓湖上》），写的都是荷香。

“天香暗逐风回，正十里荷花盛开。”南宋状元赵汝愚笔下的“天香”不是桂花。

宋元之际，十六岁在西湖昭庆寺受戒的高僧梵琦有诗：“青山倒影水连郭，白藕作花香满湖。”元明之际的文人邵亨贞有诗：“每爱西湖六月凉，水花风动画船香。”元曲作家奥敦周卿说：“西湖烟水茫茫，百顷风潭，十里荷香。”民国时期，马一浮的《西湖夜游曲》也有一句“芰荷香里晓风轻”。

1993年，诗人高崎在《西湖信步》中写下：

湖泊深处，有朗朗声如月光

一个女子的长眠处，荷香六叠而起

我们来读傅天琳的诗《西子湖》：

遍地是诗！

拾几页投进湖中
立刻情思漫漫
漫过苏堤与白堤
堤沿仍是那年的酒香
谁还有心思慢悠悠吃饭
……
湖边的人最爱吃藕
最爱穿藕荷色的小衫儿
最爱将满腹惆怅刻在湖面上
然后冲一壶龙井
清清，淡淡
清清淡淡直让人回肠荡气

这首诗里除了直接说出的酒香，还有什么香？（童子：茶香。）对，清清淡淡，却让人回肠荡气的龙井茶香。

自古至今，有多少人闻过西湖的茶香？明代作家袁宏道《过龙井》有一句“路香茶叶长”，从龙井走过，一路都是茶香。

明代人高应冕的《龙井试茶》：“茶新香更细，鼎小煮尤佳。”清代人张日熙的《采茶歌》中说，“春自催归茶自香”，说的都是春天的龙井新茶。

诗人田地说，龙井茶香得像孤山的蜡梅，九溪的幽兰，风荷的笑靥。

作家梁实秋说起自己每次和父亲游西湖，从不忘记品尝龙井，“不需要攀登南高峰风篁岭，近处的平湖秋月就有上好的龙井茶，开水现冲，风味绝佳”。

汪曾祺难忘1947年春天在西湖虎跑喝的那一杯龙井；诗人洛夫在虎跑泉躲雨吃茶，想起苏东坡嗜饮的上好龙井，茶香便在他的肺腑之中了。

桂香、荷香、梅香、茶香……在接下来的西湖走读课中，我们将逐一展开。

张爱玲说西湖的水“仿佛有一种氤氲不散的脂粉香”。在她之前，杨师孔在《法华山看梅记》的开头就说“西子湖一片胭脂气味”，这也算是对西湖的共识。徐志摩在1926年写的《丑西湖》中感慨：“但是可怜的西湖呢？分明天生俊俏的一个少女，生生地叫一群粗汉去替她涂脂抹粉，就说没有别的难堪情形，也就够煞风景又煞风景！天啊，这苦恼的西子！”

西湖可以吃，不必说“楼外楼”名动天下，东坡肉、西湖醋鱼这些名菜，就是西湖的莼菜、藕也都令人难忘。吴敬梓的《儒林外史》中那个马二先生游西湖，一路走来就是一个“吃”字。好像西湖只有吃的。

1793年（乾隆五十八年），英国勋爵马戛尔尼的使团访问中国，曾在西湖逗留了六天。使团的总管约翰·巴罗回忆，他们乘一艘漂亮的游艇游览西湖，附带一艘做饭用的船——

我们一上船就开始午餐，登岸才结束。至少有一百种菜肴不断上席，其中包括刚从湖里打捞出来的新鲜鳝鱼，烹调成种种口味，湖水清如水晶。享受了丰盛的船上大餐。（《巴罗中国行纪》）

另一位同行者斯当东也提及此事，说西湖的鱼很多，可以钓出来立刻烹食。（《英使谒见乾隆纪实》）

我想起宗璞的《西湖漫笔》：

一会儿摇船的姑娘歇了桨，喝了杯茶，靠在船舷，只见她向水中一摸，顺手便带上一条欢蹦乱跳的大鲤鱼。她自己只微笑着，一声不出，把鱼甩在船板上，同船的朋友看得入迷，连连说，这怎么可能？上岸时，又回头看那在浓重暮色中变得无边无际的白茫茫的湖水，惊叹道："真是个神奇的湖！"

在西湖吃鱼，尤其"楼外楼"的鱼让许多人终生难忘。1921年，写过《罗生门》的日本作家芥川龙之介在"楼外楼"门口享受午餐，桌子就摆放在枝叶繁茂的槐树下，"喝着老酒，用筷子夹着生姜清煮的鲫鱼……"

鲁迅吃过"楼外楼"的醋溜鱼（又叫宋嫂鱼）、西湖莼菜、炝虾，他最喜欢的一道菜是虾子烧鞭笋（虾子是虾的卵，味道鲜美，颜色橙黄，色味双全）。这道菜现在"楼外楼"菜谱上没有了，只有火腿烧鞭笋、雪菜烧鞭笋，或者虾子炖婆参。

梁实秋也在楼外楼吃过西湖醋鱼，惊叹其鲜美——

楼在湖边，凭窗可见巨篓系小舟，篓中蓄鱼待烹，固不必举网得鱼。普通选用青鱼，即草鱼，鱼长不过尺，重不逾半斤，宰割收拾过后沃以沸水，熟即起锅，勾芡调汁，浇在鱼上，即可上桌。

醋溜鱼当然是汁里加醋，但不宜加多，可以加少许酱油，亦不可多加。汁不要多，也不要浓，更不要油，要清清淡淡，微微透明，上面可以略撒姜末，不可加葱丝，更绝对不可加糖。如此方能保持现杀活鱼之原味。

西湖楼外楼的“炝活虾”，是在湖中竹篓养着的，临时取出，欢蹦乱跳，剪去其须吻足尾，放在盘中，用碗盖之。食客微启碗沿，以箸夹取之，在旁边的小碗酱油麻油醋里一蘸，送到嘴边用上下牙齿一咬，像嗑瓜子一般，吮而食之。吃过把虾壳吐出，犹咕咕囔囔地在动。有时候嫌其过分活跃，在盘时泼进半杯烧酒，虾乃颓然醉倒。

1926年，徐志摩说起楼外楼：“活络络的鱼虾，滑齐齐的莼菜，一壶远年，一碟盐水花生，我每回到西湖往往偷闲独自跑去领略这点子古色古香，靠在阑干上从堤边杨柳荫里望滟滟的湖光，晴有晴色，雨雪有雨雪的景致，要不然月上柳梢时意味更长……”却对当时的西湖大为失望，“什么西湖，这简直是一锅腥臊的热汤！西湖的水本来就浅，又不流通，近来满湖又全养了大鱼，有四五十斤的，把湖里袅袅婷婷的水草全给咬烂了，水浑不用说，还有那鱼腥味儿顶叫人难受”。这篇文章的题目就是《丑西湖》。

如果我问你们西湖是什么味道的？你们说西湖是莼菜味的，藕粉味的？西湖是甜的还是咸的？（童子：西湖味。）好一个西湖味。西湖就是西湖味的，吃不尽的西湖味，这不是餐桌上的食谱提供的，更是湖光山色和历代人物调和出来的西湖味，既有白居易、苏东坡、张岱他们的文人味，也有岳飞、于谦、秋瑾的英雄味，苏小小、冯小青她们的美人味，这要比楼外楼的美味更诱人。那是千余年来酿成的人文味、审美味。

讲了西湖的声、色、香、味，我想追问的是——千余年来，到底谁拥有西湖？是那些曾经在西湖割据一角，建起了楼堂馆所的达官贵人吗？比如在葛岭下拥有豪宅的“蟋蟀宰相”贾似道，或者是权倾朝野、最后以铁铸像跪在岳飞墓前的秦桧，或者附庸风雅、一掷万金的明代苏杭织造太监孙隆，或者到处题词作诗的清代皇帝康熙、乾隆祖孙？

朝代更迭，西湖依旧。张岱在《西湖梦寻》一开篇就思考过这个问题。他说豪奢如贾似道、孙隆，“虽在西湖数十年，用钱数十万，其于西湖之性情，西湖之风味，实有未曾梦见者在也”。

到底谁拥有西湖，他想到了“湖上四贤”，白居易的旷达，不如林和靖的静深；沉迷于神仙不死之术的李泌，不如苏东坡的灵敏。林和靖拥有孤山，年年还有梅花开落，白居易还有白堤，苏东坡还有苏堤，张岱自己也有一部《西湖梦寻》在。

诗人孙友田说：“苏东坡构思了正直的苏堤/白居易构思了逶迤的白堤”。龙彼德说苏堤与白堤“是两部线装诗集”，“拆开来一页页连排于水上”。

“江山也要文人捧，堤柳而今尚姓苏”，是郁达夫的诗。从小在杭州长大的阮毅成，对西湖有难以割舍的感情，1949年后客居台湾，写了一本《三句不离本杭》，其中就有一篇《堤上花枝尽姓苏》。最后我们来读洛夫的诗《西湖二堤之苏堤》：

只为等我到此一聚
苏堤打扮了好几百年
于今，水牵我而来
让我坐在
苏东坡横躺过的湖中
只见水面走来
一位打着花布洋伞的女子
他想的是朝云
我想的是水月
我跑到桥上俯首细看
原也是
花暗柳明的另一个陷阱

龙井问茶与茶叶帝国

（节气：立夏）

先生说

错过了谷雨、清明，错过了一整个春天，等我们来龙井问茶，时序已然到了立夏。诗人张德强的这几句诗，仿佛是专门为迟来的我们写的——

虎跑水龙井茶
泡了一个澄碧的夏天
在杯中

你们可知什么是“西湖双绝”？（童子：虎跑水、龙井茶。）

我们来读明代作家高濂的《虎跑泉试新茶》：

西湖之泉，以虎跑为最。两山之茶，以龙井为佳。谷雨前采茶旋焙，时激虎跑泉烹享，香清味冽，凉沁诗脾。每春当高卧山中，沉酣新茗一月。

我第一次来中国茶叶博物馆龙井馆区，远远看见一个雕塑，以为是陆羽，其实不是。你们猜是谁？原来是高濂，他四百年后还能悠闲地坐在龙井，原来就是因为这段话。区区不过五十多字，但他说出了何为“西湖双绝”：“西湖之泉，以虎跑为最。两山之茶，以龙井为佳。”

抗日战争时期，曾在龙井避难三个月的胡同光写过一篇《忆龙井》：

龙井在西湖的东部，背山面湖，是著名的产茶胜地，久已闻名于世界……

龙井多山，起伏连绵，山上已开辟的尽是茶地，其他农作物较少，土质多沙，最宜种茶；山间的空气和泉水，都是不可缺少的天然养料。龙井的茶叶，能为中国名产而行销世界的原因在此。

茶既是著名产物，一般居民也什九是茶农茶商，世袭的经营茶业，生活都很安定。……

狮子峰是最高的山，形如雄狮，山峰也遍植茶树……

胡同光说，翁家山和棋盘山分列在龙井的左右，不知高濂所说的“两山”是否就是这两山。

龙井本身就是一泓泉水：

龙井寺在山的中部，有曲折的石级，庄严的殿宇，是游山最好的休憩之所。寺里有活泉水池，那龙井便在池旁，有历史的佳话，和精美的石刻。泉水虽在旱天也源源不绝清澈见底，所以到寺中品茗的很多。四方人士，到了龙井，少不了吃几杯茶，买几两茶叶回去，做个纪念。

1079年（元丰二年），北宋词人秦观初上龙井，就喝过这里的泉水。他在《龙井题名记》中有一句话：“酌泉据石而饮之。”说起龙井的泉水为什么明净甘冽，他在《游龙井记》中说，凡泉都从山中出，西湖的山可分两种，一种是“岸湖之山”，就是靠近西湖，如宝石山、孤山、雷峰等；另一种是“岸江之山”，就是靠近钱塘江，如六和塔那边的秦望山。他认为，“岸湖之山”为西湖美景所诱，不能成为泉。“岸江之山”，又因钱塘江有潮汐，潮水来势汹汹，江边的山受潮水的威胁，不敢以为泉。只有在龙井所在的风篁岭一带林樾幽深，才有泉水。这是他在《西湖诗话》中说的。

四百年前，明代诗人孙太初写过《饮龙井》这首诗，其中说：

平生于物原无取，消受山中水一杯。

视富贵名利如浮云的“太白山人”，对龙井的一杯水情有独钟。龙井，又被叫作龙泓，也是西湖的名泉。《西湖游览志》作者田汝成的儿子田艺蘅评龙井茶和龙井泉：“武林诸泉唯龙泓（即龙井）入品，而茶亦唯龙泓山为最。其上有老龙泓，寒碧倍之。其地产茶，为南山绝品。”

阮毅成在《三句不离本杭》中就说龙井茶：“若以清泓澄澈，味甘且洌的龙井的泉水烹之，则其色青碧撩人，芬芳扑鼻。饮之，肺腑清快，全身舒畅。”

我们读一读胡丰传的《龙井茶》：

因为这里的泉水特别甘醇，
井也享有一个高雅的美名；
到此，切莫忘了品尝龙井茶，
——这是叶片和水最完美的结晶。

这样，绿的茶蓬，绿的歌声，

都会一齐扑进你绿了的心灵。
临行时，你举起杯一饮而尽，
像燕儿，衔走一片西湖春……

只是，龙井的水虽好，但比起虎跑的水还是要逊色一些。龙井的茶还要配上虎跑的水，这才是“西湖双绝”。

作家汪曾祺年轻时，在杭州喝过虎跑水泡的龙井茶，一辈子都忘不了这一杯——

1947年春，我和几个在一个中学教书的同事到杭州去玩。除了“西湖景”，使我难忘的两样方物，一是醋鱼带把……一是在虎跑喝的一杯龙井。真正的狮峰龙井雨前新芽，每蕾皆一旗一枪，泡在玻璃杯里，茶叶皆直立不倒，载浮载沉，茶色颇淡，但入口香浓，直透肺腑，真是好茶！只是太贵了。一杯茶，一块大洋，比吃一顿饭还贵。狮峰茶名不虚，但不得虎跑水不可能有这样的味道。我自此才知道，喝茶，水是至关重要的。

这一杯叶叶直立的一旗一枪，而且是虎跑的水，一块大洋，也是值了！

从什么时候起龙井茶才被世人所知？

唐代“茶圣”陆羽的《茶经》中只记杭州有茶生在天竺、灵隐二寺，宋人吴自牧的《梦粱录》也只说杭州有宝云茶、香林茶和白云茶。秦观虽然喝过龙井的水，却没有说过龙井的茶。龙井茶真正成为诗中的主角，很可能是从元代诗人虞集的这首《游龙井》开始的，其中有这样几句：

烹煎黄金芽，不取谷雨后。同来二三子，三咽不忍嗽。

谷雨前采摘的最好的嫩芽，被他称为“黄金芽”，就是像黄金般珍贵的龙井茶。

正是虞集，将龙井茶的采摘时间、品质、特点和品茶的感受等最早表达出来，“黄金芽”一出山就不同凡响，站到茶叶帝国最显眼的地方。到明代，龙井凭着口口相传的“清馥隽永”，逐渐压倒了宝云、香林和白云茶。我们来看看几个明代诗人笔下的龙井茶——

龙井试茶 （明）高应冕

天风吹醉客，乘兴过山家。
云泛龙沙水，春分石上花。
茶新香更细，鼎小煮尤佳。
若不烹松火，疑餐一片霞。

一句“茶新香更细”，好像茶香从时间的深处，从明代的龙井山上飘过来，一直飘到今天。龙井茶是“细”的。

试茶 （明）陈继儒

龙井源头问子瞻，我亦生来半近禅。
泉从石出情宜洌，茶自峰生味更圆。
此意偏于廉士得，之情那许俗只专。
蔡襄夙辨兰芽贵，不到兹山识不全。

龙井茶的味道是方的还是圆的？这样说当然是望文生义，不准确，但这句“茶自峰生味更圆”实在是好，龙井茶是圆的，茶味带给人一种圆满的感觉，也许这是顶级的龙井茶带给人的一种完美体验。我们不能从字面的意思来体会这句诗的美好，而要从七个字的背后寻找母语和龙井之美。

过龙井（明）袁宏道

数盘行井上，百计引泉飞。
画壁屯云族，红栏蚀水衣。
路香茶叶长，畦小药苗肥。
宏也学苏子，辨才君是非。

袁宏道初遇西湖，感觉说不出来的美，无从下笔，简直就像曹植《洛神赋》中遇到了洛神。他到龙井，当然是为茶而来，此时的龙井茶已是西湖一绝。我独喜“路香茶叶长”，到底是路香茶叶“长”，长短的“长”，还是路香茶叶“长”，生长的“长”，长出来的“长”？（大多数童子认为是长短的“长”，长长的路上都是茶香。只有一个童子认为应该是生长的“长”，茶叶长出来了，一路走来都是茶香。）好，这是个没有对错的问题，只是每人有自己的倾向。我倾向于长短的“长”，更为意味深长，但也不能说生长的“长”就一定是错的。只是和下一句“畦小药苗肥”的“肥”字放在一起，我们不难发现，长短的“长”更合适，更准确。我们来龙井问茶，遇到“路香茶叶长”，也就不虚此行了。这个“长”字，和“茶自峰生味更圆”的“圆”、“茶新香更细”的“细”，在共同定义龙井茶：龙井茶是细的，龙井茶是圆的，龙井茶也是长的。我不是从字义出发，而是从龙井茶的心灵出发。

再来听听清代人的几首采茶歌——

采茶歌（清）陈章

风篁岭头春露香，青裙女儿指爪长。
度涧穿云采茶去，日午归来不满筐。
催贡文移下官府，那知山寒芽未吐。
焙成粒粒比莲心，谁知侬比莲心苦？

采茶歌（清）张日熙

江南愁思盈芳草，采茶歌里春光老。
春自催归茶自香，筠篮无那红尘道。
生小儿家龙井山，峰前峰后好烟鬟。
清明寒食丝丝雨，素腕玲珑只自攀。
东家采早新月白，西家采迟霉雨碧。
迟早年来活计谙，嫩芽收向筠笼密。
布裙红出俭梳妆，茶事将登蚕事忙。
玉腕熏炉香茗冽，可怜不是采茶娘！

从“度涧穿云采茶去”“春自催归茶自香”，到“谁知侬比莲心苦”“可怜不是采茶娘”，都在写茶香与采茶人之苦。

诗人张枣的《西湖梦》开头就是：“一片茶叶在跳伞，染绿这杯水的肉身。”不知从何时起，龙井茶就进入了人们的西湖梦中，有多少人踏上这片茶园，亲近过“黄金芽”，成为龙井茶的知己？

乾隆皇帝六下江南，几次上龙井。将龙井茶推向“第一茶”地位的，就是这位嗜茶的皇帝。他四次到龙井，看过龙井茶的采摘、炒制过程，写过不少赞美龙井茶的诗。1751年，他第一次在天竺观看了龙井茶的采制，没有上龙井，那首《御制观采茶作歌》中说：

火前嫩，火后老，惟有骑火品最好。

西湖龙井旧擅名，适来试一观其道。

村男接踵下层椒，倾筐雀舌还鹰爪。

地炉文火续续添，乾釜柔风旋旋炒。

慢炒细焙有次第，辛苦功夫殊不少。

1757年，他第二次南巡，到了云栖，又有一首《御制观采茶作歌》：

嫩荚新芽细拨挑，趁忙谷雨临明朝。

雨前价贵雨后贱，民间触目陈鸣镳。

1762年，他第三次南巡，到了龙井茶园，品了龙井泉水泡的龙井茶，大为称许，当场写了一首《坐龙井上烹茶偶成》：

龙井新芽龙井泉，一家风味称烹煎。

寸芽生自烂石上，时节焙成谷雨前。

1765年，他第四次南巡，再上龙井，正值谷雨前，想起三年前在龙井喝过龙井茶的往事，写了一首《再游龙井》。

他几次上龙井都是谷雨之前，享用了当年的雨前龙井。他在追忆龙井茶的《雨前茶》这首诗中说：“记得湖西龙井谷，筠筐老幼采忙时。”

1795年，乾隆帝已八十四岁，想要将皇位传给儿子，据说一位老臣谏：“国不可一日无君啊！”他端起一杯茶，说了一句：“君不可一日无茶也！”

龙井王氏方园还有十八棵所谓“御茶树”。袁鹰的《龙井茶》说：

那时龙井茶叶产量很低，如乾隆南巡时曾经啜尝过、后来被封为“御茶”的王氏方园的十八株茶树，年产量不到一斤。若是当年卢仝到此，动辄七碗之数，那是没有几回好喝的。

如今，自然早就是大量种植，大量生产了。走到西湖南山一带，也就是龙井、双峰、灵隐、九溪、翁家山、梅家坞一带农户，几乎全是以栽茶、采茶为专业。

其实，那十八棵茶树也不是什么乾隆皇帝御封。倒是潘一平的《西湖人物》说得更可靠些：乾隆帝曾在龙井胡公庙前采了几片茶叶，写过一首《采茶歌》，胡公庙里的和尚受宠若惊，马上把十八棵茶树保护起来，称为“御茶”，每年春天把“御茶”采下来进贡。

女作家陈学昭上个世纪五十年代到龙井体验生活，住了一年，与茶农住在一起。初到龙井，她只是一个看客，渐渐成为龙井茶的知己。她写过一篇《龙井看采茶》，先读一段：

年轻时，每逢家里来了客人，哥哥嫂子们总是泡茶接待。一下子客堂间里散发出一股清香，在客堂外的小走廊上也闻得到。客人们和哥哥嫂嫂在谈论："这是'明前'？'雨前'？""什么'明前'，'雨前'？""都是龙井茶啊！""龙井茶有这么多花样？""可不是，有头茶二茶三茶哩！"正在这时，从姊从她家的灶间走到院子里，望见我，她大约听到一点哥嫂和客人们的谈天说地，她把我一把拉到她家，叫我坐在灶间旁边的吃饭间里，靠着方桌，泡了一杯茶，放在我面前，说："喏！你喝杯龙井茶！"这是我第一次喝到的龙井茶。后来，我长大了些，到南通、上海等地念书，都听到人们问我关于浙江的龙井茶。为了求学，我南北东西，国内国外都跑，常遇到人们询问浙江的两种特产：茶叶和丝绸。他们说："浙江是茶叶之乡，丝绸之乡。"前几年有位法国的女学者，——她曾到我国学习中国文字，能讲简单的中国话，非常了解我国的情况。她来看我，是她在研究中国最早的妇女运动。她一到我处，刚请她坐下，她笑着说："您快泡杯龙井茶给我喝喝！"

她到龙井是1955年的初春，坐公共汽车到岳坟，雇三轮车到龙井山脚下，然后从弯弯曲曲的石级上山，被安排在龙井寺的旅客宿舍。吃过饭，就让一个小女孩带她去看采茶——

我看她们伸右手的手指轻轻地摘着柔而短极的根子，但不碰着茶叶，茶叶是两瓣叶子。她们非常亲切，像对一个老熟人，耐心地教我几次，我极胆小怕把茶叶碰坏。她们采下的这些茶叶炒成时，名特级旗枪——两瓣叶子，一旗一枪。还有一级旗枪，一副级旗枪，二级旗枪等。接着，我跟着她们去炒茶叶，炒茶叶不单单炒的人要有技术，烧火的人也要有烧火的技术，火不能太旺，但炒的也不能太久。茶叶炒好，不能放在太阳下晒，只该放在干燥的地上，铺条席子，放在席子上让它晾干。她们曾经给了我一小把旗枪，对我说：你放在杯子里泡来喝，茶叶喝第一次后，要再泡第二次，第二次才能把最好的茶味喝到。我听她们的话，泡杯茶喝第二次时尝到了茶的清香！

阮毅成写过《龙井茶》：

龙井茶的采摘时期，均在每年二三月间，最迟不超过四月。茶叶的价值，须视品质而异，最上者为小芽，如雀舌鹰爪，茎直纤挺，号黄金芽。其次是拣芽，乃一芽带一叶者，俗称一枪一旗。再次系中芽，为一芽带二叶者，俗称一枪二旗。至于带三叶四叶者，因叶已老，全作粗茶。

最好的是黄金芽，其次是一枪一旗，再次是一枪二旗。

龙井茶等级分明，陈学昭所谓“一旗一枪”“一级旗枪”“一副级旗枪”“二级旗枪”，与“一枪一旗”“一枪二旗”有所不同。陈学昭回忆：

当茶叶极盛的时候，村里人来不及采，只好从外地，如萧山，比较近的地方请一些姑娘来帮忙采，差不多每年都如此。这些女青年很高兴到杭州的风景地点来工作——采茶。兴趣一来，大家不谈天，却唱起歌来：“龙井茶叶虎跑水，桂子香飘又一年，一年啊又一年！”

采茶是很讲究的，什么样的叶子能采，什么样的不能采，这些采茶姑娘都有丰富的经验：“采摘‘旗枪’，不要用力采，轻轻地一朵一朵地采，不要伤害茶叶的嫩叶。”

有时，她见茶农实在忙不过来，就坐在炒茶灶边，帮他们烧火，炒茶是极有技巧的，她不会，而且也不是一下能学会的。“就连烧火也有技巧，不能老是塞进柴去烧得很旺，何时该旺一点，何时该小火，这很大的关系着茶叶的质量。”她有时帮他们拣茶叶，有时也跟到山上去学采茶。（《浮沉杂忆》）

陈学昭有留学法国的经历，又是从延安出来的作家，来到龙井茶场，从此与茶结下了一生的缘分。她从看采茶开始，深入到茶农的生活中，写了一部以茶农生活为题材的小说《春茶》。钱大宇在《茶缘》中说，在文学史上，关于茶农生活、茶叶制作以及与茶有关内容为主体的小说，《春茶》还是第一部，在茶的文化史上值得记上一笔。

她晚年也写过不少浸着茶香的回忆文章，她甚至说：“我常常想，要是我能在这里做一个茶农，该多好啊！”

她早已从一个陌生人变成了龙井茶的知己。

1984年，她在写给法国倪娃尔女士的信中说：“今春您来杭州，没有能去龙井观看采制绿茶，感到非常遗憾”；“如果您到了龙井，登上狮峰，映入眼底，郁郁葱葱的茶蓬，在和暖的春风里，阵阵的清香，扑鼻而来！我

想您也许会住在龙井村里好好欣赏几天，不愿立刻回城里来了。”（《你再来时，我将陪你上满觉陇》）

“一到春天，我就想到茶叶。”1990年，也就是去世前的一年，她回忆起当年在龙井的生活，写了一篇《夜雨沉思》：

从夜雨，我想着茶区的茶叶生产，这时又勾起了对《春茶》中所写的人物的忆念，好像顿时一个个闪现在面前。

我永远不忘记，茶区的男女同伴：老伯伯、老奶奶、小弟妹，他们对我多么关怀，好像自己亲人一样，教我采摘“旗枪”。逢到春雨，总是耽心着茶叶，常常情不自禁地要写信给茶区人民……

陈学昭的《春茶》今天已没有读者，那是特定时代下的文学作品。在她之后，曾在中国茶叶博物馆工作过的女作家王旭烽写出了长篇小说《茶人三部曲》，讲述一个茶庄世家的百年兴衰。第一部《南方有嘉木》这样开篇：

浙西茶苗在遥远的南亚次大陆迅速繁殖之际，它的故乡对它的行踪几乎一无所知。上世纪中叶，这个清帝国的富庶省份，正在一场大战乱之中。

东南一隅的浙江，本来有着性情温和的岁节和湿润多情的雨季。缥缈的雾气在清晨与傍晚缭绕省城杭州的三面峰峦，那里是小叶种灌木茶林生长的最舒适温床。

在杭州念小学的作家袁鹰写过一篇《龙井茶》：

但就我自己而言，至今仍恋恋不舍地爱好龙井的绿茶。

长年在北京，很难买到“明前”或“雨前”的新龙井，偶尔有朋友从杭州带来当年新茶，就成为珍贵的礼物，即便是半斤，也觉十分贵重了。

有一年袁鹰来杭州养病，三次到龙井山上、龙井泉边的龙井茶室喝茶，结识了茶室的小马、小梅和其他青年朋友，说他们的心灵就如同身边龙井泉水那样晶莹清冽了——

你刚落座，一位穿着洁白工作服的姑娘便端来一杯茶，告诉你这是用龙井泉水沏的龙井新茶叶。初尝一口，淡淡的，似乎无味，再饮几口，便觉有一缕清香，慢慢地沁入肺腑。她会告诉你龙井茶的品种和特点，它们同红茶、花茶有什么不同。她还能舀一满碗泉水放在你面前，往碗里一个接一个地放入镍币，直到水涨出碗口而不会流溢出来，还在你啧啧赞赏中告诉你这是什么道理。于是，你在齿颊留香之际，又懂得了一点关于茶叶和山泉的知识。

与西湖并无多少渊源，却也爱龙井茶的作家汪曾祺写过一篇《巧克力与龙井茶》，就是因袁鹰的约稿。他说自己对茶实在是个外行——

茶是喝的，而且喝得很勤，一天换三次叶子。每天起来第一件事，便是坐水、沏茶。但是毫不讲究。对茶叶不挑剔。青茶、绿茶、花茶、红茶、沱茶、乌龙茶，但有便喝。……因此，写不出关于茶的文章。要写，也只是些平平常常的话。

但他爷爷喝茶比他讲究，而且喝的是龙井。他小学五年级那年暑假，爷爷忽然高了兴，要教他读书，每天早晨给他讲一章《论语》，剩下的时间由他自己写大小字各一张。隔日则作文一篇，不是正式的八股文，而是一种叫作“义”的文体，就是解释《论语》的内容。题目是他爷爷出的。一共做了多少篇“义”，他都不记得了，只记得有一题是“孟之反不伐义”。他说：

祖父生活俭省，喝茶却颇考究。他是喝龙井的，泡在一个深栗色的扁肚子的宜兴砂壶里，用一个细瓷小杯倒出来喝。他喝茶喝得很酽，一次要放多半壶茶叶。喝得很慢，喝一口，还得回味一下。

他看看我的字，我的“义”，有时会另拿一个杯子，让我喝一杯他的茶。真香。从此我知道龙井好喝，我的喝茶浓酽，跟小时候的熏陶也有点关系。

后来我到了外面，有时喝到龙井茶，会想起我的祖父，想起孟之反。

汪曾祺能在龙井茶中喝出什么来？（童子：对祖父的思念。）还能喝出什么？（童子：孟之反。）“孟之反”是什么？只有读前文，知道是他隔日写一篇的作文，“孟之反不伐义”之类，这是他对少年生活的回望。龙井茶中还沉淀着他的少年时代。

他上大学是在西南联大，常常“泡茶馆”，只是昆明的茶馆都是青茶，茶叶不分等次。他终于在1947年到杭州喝过一杯龙井茶，我们前面就已讲过，那是真正的一旗一枪，龙井雨前新芽。他在少年时喝过爷爷泡的龙井茶，此时才喝到比一顿饭还贵的一杯龙井茶，感叹茶名不虚。

由龙井茶，他想到了杭州的龙井虾仁，还有京剧演员裘盛戎别出心裁地用龙井茶包饺子，他还吃过一块龙井茶心的巧克力，他说：“这简直是恶作剧！用上海人的话说：巧克力与龙井茶实在完全‘弗搭界’。”

在杭州长大，从小就采过龙井茶的女作家张抗抗写过一篇《说绿茶》，我们读一段：

我对龙井的偏爱也许源自少年时代。杭一中的初一年级那个春天，曾全班集体去梅家坞采茶半个月。湿漉漉的青山绿水，漫山遍野都是绿油油的茶园。无数娇嫩的叶芽，从蓬勃的茶树上一片片翘首探头，用一双双小手轻轻采摘下来，小心地置于竹篓中，拇指与食指都被茶叶染得绿了。细雨蒙蒙中采茶归来，全身的衣裤都沾着茶叶的香气。至今记得，下山收工过秤时，我一个上午采摘的茶叶，共计二两之多。若是等到烘干炒毕，大概只够泡上几杯茶吧。可见春茶之矜贵。……还有一次全班到郊外春游，路遇茶农忙于采茶，大家一时兴起，放弃春游跃入茶园去帮茶农采茶，后来写过一篇作文《采茶》，记述的就是这天的心情。

被称为“龙井茶痴”的卢新，当然更懂龙井茶了。每年明前龙井茶的采摘，从春分开始，到清明大约只有不到一个月的时间，所以也是一场和时间的赛跑。采茶人早晨六点就出工了。

一辈子跟茶打交道的卢新懂得采茶的关键在于人，我们来读这一段：

采茶是门细致的手艺活，经验丰富的采茶工一伸手，指腹轻捻，手腕微微一转，清脆的“呲”一声，一棵芽尖就采下了。一天下来，采茶工的手是最累的，遇到下雨天气，茶叶会更难采。

卢新看着采下的那些嫩芽就如看到自己的孩子一样开心。他的要求极高，必须得是一芽一叶或者一芽二叶，否则就得返工。他为什么强调一芽一叶、一芽二叶？（童子：一枪一旗、一枪二旗。）

出生在茶农世家的卢新，打小学炒茶，“炒茶最考验炒茶人的手法，甩、扣、推、捺、拓、搭、抖、抓等十种手法根据茶叶的变化不断变换”。什么是好茶？他说：“好茶的标准是足够自然。”好的龙井呈现出明亮的翠绿色，更接近茶树上的颜色。“足够自然”，这四个字正是最高的标准，好的茶如此，好的母语也是如此。

中国是个茶叶帝国，唐代的陆羽写出《茶经》，一句“茶者，南方之嘉木也”就让人对茶心生好感。从《诗经》中的荼到唐宋诗人笔下的茶，唐代诗人白居易的“寄与爱茶人”，宋代诗人杜耒的“寒夜客来茶当酒”，还有苏东坡的“休对故人思故国，且将新火试新茶”，这些诗句每次遇到都怦然心动。

爱茶人代有其人，在乾隆皇帝之前，宋徽宗也爱茶，身为皇帝还抽出时间写了一部《大观茶》。

这一片很不起眼的叶子，成为沟通世界的重要媒介，从古老的大陆一直进入到全球的日常生活中。

地球是圆的，茶是圆的，龙井茶是圆的，还记得那句诗吗？——“茶自峰生味更圆”，在这个古老的茶叶帝国，龙井茶就像皇冠上的那颗珠子，骄傲地活在西湖的山水之间，“消受山中水一杯”，抓一把龙井，就像把天下抓在手中，沸腾的虎跑水让清亮的翠绿再现，哪怕夏天来了又有何妨——

虎跑水龙井茶
泡了一个澄碧的夏天
在杯中

曲院风荷与荷花中国

（节气：夏至）

童子诵

周敦颐的《爱莲说》——

水陆草木之花，可爱者甚蕃。晋陶渊明独爱菊。自李唐来，世人甚爱牡丹。予独爱莲之出淤泥而不染，濯清涟而不妖，中通外直，不蔓不枝，香远益清，亭亭净植，可远观而不可亵玩焉。予谓菊，花之隐逸者也；牡丹，花之富贵者也；莲，花之君子者也。噫！菊之爱，陶后鲜有闻。莲之爱，同予者何人？牡丹之爱，宜乎众矣！

先生说

莲就是荷，多少人都因为《爱莲说》而对荷花生出好感。作家、民俗学家邓云乡在《荷与莲》的开篇就说：

“莲花，君子者也。”小时候读熟了周敦颐《爱莲说》这句话，便对莲花产生了憧憬，虽然偏僻的北国山乡，没有莲花，但想象中的莲花还是那样真切。后来又知道荷花就是莲花，又知道菡萏、芙蕖也是莲花。对这一品而多名的名花，知道的就更多了。

他说自己小时候读《诗经》，读《爱莲说》，那时还没有见过大片的荷花，甚至连想都没有想过。

“彼泽之陂，有蒲与荷”“彼泽之陂，有蒲菡萏”，这是《诗经·陈风》中的章句……

小时生长在荒寒的北国山村……故乡祖宅庭院中夏日花木不少，但也未种过莲花，因而童年时，虽然读熟了《诗经》中的“彼泽之陂，有蒲有荷”和短短的《爱莲说》，对大片荷花却从未见过，也未想过。只是有样，对莲子却很爱吃，过年时，上面铺满莲子、上浇糖汁的八宝饭，不用说了，真是又甜又香又糯。即在平时，也常吃冰糖莲子羹。……平时煮莲子羹，都是母亲亲自动手，把干莲子用温水浸上，浸到一定时间，然后我陪她慢慢剥那绛色的衣，用银针捅那嫩绿的苦芯……

诗人邵燕祥回忆：

我爱荷花，不是因为读了《爱莲说》，熟记“出淤泥而不染”之类的说教。我家里无处种荷花，我在见到荷花以前先见到荷叶。小时候夏天家里常常熬荷叶粥；熬大米粥的时候，覆以荷叶，粥熟，淡绿，泛荷叶的清香，这粥晾凉再喝最好。懂得看荷花，吟味林黛玉介绍的李商隐名句“留得残荷听雨声”，都是后来的事了。就在四五十年以后，在陶然亭、紫竹院、避暑山庄，见莲叶田田，闻荷香阵阵，我首先想到的还是童年的荷叶粥。多没出息，多欠风雅啊！

从小就在西湖边长大的孩子是幸运的，每年夏天都可以饱看荷花，而不用像在北方长大的邓云乡、邵燕祥那样从莲子羹、荷叶粥开始认识荷花。

西湖的荷花，你们马上可以想起哪一首诗？（童子：杨万里的诗。）

毕竟西湖六月中，风光不与四时同。

接天莲叶无穷碧，映日荷花别样红。

杨万里说“接天莲叶无穷碧”，西湖到底有多少荷花？比杨万里更早的北宋词人柳永《望海潮》中的那句“有三秋桂子，十里荷花”传诵很广，从此，“十里荷花”便常常出现在宋代诗人笔下，王庭珪的《初至行在》中有一句“十里荷花开世界”。

赵汝愚的《柳梢青·西湖》下阕这样写：

天香暗逐风回。正十里荷花盛开。买个扁舟，山南游遍，山北归来。

陈德武的词《水龙吟 · 西湖怀古》中也有“十里荷花，三秋桂子，四山晴翠”。于石有诗：“伊昔西湖里，娉婷十里莲。”他在另一首《西湖荷花有感》中说：“我昔扁舟泛湖去，四望荷花浩无数。……夜深人静月明中，方识荷花有真趣。”

从“娉婷十里莲”到“四望荷花浩无数”，都与杨万里的“接天莲叶”、柳永的“十里荷花”相通。最能打动人的诗句，还是汪莘的《秋日饮钱塘门外双清楼》中那两句：

斫取荷花三万朵，作他贫女嫁衣裳。

以三万朵荷花做嫁衣裳，这哪里还是贫女，简直是世界上最豪华的嫁衣裳。一个“斫”，而不是“采”，不是“摘”，好大的口气，好大的气魄。这里有同情和怜悯，但更多的是西湖荷花带来的欣喜和激动。

到了元代，诗人顾瑛在《湖山堂观荷花》中有这样的诗句：

湖山堂上看荷花，乱舞红妆万髻丫。

贯云石的曲中说：“归棹晚，湖光荡，一钩新月，十里芰荷香。”

这都是从“十里荷花”来的，一个“香”字可以将我们带回宋代，苏轼的《夜泛西湖五绝其四》开头两句就是：

菰蒲无边水茫茫，荷花夜开风露香。

西湖的荷香从宋时起，就不断地出现在诗人的笔下。南宋诗人杨万里《晓出净慈寺送林子方》第一首有“红香世界清凉国”：

出得西湖月尚残，荷花荡里柳行间。

红香世界清凉国，行了南山却北山。

只是没有“毕竟西湖六月中”那首受人喜欢。他的另一首《清晓湖上三首其一》也讲荷香：

六月西湖锦绣乡，千层翠盖万红妆。

都将月露清凉气，并作侵晨一喷香。

我们所在的曲院风荷长廊“红绡翠盖”，大约就从“千层翠盖万红妆”中来的。“并作侵晨一喷香”，与赵汝愚的“天香暗逐风回”，都是说西湖的荷香。元代人邵亨贞的“每爱西湖六月凉，水花风动画船香”，一样写的是荷香，徐再思的一曲《（双调）蟾宫曲·西湖夏宴》开篇就是：

卷荷筒翠袖生香，忙处投闲，静处寻凉。一片歌声，四围山色，十里湖光。

湖上荷香荡漾，让夏天的西湖有了几分清凉。

自宋以来，曲院的荷香也渐渐为人熟悉。宋代人王洧的《曲院》有句：

爱渠香阵随人远，行过高桥方买船。

元代尹廷高的《曲院荷风》有句“酝作芙蕖万斛香”，明代人莫璠填了一阙《蝶恋花·曲院荷风》，其中说："五月凉风来曲院，绿水芙渠，红白都开遍。风递荷香情不断，采莲舟过歌声缓。"

瞿佑填了一阙《摸鱼儿·曲院荷风》：

望西湖，藕花风起，纱窗午梦初觉。吴娃小艇贪游戏，冲破浮萍一道。

君不见，流光过眼催年少。新凉又到。渐苦入芳心，丝缠香窍，荷背雨声闹。

张宁写《曲院风荷》：

凉气度方洲，香来水正流。

时闻采莲曲，不见采莲舟。

清代人许承祖写《曲院风荷》：

白云一片忽酿雨，泻入波心水亦香。

徐士俊的《西湖竹枝词其三》：

曲院荷花香气清，扁舟惯逐荷花行。

莫惊沙上并头鹭，也自怜香睡到明。

一代代的文人写曲院风荷，都忘不了荷香。明代诗人高启《西湖夏夜观荷》中说："半湖月色偏宜夜，十里荷香已欲秋。"清代诗人黄仲则写西湖荷花香，也有"十里芰荷香到门"的诗句。清代赵庆熺的《销金锅》写西湖"荷花香，桂子香，东家桨，西家航"。因戊戌变法名动天下、曾在西湖建房定居的康有为当然也闻过这荷香，"开门荷气清"，"芰荷香里晓风轻"，都是他的真实感受。

白话诗中也有西湖的荷香，我们来读张德强1985年的

《西湖夜游之脚踏游船》：

水月闪动银鳞
荷风送来清芬
夜动情而又含蓄
且停住脚
任凭游船像一支并蒂莲
在湖面摇曳起伏

我们身旁
莲叶被晚风亲抚
粉色的花瓣
可从宋词里次第开出?
开在杨万里的笔尖
开成一篇《爱莲说》
开成一篇《荷塘月色》
透阵阵幽香沁入灵魂深处

粉色的花瓣从宋词里次第开出，千百年来，荷风年年给我们送来清芬。

写出“翠盖红妆”和“接天莲叶”的杨万里也填过《昭君怨·咏荷上雨》：

午梦扁舟花底，香满西湖烟水。急雨打篷声，梦初惊。却是池荷跳雨，散了真珠还聚。聚作水银窝，泻清波。

南宋词人辛弃疾填《好事近·西湖》，也想到荷花——

相次藕花开也，几兰舟飞逐。

西湖的荷花是苏轼、柳永、杨万里他们的，也是许多不大为人所知的诗人们的，比如宋代人员兴宗《秋中再至西湖荷花半残凄然有后时之叹纵步投夜归城中其一》，其中有两句就写得很好：

荷花净尽有底急，不待商量细细开。

元代诗人钱惟善的《西湖竹枝词》中有：

折得荷花待谁赠，叶间红泪滴成珠。

这些诗句与前面讲过的“斫取荷花三万朵，作他贫女嫁衣裳”一样，一点也不输给我们熟知的那些大诗人。

康有为在西湖，也有不少写荷花的诗，他的《西湖杂咏》有“他年再订西湖约，记取荷花大放时”。“出得荷花便入湖”“闹红一舸入荷花”也都是他的诗句。

我们来看白话诗中的西湖荷花，先一起读雁翼《西湖的歌（四首之荷花塘）》：

都来看吧，每一朵荷花
都是怒放的灵魂
哪是白娘子
哪是许仙
只有悲愤的哭喊
拍着浪，卷着云

每一朵荷花都是怒放的灵魂，是许仙、白娘子，也可以是岳飞、于谦、张苍水，这是古代的诗人们没有想到过的。我们再来读黎焕颐的《盛夏，在西湖》——

西子湖的水，几千年来
几经蒸沸，
煮熟了这片
柔情的沃土，
柔情的动人心魄的典故。
……
须眉，肝胆，风骨，
丽质、巾帼、丈夫……
你又待之甚厚，柔情如吐。
远的，就别提了，
“湖畔诗社”的风流，
不就是你把她煮沸……

还有正待蒸煮
沸而未熟、熟而不腐的么？
半湖荷花，香消无主，
青青的莲蓬，托水而出，
荷花三娘子，把她青青的爱，
呈献给酷暑的西湖。
于是我想起了梅妻鹤子的典故……
呜呼！
梅喜寒，荷耐暑，

千载以来，有谁在西湖
爱荷，如爱梅之林逋

读到这句，我们这一课的主题就出来了——“千载以来，有谁在西湖/爱荷，如爱梅之林逋”。这一问，真是问得好，到底谁是西湖爱荷人？或者说西湖荷的知己是谁？是杨万里？是柳永？是苏轼？是写出了“斫取荷花三万朵，作他贫女嫁衣裳”的汪莘？又或者是元曲作家薛昂夫？他写西湖的夏天，有《（双调）殿前欢·夏》：

有丹青画不如。迷归路，又撑入荷深处。知他是西湖恋我，我恋西湖？

夏天的西湖是属于荷花、荷叶的，自杨万里以来，西湖便与荷难分难解了。诗人张德强说：

湖水盈盈
浮一张巨大的荷叶

甚至可以说，整个西湖就是一张超大的荷叶，而湖上人就是正在开的荷花。我们来读诗人孙银标的《西子莲》：

多少文人墨客，在故纸堆里
钻进钻出，为你
倾倒
其实，我知道
高洁并不是你的惟一
顺着幽幽忽忽的感觉
走入宁静深处

你
始终醒着浓浓的真情

风雨扯乱了时序
污浊
搅拌出骄横跋扈
一缕香魂
在茫茫的世俗中漂泊
苍白了的泪水，沿着你
苍白的面容
一次次，将我瘦小的梦
滴破

当你用自己的全部心血
风光了狂热
憔悴已喂大了秋的萧瑟
你，却依然高高举起
一蓬含蓄的苦心
我真想
真想在朦胧的夜色中
偷一截浪漫
为你
吻净疲惫的岁月

终于来到你的身边
最好的季节，已经
错位
我不相信
秋风曾唱残多少唐诗宋词
只盼用一臂真诚
为你
阻断凄冷的风雨
孕一段新鲜的热烈……

荷花除了高洁，还有什么品格？（童子：诚实、忍耐、纯粹……）为什么说她诚实？（童子：时间到了，便老老实实地开放。）为什么说她忍耐？（童子：更长的时间她都在淤泥里，但她一直等，等到出水的时间，直到最后绽放。）为什么说她纯粹？（童子：她无论开，还是谢，都没有什么目的。）

好，荷花有荷花自己的世界，你们能想象一个没有荷花的西湖吗？特别是在杨万里之后，夏天到了西湖，又有几个人能不想起他的那首诗？

《西湖诗话》说："六、七月里的西湖可说是荷花世界，那决不是夸张。因为西湖荷花不但分布面广，如里西湖、西里湖、外西湖、小南湖和三潭印月的内湖都种植着荷花……"

在杭州长大的阮毅成《三句不离本杭》中有一篇《六

月荷花》，他说西湖的荷花集中在三个地带，第一个地带在哪里？大家一起读出来：

第一个地带，距湖滨最近，也就是在白堤与里西湖沿湖马路之间。如乘舟行，则可穿越断桥，而到孤山或到里西湖的招贤寺前上岸。这一带湖面上，夏季开满了荷花。游人可以先将瓜皮小艇，停在断桥桥孔下，清凉无比。而后乘兴在荷叶丛中，徐徐划行。

看荷花宜在清晨，因为荷花是天微明时开放，待天已大亮，则荷瓣又行复合。最好天方黎明，即行穿过荷丛，而将小舟系于孤山放鹤亭下。人就上岸，在亭中藤椅上躺下。这儿有新冲的藕粉，新沏的龙井茶。藕粉带粉红色，茶则系碧绿色。用藕粉以代早点，再品尝了名茶，便可在亭中，补睡一个早觉。晨风徐来，荷香欲醉。

元曲作家张可久写采莲女，有一句“贪看荷花过断桥”。清代人陆眷西有诗《忆西湖》，讲的就是断桥一带藕花如锦：

曾记西湖六月天，藕花如锦断桥边。

至今梦里犹来往，惯听钱塘唤渡船。

原来荷花如此神奇，天微明时开放，天大亮荷瓣又行复合。继续读阮毅成的《六月荷花》——

第二个地带是岳坟前面的湖面，也是苏堤的北端。苏堤有六座石桥，每座桥孔之下，夏日皆停满了游船。有藉此纳凉的，也有采摘莲藕的。清香扑鼻，沁人肺肝。西湖十景之一的曲院风荷，就在岳坟与苏堤之间。曲院在南宋时，本名麯院，近九里松的洪春桥。当时系取金沙涧的水造麯，以酿官酒。清康熙时，改在跨虹桥旁……地址既已更易，也不再造麯酿酒，却种满了荷花。

我们此刻就在曲院风荷，正在荷花开时，雨声中混合着你们的琅琅书声，此情此景，西湖也未曾见过。

第三个地带，是三潭印月，又名小瀛洲，内外都种满了荷花。登岸以后，上九曲桥，过十字亭，到湖楼上小坐，却见迎面悬了陈承鋆所作的一副对联：

四面荷花三面柳，

一城山色半城湖。

其荷花之盛，可以想见。

这时候，就有采莲女郎送上新采的莲蓬。并用刚折下来的荷叶，托上新切的生藕片。这些生藕片，切成一样厚薄。用手取起，一片一片，还是藕断丝连。藕吃完了便将荷叶盖在头上，以代凉帽。

在苏堤与三潭印月的内外湖面上，经常有女郎轻摇的采莲小舟，她们低唱着采莲曲，一面随时用双手到水中采藕。却真是出污泥而不染，纤纤玉手，从未沾到水底的香灰泥屑。她们卖莲蓬，卖切藕。也卖荷花，由游人携归插瓶。也卖荷叶，供游人持归作粉蒸食品之用。也卖藕粉，用湖水煮之。细而不腻，入口即化。

……

荷花通常为淡红色，如为白荷，则较红荷为名贵。其为一枝两蕊者，则称为并蒂莲。有两朵皆为红色者，有皆为白色者，亦有一红一白者，均极为美丽。……曲院风荷的湖面上，也多有并蒂莲花。芙蓉出水，对对迎人。清晨月下，每易使人神往。

阮毅成还曾写过几首回忆西湖荷花的诗，其中一首：

六月西湖忆昔时，荷香十里正催诗。

人来曲院花前立，水是新开并蒂枝。

我们在曲院风荷面朝荷花，寻找千载以来，有谁爱荷如爱梅之林逋。阮毅成是不是也是其中的一个呢？他说起，农历六月也是西湖夜游的好时刻，尤其十八夜间，杭州仕女倾城出游。因为这是传说中观音菩萨诞辰的前夕，也是游夜湖的最佳之时。清代的杭州有驻防旗营，只有每逢六月十八，可以城开不夜，容许游人在夜间游湖。等到民国拆除旗城，无论日夜，不分季节，随时可以出游，但多年的习俗，六月十八夜还是游夜湖的最高潮——

六月十八夜间，湖上满布荷花灯。灯以纸制，状似莲花。下托木板，并立一钉，上插红烛。由游客点燃后，沿湖置放。灯在湖中，随湖波起伏，灯影摇红，至为美观。放灯亦系佛教中习俗，谓可结善缘。游夜湖者必须放灯，或多或少，但必须为双数。另有人专备红烛，乘舟在湖中弋视。见有灯烛将灭者，即为补充。

这一夜，西湖的酒肆都是通宵营业，楼外楼更是食客盈门。平湖秋月、三潭印月，都有采莲女郎供应新鲜莲藕和藕粉。湖上的各个庄屋通宵开放，有游客上门，守屋者必会奉上香茗。

在女作家琦君的记忆里，每年的农历六月二十四日是荷花的生日，从六月十八日就热闹开了，最高潮则是二十四日。琦君生于1917年，少年时到杭州上学，她的父亲潘国纲将军喜欢荷花。她不到十岁，还在故乡温州瞿溪镇，父亲就教她唱："夏日正清和，西湖十里好烟波，银浪里，弄锦梭。人唱采莲歌……""在四五岁时，由大人抱着在西湖游艇里剥莲蓬、啃雪藕的情景，已经十分地模糊，也想象不出，西湖的银浪烟波究竟有多美，只觉得父亲敲着膝头，高声朗吟的神情很快乐，音调也很好听。"她在《想念荷花》开头如此说。

她父亲的生日是农历六月初六，正是荷花含苞待放时。两个星期后，六月二十四日便是荷花生日。她母亲说荷花盛开，象征父亲身体健康。所以每当六月初六那天，总要托人千方百计采购一束满是花蕾的荷花，插在瓶中供佛。

等花瓣谢落，她母亲就拿来和了薄薄的面粉与鸡蛋，在油里稍稍一炸，成为一道别致的甜点。父亲说吃荷花的是俗客。她却说，吃了荷花，变成雅士了。

她十二岁迁居杭州——

到了杭州这个十里荷花的天堂，才真正看到那么多新鲜荷花。我们的家，正靠近西子湖边，步行只需半小时就可到湖滨公园。那条街名叫“花市路”。父亲为此作了一首得意的诗，其中最得意的句子是：“门临花市占春早，居近湖滨归钓迟。”其实父亲很少钓鱼。他带我去湖滨散步，冬天为赏雪，夏天为赏荷。赏雪的时候少，因为天气太冷了，赏荷却是夏天傍晚常常去的。

“家里太热，到湖滨乘凉去。”父亲总是这么说。其实湖滨并不比家里凉爽，因为公园里游人摩肩擦背，反而泛着一股热腾腾的气息。我总是要求：“爸爸，我们坐船吧，你不是唱银浪里，弄锦梭吗？”父亲每回都微笑答应了。可是坐在船上也不觉得凉爽，因为湖水晒了整整一天大太阳，到了夜晚，把热气放散出来，扑面而来的是阵阵热风。词人说“湖水湖风凉不管”的“凉”字，实在是骗人的话。但无论如何，荡着船儿，听桨声欸乃，看淡月疏星，闻荷花阵阵清香，毕竟是人间天上的享受。

六月二十四既然是荷花生日，杭州人的游湖赏花就从六月十八开始，到二十四这一天是最高潮，整个里外湖都放起荷花灯来。大小画舫，来往穿梭，谈笑声中，丝竹满耳。这种游湖，杭州人称之为“落夜湖”，欢乐可通宵达旦。

我不是个懂得赏花的雅人，也体会不到周濂溪爱莲的那份高洁情操。我喜欢“落夜湖”，只是为了赶热闹。父亲却不爱这种热闹。母亲呢？只要是住在杭州的日子，倒是每年都去“落夜湖”一番。她不是赶热闹，而是替父亲放荷花灯。放一百盏荷花灯，祈求上天保佑父亲长命百岁。所以她坐在船上，总是手拨念佛珠，嘴里低低地念着《心经》。因为外公说过的，父亲和荷花同生日，照佛家说法，是有一段善缘的。

在《西湖忆旧》中，她说“六月十八是荷花生日”：

湖上放起荷花灯，杭州人名之谓“落夜湖”。这一晚，船价大涨，无论谁都乐于被巧笑倩兮的船娘“刨”一次“黄瓜儿”。十八夜的月亮虽已不太圆，却显得分外明亮。湖面上朵朵粉红色的荷花灯，随着摇荡的碧波，飘浮在摇荡的风荷之间，红绿相间。把小小船儿摇进荷叶丛中，头顶上绿云微动，清香的湖风轻柔地吹拂着面颊。耳中听远处笙歌，抬眼望天空的淡月疏星。此时，你真不知道自己是在天上还是人间。如果是无月无灯的夜晚，十里宽的湖面，郁沉沉的，便有一片烟水苍茫之感。

反正荷花灯是从六月十八夜里开始放的，荷花生日到底是六月十八还是六月二十四，也就没那么要紧了。

她的《想念荷花》继续写道：

记得有一天，父亲忽然问我：“‘新着荷衣人未识，年年江海客’是什么意思，你懂吗？”我说：“是退隐的意思吧。”父亲笑笑说：“就是我现在的心境，摆脱了官职，一身轻快。”但我觉得他脸上似有一丝蓦然回首的落寞神情。难道父亲仍有用世之心，只是叹知遇难求吗？

“新着荷衣人未识，年年江海客。”是南唐词人冯延巳《谒金门 · 杨柳陌》中的句子。潘国纲将军在北伐战争后已摆脱戎马生涯，未免有一种落寞。她在《西湖忆旧》中又想到了“新着荷衣人未识”，她说诗人想拿藕丝制衣服，而荷衣则是隐者之服，“我想只要能泛小舟徜徉于荷花丛中，也就是远离烦嚣的隐士了”。

抗战兵兴，我们举家避寇回乡。父亲竟因肺病不治，于翌年溘然长逝。那不幸的一天，正是他的生日六月初六。如此悲痛的巧合，使我们对一向喜爱的荷花，也无心欣赏了。

琦君的父亲和荷花的因缘到此为止。她当时已在之江大学上学，抗战期间，曾在上海租界继续学业。她的恩师夏承焘先生也非常喜爱荷花。有一天，他们师生几个人上街购物，遇到滂沱大雨，在一间茶楼品茗谈天，看着马路积水盈尺，老师写了一首诗，诗前小序中有一句：“念西湖此时，正万叶跳珠也。”夏先生身在上海，想到的却是西湖此时，大雨落在荷叶上那种千万水珠跳跃的壮观。这正是我们眼前所见的“万叶跳珠”。琦君说：“那时杭州陷于日寇，老师慨叹有家归不得，因而格外思念杭州的荷花。”

等到抗战胜利，浙江大学暂借西湖罗苑复校。她去看望夏先生，书斋的窗外，一片风荷环绕。爱荷的夏先生心情愉悦，提笔蘸饱了墨，信手画了一幅荷花，师母题上姜白石的名句“冷香飞上诗句”，老师随即落款送给她。这幅墨荷她随身带到了台湾。当时喜画梅花的任老师，笑他荷花画得不像。夏先生随口冷笑道：“事事输君到画花，墨团羞见玉槎枒。”

琦君感慨地说，不管是“墨团”也好，是“玉槎枒”也好，那总是吟诗作画、自由自在的好时光啊。杭州是她的第二故乡，格外有一份亲切之感。她看着墙上的那幅墨荷，“想念故乡的荷花，因为在荷花瓣上，仿佛显现出父亲和老师的音容笑貌”。

琦君说夏先生晚年身不由己地被调到北京从事指定的研究工作，垂老之年，一定更思念杭州、思念西湖无主的荷花吧。

读到这里，我们想一想，千载以来，西湖爱荷如爱梅之林逋的人中是不是有夏承焘，有潘国纲呢?

琦君在《西湖忆旧》中写到这样一段故事，大家一起来读：

那一年仲夏，我陪着从远道归来的姑丈，和见了他就一往情深的云，三人荡舟湖上。从傍晚直至深夜，大家都默默地很少说话。小几上堆了刚出水的红菱，还带着绿色茎叶，云为我们一一地剥着红菱。她细白如兰的手指尖，与鲜嫩的红菱相映成趣。船儿在圆圆的荷叶之间穿来穿去，波光荡漾中，云娇媚的面容有如初绽的红莲。她摘下一片荷叶，漂在水面，水珠儿纷纷滚动在碧绿的丝绒上。我伸手去捉时，它们就顽皮地从手指缝中溜跑了。云说：“谁能捉住水珠呢？”姑丈说：“我们不就像这些水珠吗？”

……那时，我还是一个单纯的高中学生，可是“人间情是何物”，却已困惑了我，使我为旁人而苦恼。

我们舍舟登岸，从湖堤归来，三人并肩走在柏油马路上。尽管荷香阵阵，湖水清凉，我的心却十分沉重，相信他们的心比我更重。姑丈忽然拍拍我的肩说：“希望你不要去捉荷叶上的水珠，那是永远捉不住的。”他这话是对我说的吗？

许多作家都写过荷叶上的水珠，虽然荷叶上的水珠是永远捉不住的。琦君的《想念荷花》《西湖忆旧》都充满深情，对父亲、母亲、老师，她也是西湖爱荷人吗？她写下姑丈与爱慕姑丈的云那一段情，其实已捉住了荷叶上的水珠。对于她，西湖的荷不仅承载了亲情、爱情、师生情，还有她童年、少年以来多少美好的回忆。

邓云乡的《荷与莲》中写道：

有一年我住在杭州里西湖，正是五月间荷钱初浮水面时，常在湖边看那漂在水面上的荷叶，小鱼在水中钻来钻去，我忽然想到古诗中“莲叶何田田，鱼戏莲叶东，鱼戏莲叶西……”的妙趣，原来咏的是新出水的荷叶。等到万柄碧荷，一望无际时，又哪里看得到叶底的游鱼呢？

看其他的花，人们很少会注意到叶，唯有荷花与荷叶几乎并重，早在唐代，白居易的《孤山寺遇雨》：

水鹭双飞起，风荷一向翻。

写的就是荷叶。明代诗人杨基有一首《梦游西湖》：

采莲女郎莲花腮，藕丝衣轻难剪裁。

瞥然一见唱歌去，荷叶满湖风雨来。

清代诗人厉鄂的“乱打新荷万斛珠”说的也是雨中的

荷叶。他的“荷叶绕门香胜花”，与梁守臣的“未到花时叶早香”，张宝臣的“荷叶露香偏胜花”，则都是说荷叶的清香。诗人余光中在《满月下》的最后写下：

那就折一张阔些的荷叶
包一片月光回去
回去夹在唐诗里
扁扁的，像压过的相思

原来荷叶还可以包一片月光回去，夹在唐诗里。就像少年邵燕祥吃过的荷叶粥，一辈子也忘不掉。

今天在曲院风荷，主角是荷花和荷叶，还可以加上荷叶上的水珠，能不能捉住荷叶上的水珠，就看你们了。邓云乡说：

荷花也是足以代表悠久文化的花，它也可以入乐，梅花有“江城五月落梅花”的《梅花三弄》，荷花也有“开口便唱《莲花落》，落尽莲花哪有人”的《莲花落》，这却是真正的平民文学呀！

余光中是个爱莲人，可惜他不在西湖，读一读他的诗《莲的联想》：

已经进入中年，还如此迷信
迷信着美
对此莲池，我欲下跪
……
虚无成为流行的癌症

当黄昏来袭
许多灵魂便告别肉体
我的却拒绝远行，我愿在此
伴每一朵莲
守小千世界，守住神秘
……
喏，叶何田田，莲何翩翩
你可能想象
美在其中，神在其上
……

原来莲是一个小千世界，也是一个“美在其中，神在其上”的世界，难怪他在《莲恋莲》中说了一句：“即莲，即人，即神。”他说：“塞尚的苹果是冷的，梵谷的向日葵是热的，我的莲既冷且热。”他想起了西湖和西湖的莲——

我也是一株莲，心有千瓣，每一首诗剥开一瓣，剥开三十六瓣，还没有窥见莲心。诗人是一种两栖的灵魂，立在岸上，泳在水中。有的泳在汨罗江，有的向采石矶捕月，有的把泪洒在洛水里，有的骑马如坐船，有的坐船如天上坐。人从海底爬到陆上，又一心向往着水。可是我并非站在湖岸看水仙的华兹华斯。水仙花已经渴毙，在柏拉图的故乡。我是青莲，我是狂笑孔丘的青莲。我是蓝田别墅的主人。我筑苏堤，我把西湖妆成了西子。

那一年他三十六岁，他想起了屈原、李白，想起了曹植、贺知章、杜甫，也想起了王维、苏轼，想起了苏轼所熟悉的西湖，那是有荷花荷叶的西湖，荷是西湖的，也是中国的。我们来读洛夫的那一首《众荷喧哗》：

众荷喧哗
而你是挨我最近
最静，最最温婉的一朵
要看，就看荷去吧
我就喜欢看你撑着一把碧油伞
从水中升起

我向池心
轻轻扔过去一粒石子
你的脸
便哗然红了起来
惊起的
一只水鸟
如火焰般掠过对岸的柳枝
再靠近一些
只要再靠我近一点
便可听到
水珠在你掌心滴溜溜地转

烟霞迟桂与桂花中国

（节气：霜降）

童子诵

1923年9月23日，胡适写下《烟霞洞杂诗之一》：

山门外摆摊的老头子，
拿着两大杆密密累累的桂花，
一大早来敲我的房门，
喊道："胡先生，桂花开了！"
我接过这样热诚地送来的礼物，
我感谢他带来这样可喜的消息。
前天出门还没留意到那些细小的花苞，
想不到今天便满山都是桂花香了！

五日之后，许多武装警察占领了烟霞洞；
几十匹马拥护着十几乘轿子；
原来是杭州的绅士请了督察首长来看桂花。
——第一发的桂花却早已过去了。

先生说

"胡先生，桂花开了！"相隔九十六年，在西湖烟霞洞，我们读胡适的诗，这个声音仿佛还活着。山门外摆摊的老头子，我们不知道姓甚名谁，却在胡适的诗中、日记中留下来了，和那两大杆密密累累的桂花一起，他喊出的那一声“胡先生，桂花开了”，也带着那一年最初的桂香，与千年前宋之问、白居易他们闻过的桂香，与百年后我们正在闻着的桂香是一样的。

那一年是1923年，9月11日，胡适在日记中写下：

桂花开了，秋风吹来，到处都是香气。窗外栏杆下有一株小桂树，花开得很繁盛。昨天今天的早上，门外摆摊的老头子折了两大枝成球的桂花来，我们插在瓶中，芳香扑人。

胡适是谁？因提倡白话文而在“五四”新文化运动中暴得大名，成为二十世纪中国最具影响力的知识分子，引领风骚数十年，后来出任过北大校长。他在美国留学七年，获得哥伦比亚大学博士学位，于1917年回国出任北大教授。1923年他到烟霞洞养病，在这里住了一百来天，消磨了“一生最快乐的日子”。那一年他三十二岁。

今天，我们在烟雨朦胧中，遥望1923年的烟霞洞，自从那一天桂花开，看桂花就成为胡适最重要的事情之一。可以想见，那一年西湖的桂花曾如何陶醉了年轻的胡适。

这是他9月13日的日记，大家一起读：

今天晴了，天气非常之好。下午我同珮声出门看桂花，过翁家山，山中桂树盛开，香气迎人。

9月29日，他想起十八天前桂花初开，写了上面这首《烟霞洞杂诗之一》。也是这一天，徐志摩到石屋洞“初闻桂子香——这香味好几年不闻到了”，然后到烟霞洞找胡适，结果胡适和高梦旦他们一早游花坞去了。他喝了一碗茶，捡了几张大红叶就下了山。

10月1日下午，胡适去翁家山看桂花王，我们一起来读他当天的日记：

与复三、娟，和一位翁家山的人同去看翁家山的“桂花王”，这位王爷本干是几株大干并生的，故树身并不粗，而枝叶伸出，遮盖甚远。他每年要生三担多桂花（每担四元），真不愧“桂王”之称了。全树为黄花，只有一枝上生出两小枝丹桂。娟看见了，叫我们看，连那位翁家山的朋友看了也说是奇事。他攀折下来，送给娟。

几次出现在胡适日记中的翁家山是个小村子，与烟霞洞近在咫尺。九年后，1932年10月，三十七岁的作家郁达夫来西湖养病，创作了一篇小说《迟桂花》，写的就是翁家山的桂花。当时，他就来过翁家山，一个人徘徊南高峰一带山中，忽而一阵香气吹来，让他兴奋，一句诗就跳了出来：“九月秋迟桂始花。”隔一天，又得了一句：“迟桂开时日日晴。”这一天是10月9日，第二天，他开始落笔写《迟桂花》。

《迟桂花》的灵感来自翁家山一带迟开的桂花，写作的过程也是踏着桂香的。10月16日，他又上翁家山视察了一回。第二天，他写作状态良好，午前续写了二千多字。他在日记中说：“大约《迟桂花》可写一万五六千字，或将成为今年的我作品中的杰作。”到10月20日，全稿完成，有两万一千字，字数超出了原来的预期。他这几天写给妻子王映霞的信中一再说："这一篇《迟桂花》，也是杰作，你看了便晓得"，"《迟桂花》我自以为做得很好，不知世评如何耳"。

《迟桂花》也确实成为郁达夫后期小说中的代表作。我们来读一下跟烟霞洞和桂花有关的段落——

烟霞洞我儿时也曾来过的。但当这样晴爽的秋天，于这一个西下夕阳东上月的时刻，独立在山中的空亭里，来仔细赏玩景色的机会，却还不曾有过。我看见了东天的已经满过半弓的月亮，心里正在羡慕翁则生他们老家的处地的幽深，而从背后又吹来了一阵微风，里面竟含满着一种说不出的撩人的桂花香气。

"啊……"

我又惊异了起来：

"原来这儿到这时候还有桂花？我在以桂花著名的满觉陇里，倒不曾看到，反而在这一块冷僻的山里面来闻吸浓香，这可真也是奇事了。"

这是小说，也是郁达夫当年真实的体验，从满觉陇、经过烟霞洞上翁家山，走的就是此刻我们眼前的路。到了翁家山，小说中的"我"发现——

屋前屋后，一段一段的山坡上，都长着些不大知名的杂树，三株两株夹在这些杂树中间，树叶短狭，叶与细枝之间，满撒着锯末似的黄点的，却是木犀花树。前一刻在半山空亭里闻到的香气，源头原来系出在这一块地方的。

接着，在茶里又闻到了一种令人欲醉的桂花香气，一起来读——

掀开了茶碗盖，我俯首向碗里一看，果然在绿莹莹的茶水里散点着有一粒一粒的金黄的花瓣。则生以为我在看茶叶，自己拿起了一碗喝了一口，他就对我说：

“这茶叶是我们自己制的，你说怎么样？”

“我并不在看茶叶，我只觉这触鼻的桂花香气，实在可爱得很。”

“桂花吗？这茶叶里的还是第一次开的早桂，现在在开的迟桂花，才有味哩！因为开得迟，所以日子也经得久。”

“是的是的，我一路上走来，在以桂花著名的满觉陇里，倒闻不着桂花的香气。看看两旁的树上，都只剩了一簇一簇的淡绿的桂花托子了，可是到了这里，却同做梦似地，所闻吸的尽是这种浓艳的气味。老翁，你大约是已经闻惯了，不觉得什么罢？我……我……”

胡适看过翁家山的“桂花王”，郁达夫又写了《迟桂花》，翁家山一块石头上就刻着《迟桂花》的故事。我曾说，杭州是一个桂花酿的城，西湖也是一个桂花酿的湖。一千多年前，宋之问的《灵隐寺》中有名句“桂子月中落，天香云外飘”，白居易《忆江南》也有一句“山寺月下寻桂子”，西湖的桂花连李白都向往不已，《送崔十二游天竺寺》中有“桂子落秋月”之句。

北宋年间，柳永的《望海潮》中那一句“有三秋桂子，十里荷花”，引起金主完颜亮的觊觎。据说他读到《望海潮》，从“东南形胜，三吴都会，钱塘自古繁华”读到“有三秋桂子，十里荷花”，起了“投鞭渡江、立马吴山”之志。

难怪南宋诗人谢驿写了一首诗：

谁把杭州曲子讴，荷花十里桂三秋。

那知卉木无情物，牵动长江万里愁。

一句“三秋桂子，十里荷花”，竟然“牵动长江万里愁”！完颜亮于1161年南征，在瓜洲渡江作战时死于完颜元宜等人手中，投鞭渡江之志未成。

到西湖闻三秋桂子，是秋天的美事。花开时节，满城都香，尤其满觉陇，更是赏桂胜地，旧时也叫满家弄。明代作家高濂的《四时幽赏录》中有一则《满家弄赏桂花》，说西湖的桂花最盛处在南山、龙井一带，尤其满家弄——

秋时策骞入山看花，从数里外便触清馥。入径，珠英琼树，香满空山，快赏幽深，恍入灵鹫金粟世界。

……

旧闻仙桂生自月中，果否？若向托根广寒，必凭云梯天路可折，何为常被平地窃去？疑哉！

他称此地为“灵鹫金粟世界”。清代人张云璈《满觉陇》一诗也有这样一句：“满觉陇旁金粟遍，天风吹堕万山秋。”

民国时，诗人饶孟侃来寻满觉陇，我们先读这一段：

一路上疏密相间的栗树和桂树是这时人人心目中唯一的目标。我们缓缓地向前走着，时刻都有一阵阵的清香扑鼻而来。假使是在月夜，也许我们还会疑心到步入了广寒宫阙。满觉衖是从前并不曾来过，等走到那里，除了看见一个满是游客的茶座和几株大一点的金桂银桂外，什么别的奇观都找不到。反不如在还没有走到的时候，心里预期着一种更大的愿望，比较有趣。我们——至少是我个人在桂树下很失望地徘徊了一阵，就马上向归途走去。幸亏这里有一种特产叫桂花栗子还可以饱我们的口福，勉强掩饰了方才视觉所备受的缺憾，要不然真可以说是十二分的扫兴。

原来真到了满觉陇，竟会如此失望。这样的失望，作家施蛰存也有过。他早年在之江大学求学，烟霞洞、满觉陇都不陌生。

满觉陇素以桂花及栗子著名，而桂花为尤著，因杭人辄称其栗子为桂花栗子，可见栗子固仍须藉桂花以传也。昔年读书之江大学，八九月间，每星期日辄从云栖越岭，取道烟霞洞，过满觉陇，到赤山埠雇舟泛湖。其时满觉陇一带桂花并不多，不过三四百株，必须有风，行过时仿佛有些香味而已。

——1937年，他在《赏桂记》开头这样写。赏桂当然要去满觉陇，满觉陇有个桂花厅。他也奔着这里来了，我们继续读——

到了八月杪，人们说迟桂花已经开了。我心下想，如果再不去看一看，今年这个机会岂不错过了吗？……问问行人，你们到哪里去赏桂？莫不回答曰：到桂花厅。我心中十分安慰，以为我的预料是十二分的靠得住。

走到一处，离烟霞洞约摸还有一里路，恰在路旁，右边是几份人家，左边是十来座坟山。坟山间隙地上排满了卖茶的白木板桌，坟头上是一座桂树林子，东一株西一株的约摸有百把株桂树。已有许多人在那里吃茶，有的坐在条凳上，有的蹲在坟头上，有的躺在藤椅上——这大概是吃坑茶了，有的靠在墓碑上。吃茶之外，还吃栗子，吃豆腐干，吃梨儿，吃藕，吃沙地老菱。想不到荒凉凄寂的北邙山，却成为鬓影衣香的南京路。我心下想，大概桂花厅上已经挤满了人，所以这些人聚集于此，过屠门而大嚼，总算也快意了一场。

可是前面的人也不再往前走了。他们纷纷加入了这个坟山上赏桂的集团。招呼熟人的招呼熟人，找茶座的找茶座，我一个人却没了主意。我想既到了这里，总该到一到桂花厅，万一真挤得没有地方好坐，就巡行一周回去也好。但是到底桂花厅在哪里呢？这必须请问人家才行。

“喂，请问桂花厅在哪里？”我问一个卖豆腐干的。

“这里就是桂花厅！”他说。

我一呆！难道我瞎了眼？我抬起头来望望，明明是露天的坟山，怎说是什么厅！

“没有真的厅的，叫叫的！”那卖豆腐干的人懂了我这外路人的疑惑，给我解释了。“叫叫的”云者，犹言“姑名之”云耳。

你们读出了施蛰存的失望吗？继续读——

但我不甘心回去，找了一个茶座，在一个条凳上坐了。不幸得很，天气还这样热，稀疏的桂叶遮不了阳光，于是我被晒在太阳里吃茶赏桂了。桂花并不比十五年前多些，茶也坏得很，生意忙了，水好像还未沸过。有卖菱的来兜卖菱，给两角法币只买得二十余只，旁边还有一位雅人在买桂花——不许你采，你要就得花钱买——一毛钱只得盆景黄杨那么的一小枝。我想，桂花当然是贵的，桂者，贵也，故中状元曰折桂。又俗曰“米珠薪桂”，足以与珠抗衡，宜乎其贵到如此地步了。

饶孟侃、施蛰存到满觉陇赏桂，为什么大为失望？（童子：期望太高，落差太大；人太多，汗臭比桂花香还重。施蛰存说：“我四周闻闻，桂花香不及汗臭之甚，虽有小姐们之粉香，亦无补于万一。”）随大流，赶热闹，到拥挤的人群中寻桂，原本那么美的一件事，也变得不美。而胡适、郁达夫在烟霞洞、翁家山，却享受了桂花带来的美。看来寻找美、享受美，不能拥挤、热闹，那是一个人或二三知己的事。

桂花在中国很古老。或者说，桂花很中国。《山海经》中就说招摇山上多桂。

加上古老的传说，月亮里有一棵五百丈高的大桂树，一个叫吴刚的被罚，天天在那里斫树，却永远斫不倒，因为斫痕随斫随合。三十二年前，我的老师吴式南先生提醒我，吴刚斫桂树与西西弗斯推石上山，东西方的两个不同神话，显示的却是人们共同的悲剧精神。有了这个传说，中国人总是把桂花与月亮连在一起。

明代戏曲家汤显祖写西湖的桂花，有这样两句："一夜桂花何处落，月中空有轴帘声。"（《天竺中秋》）

"天香"的说法更是由来已久。清代文人李渔在《闲情偶寄》中说，"秋花之香者，莫能如桂。树乃月中之树，香亦天上之香也"。说到桂的缺陷，"则在满树齐开，不留余地。"他写了一首《惜桂》诗：

万斛黄金碾作灰，西风一阵总吹来。

早知三日都狼藉，何不留将次第开？

唐诗中有关桂花的名句多矣，其中不少诗都与月亮连在一起。

《红楼梦》中有一段写到赏桂花——

这里贾母仍带众人赏了一回桂花，又入席换暖酒来。正说着闲话，猛不防只听那壁厢桂花树下，呜呜咽咽，悠悠扬扬，吹出笛声来。趁着这明月清风，天空地净，真令人烦心顿解，万虑齐除，都肃然危坐，默默相赏。听约两盏茶时，方才止住，大家称赞不已。

……只听桂花阴里，呜呜咽咽，袅袅悠悠，又发出一缕笛音来，果真比先越发凄凉。

接下来，写史湘云和林黛玉斗诗——

（湘云）银蟾气吐吞。药经灵兔捣，

黛玉不语点头，半日随念道：

人向广寒奔。……

（湘云）因弯腰拾了一块小石片向那池中打去，只听打得水响，一个大圆圈将月影荡散复聚者几次。只听那黑影里嘎然一声，却飞起一个大白鹤来，直往藕香榭去了。黛玉笑道："原来是他，猛然想不到，反吓了一跳。"湘云笑道："这个鹤有趣，倒助了我了。"因联道：

窗灯焰已昏。寒塘渡鹤影，

林黛玉听了，又叫好，又跺足，说："了不得，这鹤真是助他的了！……"湘云笑道："大家细想就有了，不然，就放着，明日再联也可。"黛玉只看天，不理他，半日，猛然笑道："你不必说嘴，我也有了，你听听。"因对道：

冷月葬花魂。

湘云拍手赞道："果然好极！非此不能对。好个'葬花魂'！"

"冷月葬花魂"是由月下的桂花引发的灵感。这是《红楼梦》中最动人、凄美的诗句之一，有个画家以此为题画过一幅画，整个圆圆的月亮，就如一个冷冷的坟墓，站在中间的黛玉当然就是花魂了。我一直未将这花与桂花联系起来。中秋月圆，正是桂花开时，偏是黛玉来了一句"冷月葬花魂"，有一种悲凉的意味。《红楼梦》不是写大团圆的。

1936年，喜欢《红楼梦》的张爱玲只有十六岁，她写了一篇《秋雨》，大家一起来读：

雨，像银灰色黏湿的蛛丝，织成一片轻柔的网，网住了整个秋的世界……只有墙角的桂花，枝头已经缀着几个黄金一样宝贵的嫩蕊，小心地隐藏在绿油油椭圆形的叶瓣下，透露出一点新生命萌芽的希望。

在同样的雨天，我们读这篇文字，在绿油油椭圆形的叶瓣下，在少女张爱玲的眼里，她看到的是“黄金一样宝贵的嫩蕊”，那是墙角的桂花开了。

我们来读诗人辛郁的《西湖写意》——

以玉为质
以黄金的色泽
送香十里的秋桂
停驻着我
横越一行岁月的寂寞
曾犀利如箭
而今已微微弱视的眼

不向左也不向右
我只盯着它

看飘香的过程

让双眉 堆积一层

厚厚暖暖的乡气

飘香的过程，真的能在双眉堆积一层厚厚暖暖的乡气吗？如果你心中始终有西湖的桂香，即使你远行万里，你也带着故乡。

2018年，六十七岁的女作家龙应台从海峡对岸来，她的母亲应美君是离杭州不远的淳安人，对西湖的桂花念念不忘。在浙江图书馆的《天长地久》新书发布会上，龙应台说：自己被西湖的桂花打败，那是她母亲故乡的桂花。我写了一篇小文即以此为题，其中有这样一段——

借着女儿的笔，美君在九十三岁之年重新回到了淳安人、杭州人、上海人、温州人、新杭州人……的面前，此时桂花开得正好，浙江图书馆院里的丹桂香得让人不忍闻。而她的女儿在忙着签书，长长的队伍一直排到外边，也许都未来得及闻一闻这桂花香。但西子湖边，美君口中不断重复过的桂花，她已闻见。那是白居易、宋之问闻过的，“天香云外飘”，昔日美君的婚礼是在“天香楼”举办的，女儿仍在打听这楼的消息。那也是柳永、高濂、张岱他们闻过的，当然也是徐志摩、胡适、郁达夫他们闻过的。那一刻，美君的女儿只是淡淡的一句：“我被桂花打败”，令人感动。唯有桂花可以穿过唐宋元明清，乃至民国和海峡的阻隔，千余年来，西子湖头，有多少英雄豪杰、文人墨客都曾被桂花打败。想起他们，我就突然明白了，物理时间虽然无情，我们闻到的也许早已不是柳三变的“三秋桂子”，但它一样可以让人沉醉，这是一座被桂花醉了千年的城。

无论从威尼斯来的马可·波罗，还是英伦来的马戛尔尼一行，乃至生于斯长于斯的司徒雷登，面对桂花，恐怕都不会无动于衷。我们活在同一个人类的精神谱系里，一个可以超越语言、种族、肤色和宗教信仰的谱系里。物理时间的无情，与有情的人类世界相比，实在太微不足道了。这是爱因斯坦回答不了的问题。

“美君的女儿”，这话一出口就让满城流淌着桂花香味的杭州，对于她这位在海峡另一边相隔十年才来一次的女儿，不再浮在空中，而是踏在地上，温润柔美的地上，一下子就与我们站在了一起。

写过《桂花雨》的女作家琦君生于1917年，属于美君那一辈的人，1949年后飘零异乡。她是温州人，但从少年时代起，就在杭州上中学、大学，杭州的桂花香对于她当然也是刻骨铭心。她的《西湖忆旧》中就留了一节给桂花——《桂花香里啜莲羹》：

中秋前后，满觉陇桂花盛开。在桂林中散步，脚下踩的是一片黄金色的桂花，像地毯，软绵绵的，一定比西方极乐世界的金沙铺地更舒适！浓郁的桂花香，格外亲切。我那时正读过郁达夫的小说《迟桂花》，文人笔下的哀伤，也深深感染了我。仿佛那可爱的女孩，正从桂花中冉冉而来。

桂花林中还产一种嫩栗，剥出来一粒粒都带桂花香。

满觉陇一路上都有小竹棚，专卖白莲藕粉栗子羹。走累了，坐下来喝一碗栗子羹，顿觉精神饱满，齿颊留芬。母亲拿手的点心是桂花枣泥糕，所以趁每回远足满觉陇，都要捧一大包撒落的桂花回来，供她做糕。留一部分晒干和入雨前清茶中，更是清香可口。

不知何故，桂花最引我乡愁。在台湾很少闻到桂花香，可是乡愁却更浓重了。

桂花中有乡愁，也有《迟桂花》里感染过少年琦君的那种哀伤。桂花知否？胡适、郁达夫、琦君都已不在。而烟霞洞的桂花、翁家山的桂花、满觉陇的桂花，却依然年年开落，美中不足的是，她们依然像李渔说的那样齐开齐落。这桂花很古老，也很中国。

京剧院里的修图师

虞凯伊 张楠茜

见证京剧辉煌余光的底片，如今在社交媒体上复苏，历史的影像再度被年轻人看到、转发并议论纷纷。

库房里，一排排高大的密集柜林立，抽湿机嗡嗡运转。虞凯伊走进狭窄的通道，打开柜子，熟悉的旧照片霉纸味扑面而来。他戴着塑胶手套，小心翼翼地把照片和袋子分离开，取出一张张黑白京剧照片。这些老照片拍摄于他出生前五六十年。

虞凯伊是上海京剧院的工作人员。过去四年时间，他修复了一万四千多张老照片，扫描、修复、整理，每天如此。

通常，他伏案修图，在办公室里端坐到深夜，那是一份劳神耗时的工作。照片看得多了，现在只需要看底片里小小人影的身形、动作、气韵，就能认出是哪位老先生。

资料修复与整理的工作刻不容缓。2016年虞凯伊开始做这件事情时，只是出于个人兴趣，现在却越来越感觉到紧迫：一张幸存老照片上的折痕和划伤，可能有几十年的历史跨度。随着时间流逝，不仅是照片上的人影图像在逐渐斑驳黯淡下去，拍照的人也带着亲历的记忆一个个逝去。他说，自己像是在和时间赛跑。

2020年2月开始，抱着试水的想法，虞凯伊把这些照片和一百多部京剧老录像上传到网络，不加水印，公开分享。没想到，他所在的上海京剧院因此收获了一大批粉丝，其中不乏零零后。

以下是虞凯伊的口述：

不破坏它本来的样子

这份工作说起来很好听，叫照片修复，其实非常枯燥。打开PS（Photoshop）软件，一点点划掉或者补偿图片的缺陷，一笔一划累积，才能有比较精致的照片呈现。

我们的京剧演员每天都要练习，才能有精彩的演出，我越来越觉得自己修照片，也是有仪式感的工作。

为不留下指纹，我会戴上塑胶手套取照片，一张张拿出来。有的照片放太久，已经和封套的纸袋黏合在一起，还有的已经发霉。一般会先清洗，要用矿物质含量少的纯净水，要洗得慢，有耐心，不能留下水的痕迹。然后放到扫描仪上扫描，扫完放入无酸底片袋，再装进纯黑色避光避潮的底片盒中。

最开始修照片比较主观，会去改变不理想的地方。

很多老底片都是正方形，我以前学过摄影，根据自己对照片的理解，把底片的电子扫描文件裁剪成横竖的长方形，调整构图，像在弄自己拍的照片。后来看一些外国的史料照片图册，比如日本高等学府公布的华北交通写真档案，他们就是把原原本本的历史底片呈现出来，资料说明写详细，不过多主观描述。

我也经常和博物馆专业的朋友交流，慢慢改变了自己修照片的观念。有一些以前会裁掉的部分，比如舞台空景、剧场入口或者是街景，其实这些都是历史的重要一部分，现在我都留下来了。构图上，都是留正方形，因为考虑再利用，以后想裁成横的竖的都可以。

讲白了，就应该完全客观，原先这个照片是什么样就留什么样，别的事情，交给未来的使用者去做。

我在技术上有过试错，也在不断进步。才开始的时候请教玩胶片的老师怎么修图，他们建议脏污的底片可以水洗，但是即便我再小心，照片也会留下水痕，后来对重要的照片，我就会放弃水洗这个环节，情愿后期花更多时间去修复。

修复一张照片一般要花十到二十分钟，有一些小照片肉眼看没什么，放大了却非常脏，修复时间会比预想的更长，要修掉水渍、白斑、出现在脸部的浅刮伤或者折痕，有些斑痕在背景上，就保留着，可以凸显年代感。

有些可能没法补救，比如破损在重要的部位、轮廓线或者五官上。眼睛是经常有磨损的，我试过把这个人在其他照片上完好的眼睛搬过来，或者如果他缺右眼，左眼是好的，那就做个对称修复，但这样修了不自然，索性就让它留着。还有一些纸质的照片，由于时间久远，影像会被磨掉或者天然变色消失，这些都没有办法救。

因为我的原则是，不能为修复照片，就破坏它本来的样子。

我们有一张谭鑫培和王瑶卿演出《汾河湾》的剧照。第一次看到原照的实物，但是因为年代久远，谭鑫培的脸已经被磨没了，非常可惜。

1953年，程砚秋先生带着他的程剧团到上海天蟾舞台演出，留下了《锁麟囊》的剧照。那时候程先生年龄大了，演出相对减少，《锁麟囊》这出经典剧目的照片更是非常少。我们留存的这一批实况照片有三十多张，把这出戏从头到尾都拍了。这一套照片比较小，扫描、加精度、修复，花了挺长时间。

除了修照片，我也会修复一些视频录像，大多数是上世纪八十年代的。修复录像相对简单，把它转成MP4，只是比较费时，因为是一比一转，要整个过一遍。

修照片和整理资料也会有紧迫感，遗憾我没早点开始。如果早个十年，还有一代年纪更大的老先生，他们对历史了解更清楚，甚至是亲历者，给出的信息会更准确一些。

京剧研究这一块，研究老唱片和文字资料的多一些，很多人只听老先生说过有某某场戏，但是没看到过现场，当真正的照片呈现出来，还是有非常大的冲击力。现在别的剧院也有在做这件事情，做的人多了，也许将来能形成业界讨论。

曾经有一张1955年华东戏曲研究院实验京剧团的大合照，一百来号人。我刚看到照片的时候，只有一个顶上的标题，时间、单位，但是没有标记人物名字。我找到一位出现在照片里、现在还在世的老师。他当时是最年轻的，一位武生演员，现在八十五岁，认出了九成的人。照片里的人大多已过世，还有一些人是谁，就不得而知了。

修复图片如同探案

我拿到过一些脸部特别不自然的老照片，一开始还不知道为什么，问了前辈，说二三十年前他们处理照片，如果一边脸有磨损，就习惯把另外一边脸对称翻过来，那个时候没有PS，他们靠剪贴。但是完全对称的一张脸，看着就非常奇怪。

其实仔细看老照片，能发现有些是修过的，比如民国期刊上的剧照，那时候流行一人饰两角，常常有剪贴；又比如杜月笙曾遍邀全国名角为庆祝杜家祠堂落成演出，合影的时候可能有几个人没在，照片上明显是贴了几个人上去。

我很看重照片的纹理。有人修照片比较简单，把阴影拉大、背景拉黑、对比度调高，这样照片本身的纹理就会丧失。

上海京剧院支持的设备一直在更新，现在用的是触控笔，比之前用的鼠标灵活度更高，电脑从最开始的苹果屏幕，换到现在二十七英寸可倾斜大屏，精度高了。所以现在再看两三年前修的照片，就觉得潦草马虎，比如我最常用PS打补丁的功能，用临近的图案去填补破损或者脏污的地方，有的图片，一大块色块贴在那儿，明显不和谐，纹理有损失，所以会重新再做一下。

我重新修的照片应该有上千张。比如马连良“四十八我”修过三次。我最早只觉得这张照片很厉害，扫了出来，修掉明显的损坏，拉高精度，查资料标注上。后来马先生家里人看到，也想要，我就再调了一下色。2020年要发这张照片之前，我把每张小照片都单独当作独立的照片，一张张地弄，而且四十八张照片的灯光都差不多，但是明暗有区别，还得统一调调明暗。这个过程花了四个多小时。

一开始只是觉得老照片很漂亮，想把它洗出来看看，顺便存一存，被网友表扬了，有些成就感，越往后修，心态也变了，系统地做下来，感觉这像一个档案整理工作。

又比如周信芳的照片，就因为出书的关系，有的来来回回修过四五遍。我进京剧院不久，赶上周信芳诞辰一百二十周年纪念日，那时候对库房的东西不熟悉，找了周先生的一些照片来扫描，用在宣传品上，只是简单调了一下光。后来出于个人爱好，又修了几张照片，发在自己朋友圈里。一些从事京剧研究的老先生看到，就挺兴奋的，因为没看到过这张照片这么清晰的版本——照片以前是印在书上的，拿书上的照片再去扫描，纸头的纹路和网格线会很明显，精度也不高。我当时很振奋，想继续做下去。

后来领导让我去做周信芳的图册，这套书里面，有大概两三百张1958年巡演的照片，虽然有底片，但一开始为节约时间，是用洗印出来的照片修复，我进行到三分之一的时候，突然觉得这样不对，太粗糙了，本来可以做得更好，所以又全部重新做了一下。

除了修照片，对照片的历史考证也比较难，因为需要对京剧历史，还有上海京剧院的历史非常了解。有时候认照片上的人，我会很崩溃，舞台上有那么多的龙套和配角，就算我认识七八成，也还有两三成认不出来。不认识的，只有去找那些老先生来认，老先生还认不出，就只能放着，等看到另外的照片，可能刚好写了名字，想起这张脸，就对上了。

经常是需要辗转多处信源，才能核实一张照片。有时候会去找亲历的老先生回忆，有时候是和收藏家交换信息，像是做情报搜集工作。

曾经有一张周信芳和盖叫天的同台照片，信息核实过程很曲折。周信芳是南派京剧的代表人物，盖叫天有“江南活武松”的称号，两位大师很少同台合作。建国后只有俩人在一起聊天的生活照，没有舞台照片。

可这张舞台演出剧照，是两人同台合作，演出环境很奇怪，不在剧场里，观众都站得很拥挤看戏，也没有任何文字说明信息。我一直苦于这张照片背后到底是什么故事，有一天在网上查别人信息时，突然看到上世纪四十年代上海滩一个公子哥的日记里一句话，说他今天去看了一场义务戏，《大溪皇庄》，是麒老牌和盖老板合作的，这一下子就对上了。

京剧的义务戏就跟现在的明星组织公益演唱一样，不一定是在剧场里演，有时候是在别人家里演。后来我又在另外一个资料上看到记载，说这个公子哥当天去看了这出戏，从侧面证实了其真实性。

分享给新人类

修复和整理资料的工作，做了这么几年，最后的价值就是要给大家看到。

疫情期间，剧院没有现场演出，宣传的平台空出来了。2020年2月，我们上海京剧院开始在网上传了很多以前珍贵的京剧演出视频，也把我修复的老照片无水印放上网，得到了网友的很多支持。2月16日至今，微博粉丝从三万多涨到十万多，粉丝也从江浙沪辐射到了全国。

网上有很多孩子，疫情推迟了他们的开学时间，我把视频上传网络，众人拾柴火焰高，他们成了戏迷，有的还帮我配字幕。我蛮惊讶的，听到有孩子说："我是一个零五后的老戏迷了。"有个小朋友说，他要写上海京剧院新媒体运营的论文，大家帮忙转发。有零零后戏迷自己搬运喜欢的视频到网上，更接近于京剧的本体，门道反而看得更深一点。

上海京剧院上传的视频和照片很珍贵，市面上不常见，而一般的收藏家不太可能拿出来分享，因为获得途径并不容易，圈子里固有的思维也是藏着掖着。孔夫子网上有很多卖这种收藏的照片，一般都是有市无价的状态。

资料发到网上，我也收到一些私信。不光是我们当地的老先生，还有外地名角的学生，说我的老师不会用电脑，但是老师想把自己当年演出的照片发给你们，还可以讲讲其中的故事。老人是非常迫切想要保留这些资料，因为如果后人完全不感兴趣，这就是一堆垃圾。

以往院团都会担心，把视频和照片放到网上之后，大家就不来剧场看戏了。其实不会，因为舞台艺术一定是在现场的感受最强烈。大家先在网上看，可以直接跳到最精华的部分，看了被吸引，就会想去看全剧，会想去现场感受。

有人会说，我们的照片没有打码，会不会导致版权流失？这些艺术品，本身就是祖宗留给我们的东西，就该分享。实际一点说，就算打水印，人家还是可以涂掉裁掉再拿去用，这样其实是对这些照片的亵渎，会破坏它的美感。

疫情期间，全国的院团都在做直播，我们也在自己的剧场正正经经办了三场演出直播。主持人就相当于主播，是比较灵活的演员，还让他看到弹幕，这样就有交互感，人气就上去了。直播当天，粉丝增加了一千多，在线观看人数最高是四万两千人。

我们这次发现，网络直播是个非常好的战场。以前我们一年的演出大概有二百七十多场，一直在剧场密集排练和演出，宣传就通过微信公众号、海报、新闻发布会等。但是剧场的容纳量就这么大，大剧场有八九百人，小剧场三四百人，就算用心经营，也不一定卖得好，更多是看演员个人的号召力。这次因为疫情原因，大家停下来，看戏的人反而多了。

我的京剧记忆

我2015年进入上海京剧院工作，本身读的是政治学，但是从小在京剧院长大，一直泡在京剧里，和我爸一样是“老黄牛”，都很热爱京剧。

上海京剧院的新编连台本戏《狸猫换太子》，我小时候看了起码二十遍，那时候作文写得好，还嚷嚷着要续写第四本，这个豪言壮语到现在都还是长辈口中的笑谈。

我爸最早是在上海京剧院演老生的，后来转行政岗位，负责策划、管理演出。我小时候，上海京剧院有个“京剧万里行”，剧团会去到全国各地演出，爸爸带着剧团出差，负责大家的食宿行等等，寒暑假也带着我一起去。

那个时候的巡演比现在苦多了，演员一百来号人出去，北京、南京去得多，也去过陕北、东北，有时候招待所住不下，还要睡在剧场里。

小时候我喜欢看武戏。平时一起玩的哥哥姐姐，在后台跟你说着话还是正常的状态，化上妆就认不出了，上台拿枪拿棒，打起来了。

那时候不懂事，看戏是看个热闹。我爱看剧情曲折的《狸猫换太子》，也爱看《盘丝洞》，因为里面有孙悟空。后来稍微大了，开始读书，看周信芳先生的代表作也多，比小时候更懂一些艺术唱腔和不同的艺术风格。

周信芳先生是京剧大师，“麒派”创始人，也是上海京剧院的老院长。他是国内最早一批接触话剧的人物，二十世纪二十年代的时候就非常先锋，三十年代创排了连台本戏《封神榜》，当时像放电视剧一样，能够做到每天一集，场场爆满。

我们有一套“周信芳全集”的丛书，一共二十四册，我是最后两册的主编。这两年经手周信芳先生的照片大概有三四千张，现在拿到一个底片，从负片上看轮廓、习惯性动作，就能认出是不是他。我修过的最老的照片，是周信芳先生家庭相簿里的，是他十几岁的时候，一张纸质的照片。

到这个阶段，我又重新看了一遍他的传记，结合他的文论和日记，又去找照片的线索信息，对他的为人理解更深入了。一开始是看戏，后来回归到人。比如九·一八事变当天，周信芳先生看到新闻报道，愤怒地拍案而起，说不能再为了票房去演娱乐大众的剧目，然后就开始着手排演《明末遗恨》。他从戏里传达的力量，“亡国的人，就没有自由了”，非常能激发起大家内心的抗日情结。

他演过很多底层社会的人物，麒派艺术也是注重现实主义、表达真情实感的。抗日战争时期，梅兰芳先生蓄须明志，但周先生一直在舞台上演出，演的是日伪政府忌讳的事。

艺术不光是美的，也是扎根现实、开发民智的。那时候上到王公贵族、下到上海滩的黄包车夫，都会哼两句他的戏。

脆弱的艺术

京剧是特别脆弱的艺术，很容易死去。中国的戏曲种类非常多，但在多元文化的冲击下，大多数京剧演员靠这个是无法糊口的，很少有人愿意去继承。这也是口传心授的艺术，比如我们剧院八十五岁的武生名家梁斌老师，还在给比自己小一个甲子的青年演员刘潇说戏。

从观众层面来说，这是需要人平心静气去观赏的艺术，现在的生活节奏快，很少有人能够真正体会到它的美感。一是缺少机会，二是缺少冲动，人们很难像去看个新的电影大片那样，花一百块钱买张票看戏。

在剧团里，更多的人永远是龙套，永远都出不来，但是他们从小到大就这么学过来的，除了看天赋，还要看机会。有的时候别人唱主角，你就一辈子不是主角。

唱戏的人跟这个社会是完全脱节的，你让他去干别的，去办公室里坐着不让他动，让他用Office软件，让他发邮件，也不适应他整个人生的成长。他们的生活就是每天在练功房里喊嗓子，打把子。

前段时间，有个拍纪录片的朋友和我聊天，他在跟拍一个在街上卖艺的京剧演员。很多唱戏的人就是卖力气，剧团的待遇也没有那么高，演员要买房生活，实现起来很难。他们会去参加人家的婚宴、公司的年会等等，喷火、变脸、杂耍，每天要赶几个场，跟天桥卖艺的一样，在马路边上吐火，人家稀稀拉拉地看，看了也不知道你在干吗。

艺术和生存要这么相处很难，但这个行业里有太多人还在坚持。有人在舞台上坚持，有人在乐队里坚持，有人在舞美服装里坚持，我修照片也是一种坚持。

总有人在坚持，我觉得是这个艺术对我触动比较大的。

历史资料很难说有最好的保存方式，它在不断地变得脆弱，我们能做的只有尽快电子化，在一定的环境，乃至恒温恒湿保存实物。底片我现在用的是博物馆级的无酸袋，但是能保存多久？只能等待时间证明。

我现在扫描照片，一般是三十兆到四十兆大小，因为要考虑到储存和读取效率的问题（六张底片一般要扫四十分钟）。另外，其实老照片就那么大，底片精度再大也没有实质性的提高，现在这样的清晰度，大概十到二十年都还够用，但是再往后就不知道了。

我想，把现在已有的资料做完，再存储分类，另外一个重要的是共享，不仅是对院内的资源共享，还有对全社会的共享。现在的照片有上万张，但还只是每日推送这种形式的分享，将来要成为数据化的系统，大家共享，能往里面加东西，也知道怎么取资源。

其实除了照片，还有很多资料有待整理和保存。我们院的部分前身是华东戏曲研究院，藏有各种剧本、古籍，我对这些书籍做了条形码编号，希望以后可以做文本的电子化扫描。很多书可能是孤本，有些书页已经脆了，需要用专业的设备来更小心地整理。还可以和图书馆等进行一些合作，比如说使用不接触扫描仪。

还有一些二十世纪初的剧院戏单，是用糨糊贴在本子上的，我让博物馆学的朋友教我该怎么揭下来，也看了故宫修文物的一些方法，把它放到水里，让糨糊自然稀释，再把薄薄的一层揭下来。但风险比较大，因为有很多褶皱，而且黏在一块，贴得也不平整，我怕做不好，揭下来也没有新的保存方法，所以没动。

现在做照片与录像的修复、资料整理，像是在赤着脚跟时间赛跑。如果以后能成立一个规范化的系统，更多人都可以参与进来，这件事情才会越做越好。

文后图片均为上海京剧院馆藏照片，虞凯伊修复整理。

1933 年，马连良“四十八我”组图。

1935 年《打渔杀家》剧照。梅兰芳饰萧桂英，王少亭饰萧恩。

1935 年《抗金兵》剧照。梅兰芳饰梁红玉，刘连荣饰兀术。

1935 年，梅兰芳在《太真外传》中饰杨玉环。

1953 年 10 月，梅兰芳赴朝鲜慰问演出《贵妃醉酒》。梅兰芳饰杨玉环，黄正勤饰裴力士。

1953 年 5 月 31 日，程砚秋在上海天蟾舞台演出《锁麟囊》。程砚秋饰薛湘灵，王元芝饰梅香，姚元秀饰薛母。

程砚秋演出《锁麟囊》中“朱楼”一折。

二十世纪四十年代，周信芳和盖叫天在上海某堂会同台演出《大溪皇庄》。周信芳饰褚彪，盖叫天饰尹亮。

二十世纪三十年代，周信芳演出《明末遗恨》时在后台留影。

1955 年，周信芳在北京演出《文天祥》。周信芳饰文天祥，汪志奎饰伯颜。

《潘金莲》剧照。周信芳饰武松，欧阳予倩饰潘金莲。

《海瑞上疏》剧照。周信芳饰海瑞。

《投军别窑》剧照。周信芳饰薛平贵，李玉茹饰王宝钏。

《徐策跑城》身段组图。周信芳饰徐策。

1959年6月，周信芳与李玉茹在上海嘉定徐行公社田间为乡亲表演《打渔杀家》片段。

1961 年 12 月 12 日，周信芳在北京首都剧场演出《义责王魁》后，北京京剧同仁上台祝贺（从左至右：谭富英、马连良、周信芳、张君秋、齐英才、裘盛戎）。

1958 年，盖叫天在院子里练功。

1961 年，盖叫天在北京演出《武松打店》。盖叫天饰武松，阎少泉饰孙二娘。

1961 年，盖叫天在北京演出《恶虎村》。盖叫天饰黄天霸，袁世海饰濮天雕，高盛虹饰武天虬，高韵芬饰濮妻，阎少泉饰武妻，李世章饰施世纶。

《两将军》中，王金璐饰马超，贺永华饰张飞。

1956 年，王金璐演出《雁荡山》前勒头。

1956 年，李玉茹在《贵妃醉酒》中饰杨玉环。

李玉茹在《大英杰烈》中饰陈秀英。

1961 年，李玉茹和汪正华在《梅妃》中饰梅妃和唐明皇。

《武则天》中，童芷苓饰武则天，赵晓岚饰上官婉儿。

童芷苓在《红娘》中饰红娘。

郑法祥创立的郑派悟空戏，是南方独树一帜的流派。图为郑法祥示范悟空戏身段“登云步”“蹲行探穴”“羊肠路影”“指山望林”。

郑法祥在《金刀阵》中饰孙悟空。

樋口一叶：在明治的尘世中

默 音

日本文学史上“奇迹的十四个月”。

樋口一叶对国内读者来说，可能是个陌生的名字。如果进一步解释，说她是“五千日元小姐”，也就是头像印在五千日元纸币上的那位，大概能得到一声“哦”。

即便在日本，熟悉樋口一叶的作品乃至其生平的人也不多。她活跃在文坛的明治二十年代后半[①]，距今一百二十多年。造成隔膜的缘由不只是年代久远，更主要是因为她的文体，雅俗折中体对现代日语读者来说很难阅读，其难度远超过我们的中学生读古文。

因为翻译《樋口一叶选集》的缘故，整整十个月，我沉浸在一叶的世界中，读了她的小说、日记，又出于私人

① 明治元年为1868年，樋口一叶最主要的创作期为明治二十八年到二十九年（1895–1896）。下文的明治年份不再逐一注释。

的好奇心，找了一堆别人写她的资料。既有所得，便想要分享一下我眼中这位十九世纪末的小说作者。

日本文学的研究者常说，“樋口一叶是进入明治以来最初的女作家”。这种表述其实不大准确，但有一点没错，要谈一叶，总离不开明治。

长在明治初

一叶的父母在他们年轻的时候从乡下到江户，为的是追寻爱情，也为了更好的生活。樋口大吉和古屋彩芽分别出生在甲斐国山梨郡中萩原村[①]的中农家庭，两人小时候一道在寺院念书，是青梅竹马的恋人。大吉的父亲樋口八左卫门自号南乔，写俳谐、狂歌等，在农耕之余教村里的孩子写字，给不识字的农民做代笔。他还喜欢为人排忧解难。当他住的村子与邻村发生用水纷争，他前往江户找官员告状，结果被判在家戴手枷一个月。

不知道是不是古屋家不喜欢樋口老爷子的性格，还是有其他原因，总之，女方家庭反对大吉和彩芽的婚事。彩芽已有身孕，两人选择私奔。为支付旅费，大吉卖掉了家中一百多册藏书，八左卫门对此未做追究，算是默认了长

① 今山梨县甲州市盐山。

子丢下家业去江户奔前程的做法。

同乡真下专之丞[1]已在京城站稳脚跟，靠真下的介绍，大吉在蕃书调所[2]做低级职员，彩芽生下长女藤，不久便去给旗本[3]稻叶大膳家当乳母。

和那时很多日本人一样，樋口夫妻多次改名，他们最终的常用名是樋口则义和樋口多喜。他们生有五个孩子，分别是藤、泉太郎、虎之助，夏子和邦子。生于明治五年的樋口夏子就是后来的樋口一叶。

樋口则义夫妻奋斗十年，终于买下武士的身份。紧接着的第二年就是明治元年，江户变成首都东京，旧士族的身份成为虚无的名头。

时代的更迭将一些人顺风顺水的人生颠覆，樋口多喜当过乳母的稻叶家就此败落。樋口家对新时代适应得不错，则义当上了东京府下级官吏，兼职放高利贷。根据明治八年五月的《官员录》，樋口则义月薪四十元。这份收入可以说是中等偏上家庭。

夏子四岁那年，则义辞职，专门从事不动产买卖和高利贷。他在本乡六丁目买下一栋大房子，位于东京帝大红门对面，与法真寺接壤。樋口家经历过多次搬家，全家

① 又名真下晚菘（1799—1875），江户后期幕臣，明治初期教育家，在今天的神奈川县横滨市开设有“融贯塾”。

② 江户幕府直辖的西方学问研究教育机构。

③ 旗本是俸禄不满一万石但拥有面见幕府将军资格的武士，也算是一方小诸侯。

在一起并且生活最安定的时期，就是住在这栋房子的几年间。对隔壁寺院的描写，在一叶后来的小说《行云》中出现。六岁起，夏子就经常躲在父亲的仓库木屋里阅读草双纸（配插图的传奇小说），患上了高度近视。后来她和别人提过，自己六岁那年仅用三天就读完曲亭马琴的《八犬传》。日记中也回忆道，那时候最爱看英雄豪杰之类，视金钱如尘芥。

则义不上班的日子持续了一年，后来边担任公职边放贷。夏子九岁那年，则义卖了房子，到警视厅警视所工作，月薪二十元。

五六岁间，夏子断续上过学。重新入学是在九岁。十一岁，她以第一名从私立青海学校小学高等科第四级毕业，从此退学。

没有继续念书，是因为多喜觉得比起学习，夏子更该学习女红，便于将来出嫁。长女藤第一次婚姻失败又改嫁。夏子和比她小两岁的妹妹邦子眉眼相似，妹妹的身材更像母亲，白皮肤高个子，夏子矮小，皮肤微黑，头发稀少。做母亲的自然会为容貌略输一筹的女儿担心。

一叶后来在随笔中写母亲："妈妈是个只在意名声的人，她曾经说过：要是孩子从事贱业，我就去死；如果要赡养我，那就做不显得难看的工作。"

十二岁起，夏子开始在父亲的熟人松永政爱的妻子那里学缝纫。也是在松永家，她遇到了涩谷三郎。

三郎是樋口则义上京时的恩人真下专之丞和外室之间的孙子。邂逅时，夏子十三岁，三郎十八岁。那会儿，三郎参加了自由民权运动的结社融贯社，继而对运动感到失望，正打算退出。后来三郎就常常到樋口家玩，还带夏子和妹妹去庙会和寄席（曲艺演出场所）。对樋口家来说，差不多默认三郎是夏子的未婚夫。

夏子仍然有向学心。格外疼爱她的父亲也明白女儿的心意，到明治十九年，通过父亲的朋友介绍，十四岁的夏子进入荻之舍。那是一所教授古典、书法与和歌的私塾，主持人是中岛歌子。歌子出身于富商家庭，十岁到十五岁期间在水户藩的分家松平播磨守当殿前侍女。她父亲买下了江户的旅馆池田屋，水户藩的人因公干到江户，总住在该旅馆。因这层缘故，歌子在十六岁和水户藩士林忠左卫门恋爱，十八岁嫁给他。

林忠左卫门属于水户藩的天狗党（勤皇派），在派系内斗中自杀。二十一岁的歌子因此入狱两个月。然后她和小姑子回到住在川越的母亲身边，三人又一道返江户，住在池田屋附近的小石川安藤坂。五年后，迎来了明治。

歌子决心追求歌道，在二十四五岁成为加藤前浪的门人。明治十年，也就是她三十二岁那年，开设荻之舍。全盛时期，荻之舍的门人过千。夏子入门时，歌子四十一岁。

荻之舍每周六上课，现场根据题目咏和歌，由担任“抄写员”的学生负责誊写，隐去名字交给老师打分（后来夏子经常担任抄写工作）。另外，每周要交五个题目的和歌给老师做批改。每月九日召开歌会，参会者互相点评，第一名在众人面前领取奖品（纸张或花瓶）。当时的著名歌人小出粲、铃木重岭、伊东祐命等人也常出席荻之舍的月会。

入学金一元，每月学费五角，对于家境比早先稍微下坡的樋口家来说，这笔钱还是出得起的。不过，中等家庭的女孩，面对上流社会的太太小姐们，内心难免自卑。留存的一叶日记最早的片段，是明治二十年的《身上衣·卷一》。其中讲述了她第一次参加歌会，为穿什么而烦恼，后来妈妈从别处弄来旧衣，改了尺寸。姹紫嫣红间显得朴素的夏子在那次歌会上拔得头筹，犹如灰姑娘故事的叙述中，不难看出为才气自傲的小心思。

明治二十年前后，是新文学开始展现的阶段。时下的文学书作为单独的品类出版，差不多是在明治十五六年，更早的时候，坊间多是翻刻的话本，例如夏子小时候爱读的曲亭马琴。明治十八年到十九年有一部重要的出版物，坪内逍遥的《当世书生气质》，分为十七册陆续出版，可谓红极一时。这部小说以写实主义风格描述了当时的学生生活和社会风气。

同样在明治十八年，在东京大学预备门（第一高等学校的前身）念书的山田美妙、尾崎红叶都只有十七岁，他们一同成立砚友社，发行手抄本传阅杂志《我乐多文库》。几年后，因广受好评，杂志开始正式印刷和售卖。

明治二十年，美妙在《读卖新闻》发表了言文一致体小说《武藏野》。第二年，二十岁的美妙出版短篇集《夏树林》，并为金港堂主持全新的纯文学杂志《都花》，和砚友社疏远。

翻译文学在明治二十年左右早已盛行，一两年后，日本古典的翻印也掀起了高峰。当时最大的出版社博文馆的文学丛书、歌学丛书，大都是定价一角几分到两角的粗陋书籍，因为价廉，且便于携带和阅读（铅字印刷比早先的刻印易读），很多人从此有了接触古典的机会。近松门左卫门和井原西鹤，也在这时重新为世人所知。

明治二十年还有一件事，就是二叶亭四迷的《浮云》面世。这部小说不仅用言文一致体，而且是写实主义，与从前的小说站在了完全不同的起点上。之后，二叶亭四迷翻译了屠格涅夫《猎人笔记》的一部分，也对日本文坛造成一定影响。

此时夏子尚未成为一叶，也还没开始写小说。她在荻之舍最要好的同学是伊东夏子和田中美浓子，自称“平民三人组”。从称呼就能看出，是身份将她们聚集到一起，尽管除了伊东夏子，另外两人其实是旧士族家的女儿。

伊东夏子和樋口夏子同岁，家里世代为德川家养鹰，是富裕之家。她继承了母亲的姓，父亲入赘伊东家。她母亲也是荻之舍的门生，母女俩后来在一叶日记中多次出现。伊东夏子在明治二十二年就读于骏台英和女校，三年后毕业。

田中美浓子比樋口夏子大十五岁，生于松江藩士家庭。丈夫死后，她和儿子以及寄宿的书生一起生活。因气质洒脱，爱打扮，荻之舍众人谣传她曾从事风月行业。

伊东夏子后来回忆道："中岛老师的弟子多是华族或高官家的小姐，所以我们三个平民经常一道帮着招待来参加歌会的客人们。"

作为作家的樋口一叶的诞生，和荻之舍的另一个学生田边龙子有关。

龙子比樋口夏子大四岁，她的父亲田边太一（号莲舟）在幕府时代身居高位，维新后做了元老院议官。莲舟在生活方面毫无节制，家里虽有大宅和仆佣，实际却很窘迫，常有讨债人守在门口。龙子从明治十三年开始出入荻之舍，明治十九年，她进入东京高等女学校（御茶水女子大学的前身）念书。无论是伊东夏子还是田边龙子，接受的都是新式女校教育，荻之舍对她们来说只是增进教养的课外班。龙子这样回忆女校时期："当时的御茶水是所谓欧化主义的全盛期，女学生们流行的是马尾辫加洋装的新潮打扮，星期六的下午，学校召开叫作'和乐会'的舞会。"东京高等女学校的校长严本善治同时还是《女学杂志》的主编，后来成了龙子的媒人。

因为学业忙碌，龙子通常不去上荻之舍每周六的课，只参加月度歌会。明治十九年，夏子刚进荻之舍，龙子便对她印象深刻。歌会的午餐席上，龙子和同伴发现什锦醋饭的盘子上有《赤壁赋》的句子，龙子念道，“清风徐来”，面生的少女一边倒茶一边读剩下的部分，“水波不兴”。用训读念汉文，是知识阶层才有的能力，龙子觉得新来的女生有点炫耀的意味。她还记得，樋口夏子的服装像老太太，蓝色粗细格子夹衣，暗紫色衬领，银簪子根部缀着小小的珊瑚珠。

不过，对龙子的这番回忆，伊东夏子在文章中做了驳斥，说是月末的歌会从来只有茶点，没有饭菜。两人印象中的樋口一叶截然不同，不仅在这一处细节。不知是记忆的误差，还是因为无论是谁，在不同的人面前会呈现可能截然不同的一面。

龙子在明治二十一年以“花圃”的笔名出版了小说《树丛莺》，对外的说法是“为了赚取稿费给哥哥办法事”。她拿到三十三元二角的稿费，这笔钱用来请了落语大家讲落语，并给来宾发了染有竹子和黄莺纹样的单衣，可谓赚钱漂亮花钱风雅。实际上，小说得以出版的背后，她父亲先找坪内逍遥为稿子润色，然后给了熟识的出版商金港堂。书中，爱好西洋的新华族女性遭遇破灭，学习和歌的女子却获得了幸福的婚姻，可以看出龙子传统的价值观。

龙子不是明治第一个出书的女作家。早在明治十九年，女权运动家岸田俊子开始以“中岛湘烟”为笔名，在《女学杂志》发表论说文章。明治二十年，她出版了《善恶之歧》。该作品并非原创，而是改写自英国作家爱德华·布尔渥利顿（Edward Bulwer-Lytton）的*Eugene Aram*。

当时《女学杂志》的主题包括男女的交往自由、早婚和晚婚、妇女会、束发方法等，并谈及女子从事文学是一种改善经济的做法。虽然只是把文学当作“优雅的副业”，但比起过去，确实有了进步。

龙子出书一事，给樋口夏子留下深刻的印象，也直接促成她在接近龙子写小说的年纪提笔写作。

樋口家未能一帆风顺，先是夏子的大哥去世，明治二十一年，十六岁的夏子成为户主。父亲则义筹建了车马行会，想大干一场，然而生意失败，他卧床不起，在明治二十二年七月去世。值此变故，母亲多喜向三郎重提婚事，三郎先是答应，随后狮子大张口，索要高额嫁妆。多喜一怒之下便将婚事取消。明治时期的人际关系在今天看来有些难懂，因为三郎此后维持着和樋口家的日常以及年节来往。此事还有段后话，两年后，他重新向已成为女作家的一叶提出婚约，被拒。

三郎在明治二十五年做了坂本家的养子，不知为何，他改的姓有一字之差，“阪本”。他在新潟裁判所担任检事、判事，赴德国留学归国后，又担任东京控诉院判事、秋田县知事、山梨县知事、早稻田专门学校校长等职，最终娶了贵族院议员的女儿为妻。

夏子为什么会是户主呢？她虽然有个二哥，但早就分家出去（最初是为了让虎之助逃避兵役）。虎之助在萨摩陶艺师身边当学徒六年，出师后自立门户。他性格比较“独”，父亲过世后，母亲和两个妹妹投靠他，家里纷争不断，主要是他和母亲常生矛盾。明治二十三年，夏子住进歌子老师家，先是作为内弟子被宠爱了两个月，后来因为女佣离开，她的境遇急转直下，做起厨房和打扫的活儿，所以在老师家只待了五个月，她就离开，在菊坂租了房子，将母亲和妹妹接过去同住。

在明治时期，三个女人的家庭该靠什么生活？答案很简单，洗衣，缝纫。此外，妹妹邦子还接了做草履[①]鞋面的活计。樋口家的日子虽穷，自有乐趣。有时喊花匠来编竹篱，卖树苗的人来了，便买牵牛种上。院子里有梅树，春天可赏梅，夏天摘梅子腌渍。

明治二十四年六月的日记《戏笔 · 一》中，有这样的记录——

妈妈想在家里种点蔬菜，买了苗。买的时候说是黄瓜，养了一阵，样子有点奇怪，问了熟人，说大概是牵牛花。我高兴起来，盼着开花。等开了花一看，是黄色的。心想好奇怪呀，再去问，说大概是丝瓜吧。那么可以做丝瓜水，于是我准备等它结果，然而事实上，这是冬瓜。

这一年，夏子写了十章左右的小说习作。《无题卷纸》中的少女在第三届内国劝业博览会当销售员，是夏子

① 草履并非草鞋，搭配和服正装，形似木屐，底部无齿，鞋底用皮革等制成，鞋面的材质类似榻榻米。

当时向往的职业。

租屋在菊坂，是因为歌子老师建议樋口一家住在附近，说会托人让夏子去教书。实际上，要当高中老师，首先必须从高等女子师范毕业，而夏子显然不具备这一资格。来年春天，教师资格考试开始，老师那边仍无消息。

桃水

头几年的一叶日记比较零碎，成系列的记录始于明治二十四年四月，这一年第一册日记的封面标题是《嫩叶下》。差不多也是从这时起，日记作者开始写一手漂亮的千荫流草书，也开始用雅俗折中体，也就是叙述部分用文言文，对话部分用口语。

一叶最后一共留下四十四册日记，每册从十几张纸到四十多张纸不等，多为半纸[1]对折装订，横二十四厘米、竖十六厘米的横长本子，竖写。

《东京朝日新闻》的记者兼小说作者半井桃水第一次出现在日记里，是在明治二十四年四月十五日。在这里需要注意的是，不论作者有没有想过将日记作为作品留在身后，她所熟悉的王朝女性文学，如《蜻蛉日记》《紫式

① 标准尺寸的和纸。

部日记》，包括《枕草子》，其实都是某种意义上的私小说，有艺术加工的成分在内。

最初两人相识的契机是邦子的朋友野野宫起久。起久是桃水的妹妹的同学，经常出入半井家。她知道樋口姐妹的家境，介绍她们帮半井家做洗衣缝补的活儿。夏子去了几回，为的是取送衣物。日记对此写得隐晦，“以前因为有事去找住在他家的姓鹤田[①]的，所以认得路”。

到那个家等了一会儿，见到了桃水。比夏子大一轮的他谈了小说观——

先生接着说：“你想写小说一事，我听野野宫君详细说明了。我知道你的生活很辛苦，不过暂时还请忍耐。我虽然不具备当老师的才能，但如果想和我聊，随时都可以。不用客气。”

这话说得亲切，我高兴极了，落下泪来。

最后，桃水还请她吃了晚饭。整个初见的过程充满了少女一见钟情的恍惚，也有从此成为师生的喜悦。

然而在明治四十年，一叶去世十一年后，桃水写在《中央公论》杂志的《一叶女史》，有另一种说法——

她在面色并不娇艳的脸上挤出一些活泼的神色，静静地进屋，用三指撑地，头也不抬，深呼吸了两三次，以低而清晰的声音，十分殷勤地打了招呼。简直就像以前的正殿女

① 鹤田民子，半井桃水的妹妹幸子的同学，在半井家借宿。

佣作为使者来到我们家，她似乎一心努力不让人感到傲慢，并要呈现出女人味儿。我和弟妹劝她坐到坐垫上，嘴都劝酸了，可她就是不肯。这样正襟危坐地聊了两个小时，我们的腿都快跪断了。夏子这么费劲地对坐了两个小时，却没谈什么正事就走了。几天后，她通过野野宫对我说，自己想写小说……

得知夏子的真实意愿，两人又见了一次，这次桃水一本正经地劝她，大意是女性写小说容易受到各种批评，而且你看起来身体羸弱，还是做其他工作为好……

总之，两人的记述是迥异的。一叶日记出版，要到明治四十五年，桃水写这篇文章时尚未读过她的日记。他们初见时，一叶十九岁，桃水三十一岁。按照明治的年龄感，虚岁二十岁已经是彻底的成年女子，无法被当作少女。

桃水的劝说无效，夏子开始将小说稿子带去给桃水过目。在桃水看来，她的小说是拘谨的雅文体，不适合报纸的通俗读者。小说连续两次被拒后，夏子在回家的路上想到了自杀。对创作的焦灼让她开始频繁去图书馆看书，以弥补自身的不足。其间，桃水对樋口家有过一些经济上的援助。鹤田民子和桃水的弟弟生了个孩子，传到夏子耳朵里，不知怎的变成了“孩子是桃水的”，她因此有段时间不怎么去对方家，直到秋天才又上门。

明治二十四年秋天，夏子开始用“一叶”作笔名。最初的意象来自苏东坡《赤壁赋》“驾一叶之轻舟”。一年后，她读了曲亭马琴《玄同放言》中的一篇《渡江之达摩》，才给笔名增加了另一重意味：没有交通工具（与“没有钱”谐音）的达摩一叶渡江。

断续交往间，一叶与桃水逐渐熟稔，经济往来则一直没断。十二月的日记片段提到，“今天是桃水先生答应带钱来的日子”。

明治二十五年初，一叶去桃水家拜年，没见到他，便进门四下张望，放下礼物离开。这番举动不太像旧士族女子该有的。二月四日，她在雪中前去，桃水还在睡，她守在外间等他起床。桃水到午后一点才醒，发现有客，慌忙披衣洗漱，生火，做了赤豆年糕汤款待她。男女共处一室，酝酿出亲密又暧昧的氛围，如炉火般烘人。日记中对此有详细的记述，由此，濑户内寂听[1]提出一种主张，说“一叶和桃水是情人”。究竟如何，在桃水本人矢口否认的情况下，不得而知。

这一年，桃水创办了文学杂志《武藏野》。他发下豪言壮语：“《都花》销量两千五，《难波潟》也是两千五，我们《武藏野》要卖五千本。”创刊号发布前，就定下要刊登一叶的小说。想到家里会有稿费进账，一月，多喜向亡夫的前上司森照次借款。照次原本答应从该月起

① 濑户内寂听（1922－ ），小说家，天台宗尼僧。五十一岁出家。七十六岁出版《源氏物语》现代文全译本。著述众多，其中有《我的樋口一叶》。

每个月援助八元，共半年（樋口家母女三人多少维持着旧士族的生活方式，每个月生活费差不多八元）。到三月后半，仍未见《武藏野》出刊，照次认为一叶自立无望，便停止了经济援助。无助之下，一叶去找桃水商量，桃水又帮她找了《改进新闻》。三月底，《武藏野》第一期终于面世，刊登了一叶的处女作《暗樱》。四月，她在《改进新闻》发表《别霜》。

《暗樱》讲述的是少女的暗恋，整体较为稚嫩。千代和邻居良之助自幼青梅竹马，千代自以为把对方当作哥哥一般。两人去逛摩利支天的庙会，偶遇千代的同学，被调侃了一句“郎情妾意”，千代惊觉心中隐藏的感情，从此一病不起。最后，千代的生命已如风中烛，她留给良之助一只戒指，一句“明天和你道歉”。

这期杂志出刊的时候，樋口一家以为，一叶将成为新进女作家。但《武藏野》的作者基本都是新人，在报纸上的曝光也不多。

四月发行的《武藏野》第二期，刊登了一叶的《揽袖带》，五月的第三期刊登《五月雨》。第三篇小说交稿的时候，一叶得知杂志入不敷出，即将停刊。五月十日的日记出现了她编草履鞋面的记录。这项体力劳动持续了三天，仿佛她想要通过逼迫身体劳动来消解内心的无依感。此时桃水患痔疮，卧病不起，更增强了她的不安。月末的日记中，她表现出想要和桃水断交。

实际的关系转折发生在六月，起因是歌子老师的母亲去世，一叶连续几天在老师家帮忙张罗，伊东夏子将她拉到一旁，质问她与桃水的关系。后来她与老师聊，本想澄清自己，却发现在荻之舍，她和桃水的绯闻传得沸沸扬扬。在老师的建议下，她写信和桃水正式断交。而就在这之前不久，桃水刚提过要把她介绍给文坛大家尾崎红叶——有些研究者认为，桃水只是想转嫁一叶带来的财政压力——总之，出于礼数，一叶写了一封信给桃水，请其转交尾崎红叶，说明不能见面的理由——红叶在一叶去世后才收到桃水转交这封信作为留念，欣喜收藏。

昭和二十年代中期风头最健的作家，当数尾崎红叶和幸田露伴，有个说法叫作“红露时代”。不同于年少便踏入文坛的红叶，原本在电信局工作的幸田露伴三十出头才开始写作。一叶成名后，曾向友人表示，她看不上红叶，喜欢露伴的作品。

很难不注意到，六月十五日刚和桃水见面并表示今后不能再来往的一叶，在第二天就找了田边龙子，想要找新的投稿门路：

田边君来，聊了许多。我讲了半井君的事。和她商量，与半井先生断交后，能否在《都花》上写东西。她玩了很久才回去。

《都花》是金港堂发行的文学杂志，每月两期，定价一角。此前，田边龙子的《树丛莺》正是由金港堂出版。

其实《都花》在当时正处于下坡，不过对不了解出版界的一叶来说，那也是响当当的杂志。龙子答应帮忙。七月，一叶开始为金港堂写新小说。

桃水并未从此离开日记的叙述。虽然在两人断交前后，日记呈现出对他的愤恨，其后的几年间，桃水仍不时登场，有时是作为回忆，有时日记主人偷偷去见他，再后来，两人多少恢复了正式的联系。

包含日记的《一叶全集》出版后，桃水写道——

我曾经确信，一叶女史的心中，甚至不允许映出恋爱的影子……她是用和歌咏恋爱的人，而不是实行恋爱的人。她努力将恋爱理想化，并且她懂得，理想的恋爱应该咏在和歌里，而不是用来实现。读了她的日记，我这才知道，自己成了她的理想恋爱的研究材料的一部分。

无论是文章还是演讲，桃水都在强调自己的“不知情”，并强调一叶的性格是多么拘谨，完全不像有恋慕之心。意味深长的是，他从未提及自己对她的赞助。后来的研究表明，即便在“断交”后，桃水也曾送钱给樋口家。

明治四十年，桃水四十七岁，和同乡大浦若枝结婚。若枝是日本舞蹈家、演员歌泽寅右卫门的弟子，艺名寅千代，唱小歌[①]用的艺名为春日丰千代。桃水晚年自号“菊阿弥”，他更为人所知的身份是长歌的歌词作者。

① 小歌和下文的长歌都是日本传统谣曲。

尘世中

一叶拿到的第一笔稿费，是在明治二十五年十月，来自《都花》刊登的《埋木》，十一元七角五分，折合一页两角五分[①]。

《埋木》的主人公是沉迷于创作的萨摩陶画工和他不谙世事的妹妹。为了更好地写出陶画创作的实况，一叶找哥哥虎之助做了深入的了解。这篇小说中的善与恶都比较刻板。

十月还在《甲阳新报》刊登了《经案》。该报纸的编辑野尻理作和涩谷三郎一样，在东京念书期间与樋口姐妹相熟。从日记的一些细节判断，他很可能是邦子暗恋的对象。再过两年，一叶将以他为原型写下《行云》。

明治二十五年，一叶共有六篇小说变成铅字。稿费则只有两笔，第二笔来自明治二十六年刊于《都花》的《晓月夜》，算是预支。樋口家经常东挪西借，不过她们只要有余力就会想到更穷的亲戚。年底，《晓月夜》的稿费刚到手，一叶便带了钱去看稻叶矿——曾经的“公主”，多喜给她当过乳母。

六叠[②]的榻榻米到处都破了，像碎稻草似的，纸门上没有一处完整的纸，看起来这个家已不剩半分往日荣华的遗

① 日本的小说稿费从明治时代至今都以四百字稿纸计算，单位是页，不按字数。

② 一张榻榻米叫作一叠，日本常用的面积单位，一叠约为一点六平方米。

物。大概既没有被子，也没有日常杂物。一只破旧火盆上吊着水壶，也不见从前用小锅炖着吃食的光景。当家的正要出门去工作，套了件对襟褂子，显得很冷，他抱了个手炉，对着晚饭坐着，模样凄凉。正朔君为我带去的礼品而欢喜，用红叶般的小手抓着，一直不肯放。

稻叶矿入赘的丈夫稻叶宽从事投资失败，成了人力车夫。眼前的凄凉场景给一叶留下心灵的冲击，也将成为她的小说素材。

这一年的年底还有两件事：龙子嫁给哲学家三宅雪岭，从此她常用的名字是“三宅花圃”；同人杂志《文学界》创刊。

明治时期的许多文学杂志最初都是以同人的形式创办的，例如前面提到的《我乐多文库》。《文学界》的发起人有星野天知、户川秋骨、岛崎藤村和平田秃木等人，要说核心人物，应该是星野天知。

星野天知比一叶年长十岁，创刊时在明治女学校当老师，教授武道、心理学、汉文等。校长严本善治既要管理学校，又要兼顾《女学杂志》，请天知过来，也是为了分担编辑工作。天知进校后，又办了《女学生》。因为办刊理念与校长不合，他转而与伙伴们合办《文学界》。其他几位初创成员与一叶年纪相仿。秃木和天知一同受洗，藤村曾在明治女学校当老师，后来因为跟学生恋爱而离职。后来加入的几人也是这样沾亲带故的关系，例如马场孤蝶，既是秃木的中学同学，又和藤村、户川秋骨是明治学院的同学。

隔了一百多年，他们当中仍被大众记得的，只有写下《破戒》的岛崎藤村。孤蝶如果能被一部分人记住，将会是因为他为《一叶全集》的贡献。不过，就算不谙熟日本文学史，只要读过《一叶日记》的人，都会熟悉并记住他们。

《文学界》诸人，最早注意到一叶并建议向她约稿的大概是秃木。其实，早在《埋木》刊登，天知就在《女学生》写了评论："构思不凡，笔法锐利，有人会怀疑这是妇人之作，如果她今后还将尽力创作，我盼着她的造诣越发精深。"

当花圃告诉一叶新杂志创刊以及约稿事宜，一叶在日记中写道：

家里人很高兴，说是既然有杂志社来约稿，那就等于一份事业有了基础。

她并不了解，同人杂志并不是按刊登的文章给稿费，总的来说十分随意。到了明治二十六年二月，《晓月夜》刊登在《都花》，给《文学界》写的《雪日》也已通过花圃转交。

《雪日》的构思来自大雪天拜访桃水的那个日子，讲的是十五岁的少女薄井珠在一个雪天，因一时的激情委身于小学老师桂木，随他私奔到东京。又一个雪天，已是桂木妻子的阿珠眺望雪景，心怀悔恨。

二月二十七日的日记有这样的叙述：

午后下起了雪。由此生出万般感想，散乱的心难以平静。我眷恋雪日，不是因为爱雪日，是因为悲伤。从前，他隔着那只火盆静静地聊着天，亲手给我做了吃的，爱与领悟都在那个雪日。

三月，平田秃木来樋口家拜访。秃木后来回忆这时的一叶："她在八叠的客厅的一角，离我远远地端坐着，说话声音低沉，断断续续。"

四月，熟人去世，连奠仪的钱也拿不出，一家人商议是不是再典当些衣物。最后借了一元钱，多喜独自去了。一叶和邦子可能没有合适的衣服，所以才没去。

六月，《都花》停刊。或许这件事让一叶感到了靠写作支撑家庭经济的渺茫，她忽然提出要开店。尽管多喜反对，但姐妹俩都很坚持，事情就此定下了。日记中关于"文学与糊口"的论断，显出此前没有过的犀利：

人无恒产，便无恒心。就算揣着手憧憬风花雪月，没了油盐酱醋，便无法颐养天年。而且文学不该是糊口的工具。神思所至，心念所及，才为之提笔。今后我将不再走糊口文学之路，而是开始做起买卖，让算盘珠都沾上汗水……书店追随读者的喜好，不加思考地逼迫作者：这次请写殉情小说，要写出和歌歌人的优雅，太催泪的读者不爱看，太过精巧的如今不流行，太过幽玄的不符合时下的风气，历史小说好，有政治倾向的好，最好是侦探小说，从这些当中选一个写吧。

为了开店，先要搬家。变卖什物加上借钱，筹了五十元。找房子颇费了些工夫，主要是樋口家尚未见识过真正的贫困之家，看了一大圈，受了不少惊吓。

我们家早早地就败落了，一直都住些窄街陋巷，但屋子总还是有格子门，院子里有树，屋里有地板。而这回看的房子，所谓的天花板乌黑一片，望之不快，柱子歪斜，地板低矮，屋檐顶着屋檐，这家的厨房门和那家的厨房门连成一片。不仅如此，大部分都没有榻榻米，也没有纸门，也就徒有个房子的名头。

一开始，我被这情形吓到了，只在门外张望一下，无心进去问……

最后定下了龙泉寺町的一处长屋。三元押金，月租一元五角。那一片挨着以妓院著称的吉原，附近有若干间妓院的宿舍，邻居多是妓院相关人士，管事的、人牙子等。后巷的长屋是长长一条平房，分隔成十户二十户，住户都是贫民。樋口家的租屋包含六叠的窄深店面，另有五叠和三叠的榻榻米房间。

最初的打算是杂货店，渐渐地开始兼售廉价糖果点心，客人也主要成了附近的孩子。樋口姐妹的分工是邦子看店，一叶负责进货。她背着大包袱布走到下谷、浅草一带，有时要走到神田，单程将近四公里。因为太忙也因为境遇不佳，她不再去荻之舍，那边却笑传：“樋口生病了，没来。什么病？杂货病。”

她后来对马场等人谈起进货的经历：“我到哪儿都被人喊作‘姐姐’，以前只有妹妹和亲戚家的孩子这么叫我，被不认识的人这么叫，我总觉得不是喊自己。穿着外套去，人们就讶异地盯着我看，后来我进货就不穿外套了。”

伊东夏子则在多年后回忆：“她不愿意让人看见自己做生意的样子，对我说，你要来了我就不让你进门。于是我一直没去。”

搬家和开始做生意后，日记册的标题多为《尘中》，内容变得精炼、洒脱，像是换了个人。同样的蜕变也发生在她的待人接物上。秋天，秃木拜访一叶位于龙泉寺町的家。“和上次完全不同，她匆匆迎了我，聊源氏、谈西鹤，推心置腹如十年的知己，腾起万丈气焰，我感到自己这时第一次见到真正的一叶。”

明治二十七年二月，一叶得知花圃和鸟尾弘子合开歌塾，为此十分不甘心。尽管花圃给她介绍过写稿的门路，这时对花圃乃至对荻之舍，她都燃起了浓重的厌憎情绪。

同一时期，一叶有件非常古怪的举动。她去拜访“天启显真术会”的创始人（教祖）久佐贺义孝，且用了个假名“秋月”。比她年长八岁的久佐贺是知名的占卜师，也做投机生意。一叶向他提出借款和学习生意，对方说：“你的福禄十足，但并非金钱之福，而是靠天赋获得的一种福气，你得靠天赋成事。而且不管是任何一种买卖，只要是做买卖，于你都不合适。”

两人后来又有过一些接触。久佐贺写来拙劣的和歌，约她游玩，后来更提出想让她做妾。

从日记看，一叶愤怒地拒绝了。而根据信件记录，年底，她写信说需要一千元。在当时，这是一笔巨款，无从得知一叶想要一大笔钱做什么。久佐贺回信说，每个月给十五元。也因为这些信件往来，濑户内寂听认为，一叶有两个情人，一是半井桃水，一是久佐贺义孝。

龙泉寺町的生活持续了十个月，其间由于《文学界》一干人的要求，一叶在做生意的间隙写了两篇小说《琴音》《花笼》，这两篇不如《埋木》，甚至有些倒退。

但也并非没有收获。和吉原比邻的生活，给一叶新的视野，她在那里目睹了吉原内外的女人们的命运，所见所闻，也将成为她的代表作《青梅竹马》的基石。

水上

明治二十七年五月，樋口家关掉店铺，搬到本乡丸山福山町。樋口一叶这时二十二岁。

此地离荻之舍不远，是一片新开地，数年前刚把水田填上。新家背靠阿部宅邸的高台，与铭酒屋“浦岛”的后门比邻，窗户底下有个不到十平方米的小池子。进入这一时期，日记册标题经常是《水上》。

所谓铭酒屋，其实就是挂着酒馆招牌的私娼馆。一叶经常为店里的女人们代笔。不止一个熟人回忆，转角的店铺挂着店招，上面是一叶漂亮的字体，写着“内有酒菜”。

关于那个家，岛崎藤村于明治四十四年在《时事新报》上写的小说《只是寻常》，有写实的描述——

昏暗、风雅的陈旧的榻榻米房间，窗下有个小小的池塘，那房间用来作客厅，屋里没有什么装饰，只挂了用粗劣的纸裱的挂轴。

搬家后一叶写的第一篇小说是《暗夜》，出现了早期作品中常见的“老屋中的孤独美女”。阿兰和照顾她的老佣人夫妇一起生活，她被婚约对象波崎抛弃，心怀怨恨。青年直次郎被波崎的车撞了，在阿兰的松川大宅养伤，对她心生恋慕，答应去刺杀波崎。最终刺杀失败，直次郎不知所踪，阿兰和老夫妇隐匿了行踪。全篇充满黑暗和虚无感，阿兰“外表如菩萨内心如夜叉”，仿佛一叶将某种淤积的黑暗情绪释放在小说里。

十二月，一叶写了《大年夜》。其作品在这时忽然跃到了一个新的高峰，若干年后，一叶研究家和田芳惠[1]把

① 和田芳惠（1906–1977），小说家，编辑，文学研究家。1941 年出版非虚构作品《樋口一叶》，从 1953 年开始参与《一叶全集》的再版编辑工作，此外著有《樋口一叶的日记》等。小说《尘中》获直木奖。他将大半生投入了一叶的研究工作，如今有关一叶的许多重要资料都是由他奔走梳理得来。

从《大年夜》到一叶去世前的创作期称作“奇迹的十四个月”。当然，纵观日记，变化并非突然降临的奇迹，早就蕴含于生活本身。

《大年夜》是一部关于金钱的小说，主人公是被压榨的年轻女佣。故事主线发生在一天之内，充满戏剧性，明显有井原西鹤的影响。且看开篇——

井用辘轳取水，绳长十二寻。朝北的厨房里，腊月的风呼呼地吹过。“啊，好冷。”她蹲在灶前查看火势，想着顺便取个一分钟的暖，结果多待了一会儿。为这点琐事，挨了东家好大一顿训斥。女佣的日子着实难熬。

明治二十八年一月，经由桃水介绍，《每日新闻》的户川残花写信向一叶约稿。此前，《文学界》第二十五期的约稿名单中没有一叶，出于一贯的困窘，她开始着手写《青梅竹马》。后来不知怎的，《文学界》又来约，此时她考虑到《每日新闻》的时间合适，且稿费高，便回复说，这个月给不了稿子。

作为编辑，出于和户川残花对抗的心理，星野天知继续写信催促。于是从第二十五期起，一月到三月，《文学界》刊登了《青梅竹马》的前几章。《每日新闻》则到了四月才刊发《轩漏月》。

从明治二十七年夏天到明治二十八年春天，日记的数量不多，最大的可能是一叶自己处理掉了一部分。其中应该不仅涉及久佐贺，也有些关于村上浪六的片段。浪六是当时的流行作家，一叶经桃水介绍与他相识，曾向他借钱。此外，一叶的日记不是当天的记录，经常是在某一天集中写过去许多天的回忆，所以难免主观色彩浓重，有时对事件的日期记忆有误。

明治二十八年三月，大桥乙羽写信约稿。乙羽是博文馆老板的女婿，负责统筹《太阳》《少年世界》《文艺俱乐部》三本杂志，可谓正统文坛的牵线人。四月，一叶发了《行云》给他，五月刊于《太阳》。为名利所惑的男主人公，其原型看起来像野尻理作，多少也有三郎的影子。同月，歌子提出让一叶当助教。还说“我把你当孩子，你要把我当妈妈”，“我的荻之舍就是你的”。

户川残花的女儿达子也是荻之舍的学生。她后来谈及印象中的一叶，说这位助教不化妆，抹少许口红，头发稀疏，银杏髻一丝不苟，跪坐时微微佝身，双手笼袖，膝盖非常薄。记者的女儿达子在荻之舍的太太小姐们中间，每当为自己的衣着感到羞惭，就用目光寻找一叶。“冬日里，她总是穿着同一套黑底碎白点棉袍，黑衬领，外罩蓝色绢外袍——大概旧了就染，反复染了好多次。”

如果说新约稿与来自旧巢的呼唤使得这一年的色彩不那么悲凉，实际给一叶带来更多鼓舞的，是出入樋口家的《文学界》同仁。众人当中，马场孤蝶和一叶最要好。对他的最初印象，记录在明治二十七年三月十二日龙泉寺町时代的日记中：

听说孤蝶君是故马场辰猪[1]君的弟弟。他看起来二十出头，是个慷慨悲歌之士。说话带口音。听他讲了许多不平。是个有趣的人。

比一叶大三岁的孤蝶常常自称为“一叶君的弟弟”，在她家显得格外随意和放肆。为了马场和天知的一些矛盾，一叶甚至在明治二十八年四月一度拒绝继续写《青梅竹马》。这也是为什么连载中断，到八月才重开。

明治二十八年五月的日记有这样的记录：

秋骨似乎想要说什么，突然开口道：“孤蝶对你的情义，并非一朝一夕。他的热情无法计量。”

我微笑道：“那真是感激。”他接不下去，闭了口。

总被问这问那，毕竟寂寥。这些事尤其让人难受。那之后，孤蝶来得愈加频繁。我为他感到悲哀，自己也不好受。他去了外地，每天都给我写信，还摘了野外的花送来，让我又高兴又寂寥。对别人隐藏的事，他毫无遮掩地讲给我听，更让人感到无常。他说，我把你当姐姐看待。然而他每次隔不到五天就来我家。我心想，这份感情会持续多久呢，夏末秋初的时候还会继续么。想来情感正像随着流水的落花。

何处漂樱来，暂浮墙垣下。

五月，秃木和孤蝶带来了川上眉山。此人和孤蝶同岁，曾参与砚友社的创立，十九岁发表处女作，可说是早

① 马场辰猪（1850–1888），武士，思想家，政论家。

早成名的年轻作家。眉山很快成了一叶的“绯闻男友”，不知是谁最先传布的。如果只看一叶日记，会觉得除了笃实的上田敏，无论是秃木、孤蝶，还是秋骨、眉山，人人都在明着暗着恋慕她。她对这些人的态度则是忽冷忽热。九月，孤蝶去彦根中学当老师，离开东京。此后他每次回京，多数时间在樋口家度过，平时也给一叶写长信。

多年后，孤蝶在日记终于出版时的后记提到，“日记中常见到一叶君的偏颇。不过，我并不认为她是个不带偏颇的宽厚女子，所以不感到意外。此外，关于她总是把男性友人的亲密感情解释为恋爱，作为女子，也可以理解”。

偏颇，可能是指她把秋骨写成“讨厌的哲学家”。岛崎藤村读到日记后，表示愕然。在他看来，秋骨对樋口家非常好，在实务方面多有襄助，而且一叶十分仰赖他。“只能认为是她的恶意揣测，让人意外。”同样去过樋口家的岛崎藤村和因为编辑事务往来的泉镜花，在日记中没有留下任何记录。

秃木临终前对和田芳惠表示，如果《文学界》有一叶的恋人，应该是孤蝶。考虑到孤蝶死前与秃木见过一面，也许两人间有过不为外人知的对话。

《文学界》的稿费可谓散漫。根据星野天知后来的回忆，岛崎藤村以旅费的形式支取过四十元，金额最大。考虑到藤村在刊物发表了十六篇以上的作品，折算成单篇稿费就很低了。其次便是一叶，拿了四回，共三十元。

既然《文学界》的收入不靠谱，一叶便转向博文馆的大桥乙羽。明治二十八年五月，她把以前登在《甲阳新报》的《经案》给了乙羽，六月刊于《文艺俱乐部》，拿到每页四角的稿费。

眉山初来那回，一叶叫了鳗鱼饭招待三位客人。樋口家的好客之风从来不会因为经济有所折损，待客的吃食有点心，荞麦面，还有鳗鱼、寿司等贵价食物。伊东夏子在追忆文章中格外维护一叶，但她也提到，有时朋友上门，樋口家请吃鳗鱼饭，结果对方刚到家，一叶提出借钱的信就追来了。

当时东京的平信是方便的联络方式，一般即日抵达。人们约见面都是写信。

大桥乙羽的妻子、博文馆老板的女儿大桥时子开始向一叶学和歌，有了这层关系，一叶想找对方借钱。她在六月的一天上门拜访，结果大桥家有客人，于是回家写信，提出要借三十元。乙羽回信说，此事没有先例，不过如果给稿子，可以当作稿费。一叶把一些旧稿修改后给了乙羽，后来收在全集中的便是她改过的版本。博文馆当时并未刊发这些稿子，《行云》《经案》之后，《文艺俱乐部》九月刊的《浊江》，以及十二月刊的《十三夜》，都是新写的。

《浊江》写了铭酒屋的女人。阿力和她的同伴们表面光鲜，内里有不为人知的惨痛。因为阿力失去家财并落到社会底层的源七，对妻子恶声恶语，是典型的心智迷乱的青楼客。在一叶之前，作家们纵然写到青楼生态，总是从男性视角出发，这是日本文学史上第一次出现以女性角度对卖笑营生的书写。据说阿力的原型是一叶邻居店里的某个女子，一叶也曾设法帮一个追求恋爱却流落到铭酒屋的女子回到娘家。

《十三夜》是一心想要离婚的女人在九月十三月圆之夜回娘家的故事。女主人公阿关被父亲以现实理由劝回丈夫家，归程中发现，她搭乘的人力车的车夫，正是小时候暗恋过的邻居，曾经的烟店少掌柜录之助。两个伤心人聊了几句，各自回家。对录之助境遇的描写，明显参照了稻叶宽的没落。

《文艺俱乐部》的发行量比《文学界》大，读者的层面也更广。一叶终于出名了。名声带来的变化并不让她欣喜，明治二十九年一月六日的日记写道——

去年秋天，并未多想就写了《浊江》，好评如潮，在世间引起了骚动，同时也收到了许多评论，让人冒冷汗。《十三夜》也难得引发了热评，还有人就作者做了古怪的评论。“女性作家无出其右者”，我听了真是忐忑。细想之下，有几晚忍不住胆战心惊。这就是尘世吧。众声喧哗，又有多少是真正的称赞呢。就好像有些无聊的狂热人士，连三弦的音色好坏都听不懂，只因为唱的人是女义太夫，便为了一时消遣而众口称赞。

《文学界》诸人来樋口家更勤了。一月六日的日记中有这样一段——

今天聚集在我身边的尽是当世著名的上流社会人士，绅士、商人、学士们。夜深人静时静心想来，我还是过去的我，我家也和从前一个样，当我如浮萍般起起落落，人们究竟是根据什么改变态度呢？这世间既容易，又不容小觑。就好比人若发声，声音大时可以响彻千里，声音低时连邻居也无从听见。

陨落与延续

明治二十九年一月二十日前后，《青梅竹马》的最后两回完稿。这个月还写了《里紫》的前篇。一月三十日刊的《文学界》完成了《青梅竹马》的连载，四月，《文艺俱乐部》将其全文刊发。

《青梅竹马》是一篇独特的小说，乍看写的是少年少女之间朦胧的初恋，细读之下，其中浸透了吉原的呼吸。故事跨度从夏天到初冬，从庙会的喧嚣到寂寥。女主人公美登利的姐姐是大黑屋的头牌妓女，美登利虚岁十四岁，花起钱来不像个孩子，有那么点娇蛮任性。故事的最后，原本活泼的美登利变得萧瑟，读者不难看出，发生在她身上的“事件”是初潮的到来。也有研究者认为，美登利已经历过第一次接客。对这篇小说的解读可谓众说纷纭。她成为少女，彻底告别儿童时代，而她暗恋的信如，寺院住持的孩子，去了佛学院。

最终只有残篇的《里紫》写了有夫之妇的外遇，是一叶作品中全新的主题。

就在四月，森鸥外主持的文艺杂志《觉醒草》上，评论栏目“三人冗语”对《青梅竹马》做了高度评价。这个栏目由三十四岁的森鸥外、二十八岁的幸田露伴和与露伴同岁的斋藤绿雨合作。露伴以笔名“废话”写道：

正所谓字去意留。许多批评家和小说家似乎以为，如果不用刀加诸人的身体，剥开皮肤，取出心肝，给人看，就不是高尚的小说。我简直想要把（描写美登利见到信如背影的）这一段拿出五六个字，当作技术进步的灵符，给他们吞下去。

露伴不留余地的赞誉愈加扩散了一叶的文名，估计也引发了不少嫉妒。早在一月，评论家斋藤绿雨写信给一叶——

我与你萍水相逢，但是为了文坛，我有几句话同你讲。你来我家，或是我给你写信。我这人有个毛病。我不愿去你那里。如果你还愿意听我一席话，那就请发誓，不让任何人知道此事。

笔名“正直正太夫”的绿雨性格古怪，一叶也不输给他。他要求回信的同时归还他的信，大概是怕落下什么话柄，然而一叶迅速誊写了一份留底。五月，绿雨上门拜访。明治二十九年的日记中，关于绿雨的篇幅最多。他说一叶在《浊江》以后的作品都是“哭过后的冷笑”，一叶将他引为知己。

这一年，一叶的另一项重要工作是为博文馆的日用百科全书系列撰写《通俗书简文》。该书在五月发行。赶稿操劳，四月初，一叶出现肺结核的症状。七月初开始高烧。在发病之初，病人并未将其放在心上，仍然去荻之舍，直到六月九日才推掉月会。八月初，邦子带她去了山龙堂医院，院长诊断的结果是绝望的。绿雨托了森鸥外请名医青山胤通上门就诊，医生得出结论，说病人只剩一两天了。

荻之舍的友人去看望一叶，然后找歌子汇报病情，歌子冷淡回道，那就没办法了。一叶患病期间，伊东夏子表现出巨大的同情与耐心，每天去看她，并试图给她钱，被拒绝。

最后几天的日记应该是一气写成的，笔迹可看出笔速极快。最末一篇是七月二十二日的记录，依然是文坛的人与事。此后的四个月没有留下日记。

十一月三日，难得回到东京的孤蝶去看望一叶。两人之间有过这样的对话：

“我明年春天来。”

“你下次来的时候，我会变成什么呢，或许变成了石头。”

十一月二十三日，多喜与邦子的守护下，一叶离世。

电报出了点差错，《文学界》诸人没能及时赶到。第二天夜里，绿雨、眉山和秋骨在樋口家守灵，附近的精神病院传来夜晚警戒的鼓声，绿雨作俳句：“霜降田町，夜听太鼓。”可见其凄凉。在彦根的孤蝶从秋骨的电报获知一叶的死讯，一时间无法回京。

葬礼十分冷清，荻之舍只来了伊东夏子和田中美浓子。此外还有文学界诸人。森鸥外本想骑马扶棺，邦子不同意他参加，原因是家里没法给来出席葬礼的人一一回礼，所以对出席人数做了限制。

一叶去世刚两个月，明治三十年一月，由乙羽编辑的《一叶全集》迅速面世。半年后，经过绿雨重新校订的版本再版。

明治三十一年二月，多喜去世。邦子在乙羽夫妻家住了一段时间。她后来和樋口家的熟人、常在日记中登场的文具店的西村钏之助之间育有一子。为了弥补，钏之助将店铺转让给邦子。明治三十二年，邦子招赘，此后与丈夫共同经营店铺，并为姐姐的后续出版奔走。

马场孤蝶第一次见到斋藤绿雨，是在明治二十八年或二十九年，户川秋骨家中。一群人谈及一叶病重的事。孤蝶对绿雨的印象是：“高个子、纤瘦，脸色很差，留着长长的分头”，“声音低沉，但非常清晰”。伊东夏子的母亲曾用“长得像个穷神”形容绿雨。

一叶去世后，孤蝶在明治三十年八月久违地去了樋口家。有个瘦弱的男人在六叠客厅的角落里照镜子剔牙。孤蝶没认出那是绿雨，问一叶的家人，斋藤最近也来过吗。多喜不答，扯了孤蝶的袖子，以眼色示意那就是他说的人，又问绿雨，取出来了吗。绿雨说，取出来了。然后向孤蝶行了一个礼，就走了。

绿雨也患上了肺结核。明治三十三年，他因病去外地疗养，结识了温泉旅馆的女领班，两人结婚。

根据邦子的说法，一叶临终前曾嘱咐将日记烧掉。邦子想要将其出版。到了明治三十六年，姐姐去世已七年，她找孤蝶商量。孤蝶传话给绿雨，于是绿雨去樋口家取了日记，打算先看看内容。读过日记后，绿雨找森鸥外和幸田露伴商量。尚未读到日记的鸥外说，可以把不适宜的段落删去，尽快出版。

这一年十月，绿雨的肺结核再次加重，搬到妹夫的父母家隔壁。明治三十七年四月十一日，孤蝶收到绿雨病危的消息，赶去，获知遗言，要把日记还给樋口家。绿雨过世时三十五岁。

明治四十一年，博文馆打算作为樋口一叶十三回忌（指去世十二周年）的纪念发行日记。负责誊抄日记的是幸田露伴的弟子们。九月二十二日，终于读了日记全文的森鸥外给露伴写信，建议不要出版。纵览日记全篇，其中提到鸥外的段落，虽然有一些不是特别正面的描写（例如他派弟弟来拉拢一叶参加自己的杂志），但似乎不至于让他坚持反对出版，更可能是如信中所说，“有些部分如果就这样出版，会给一叶造成巨大损害”。此事的分歧，甚至严重影响了他与露伴的关系。

在孤蝶的编辑下，最终在明治四十五年，也就是一叶去世十六年后，终于由博文馆发行两卷本《一叶全集》，上卷是日记。孤蝶在跋文中致谢了森鸥外、户川秋骨和岛崎藤村。这三个人始终反对日记出版。孤蝶声明，他未对日记做任何增删。和田芳惠在读了日记的全部抄本后，得出结论，“虽然有些晚了，我对马场孤蝶诚实的态度感到敬慕”。

岛崎藤村后来在小说中写过樋口姐妹。明治四十二年出版的《文艺入门》的第一篇《从新片冈町》，他强调了一叶的文学高度，又写道——

坦白说，我不太喜欢作为女人的一叶。尽管她是个那么飒爽的人，我无法在考虑一叶的时候完全抛开她是个女人这一点。读一叶的日记，我明白，她和我几乎全无交涉。

小说作者一叶，是众人面前姐姐般的、年轻阿姨般的爽快女子，而日记中的她，则是“作为女人的一叶”。那个她有几分真实，又有多少矫饰？

森鸥外于大正十一年（1922年）去世，终年六十岁。多年后，他的次女捐赠的资料中，有一册他亲笔誊写的一叶日记，涵盖了日记中明治二十四年四月到二十六年四月的内容。他本人也有记日记的习惯，明治四十一年十一月十九日，有这样的记录："在一叶日记题写四字，绪乱忧深。"可知他誊写部分一叶日记的举动发生在这年秋天。有研究者认为，此时正值森鸥外创作上的成熟期，也许誊抄日记也给他的文学写作造成某些影响。

邦子回老家为先祖扫墓时，结识了当地一位工厂主广濑弥七。在广濑的推动下，文坛一些一叶的拥趸也出资参与，在大正十一年，于一叶故乡的慈云寺建起樋口一叶文学纪念碑。阪本三郎也参加了纪念碑落成仪式，差点被文人们殴打，多亏邦子阻止。

虽不知道参加那天纪念碑落成仪式的都有哪些人，倒是可以看看"一叶会"的构成。

明治三十六年春，一叶去世七年后，上田敏、马场孤蝶、与谢野铁干和晶子夫妇、森田草平、小山内薰、小山内八千代等人结成了"一叶会"。其契机可能是夏目漱石的门生森田草平发现自己租住的房子竟然是一叶住到去世的家。

"一叶会"成员久保田万太郎写道："这本日记就像一面镜子，会根据站在跟前的人做出各种变化。而那变化十分微妙、自由，决不让人失望。与此同时，不管照镜子的人怎么想，终将被卷进一个年轻、贫穷、投身于文学的女性的奇诡命运中，只能随着她一道走过身不由己的人生险道。"

与谢野晶子是明治三十四年以歌集《乱发》崭露头角的歌人、作家，比一叶小六岁。她回忆少女时代，说“最大的乐趣是读红叶、露伴和一叶的小说”。

冈田八千代比一叶晚出生十一年，哥哥小山内薰是著名剧作家。明治三十九年，她二十三岁，嫁给画家冈田三郎助。明治四十四年，二十五岁的平塚雷鸟发起创办女性杂志《青踏》[①]，八千代成为顾问，在刊物上写稿。大正十二年（1923年），四十岁的八千代受好友长谷川时雨邀约，共同创刊《女人艺术》，雷鸟等人也参与撰稿。因为关东大地震，杂志办了两期便告停刊。时雨让该杂志复刊，是在五年后的昭和三年（1928年）。这册定价四角的杂志上，涌现出一大批女作者，包括后来铸就一代文名的林芙美子。一叶从明治二十年代开启的女性写作的篇章，就此得到延续。

① 刊名意为“蓝袜”，命名来自十八世纪伦敦穿蓝袜的知识阶层女性团体。共发行五十二期。绘制创刊号封面的是长沼智惠子（后来的高村智惠子，诗人高村光太郎之妻）。雷鸟在创刊号的文章《元始，女性是太阳》，被看作女性权利运动的象征。

太空中的“漂流瓶”

卢昌海

它们依然是人类探索精神的美丽象征。

小时候有好些年，我着迷于所谓“外星人”，读了当时能找得到的所有相关的书，其中有一本是卡尔·萨根（Carl Sagan）的《外星球文明的探索》（*The Cosmic Connection*）。在这本书里，我第一次见到了两个“先驱者”（Pioneer）探测器所携带的致外星人的信息。带着那些信息飞向深空的探测器，如同太空中的“漂流瓶”，让人遐想。

如今，距离“先驱者”探测器的发射已近半个世纪，距离NASA（美国国家航空航天局）斥资制造那两个探测器则正好半个世纪。五十年来，若以冥王星轨道这一早年的太阳系边界来衡量，已先后有五个探测器飞出了太阳系。值此纪念年份，我们来聊聊这几个太空中的“漂流瓶”。

不过，首先要对“飞出太阳系”这一概念做个界定。如今的读者都知道，冥王星已在2006年被“贬”为矮行星，太阳系边界也早已跟冥王星轨道“脱钩”。事实上，太阳系边界并没有泾渭分明的定义，更不像国境线那样伫立着界碑。如果考虑到太阳系是在太阳的引力控制下形成的，则其边界的自然定义应该是太阳引力控制范围的边界，离太阳约两光年。但要这样的话，人类迄今发射的任何探测器，起码要上万年才能“飞出太阳系”，无疑是令人沮丧的。因此，人们往往用一个更“鼓舞人心”的概念——日球层顶（heliopause）——来定义太阳系边界。日球层顶是太阳风因星际介质的阻碍而停滞的地方，离太阳约一百八十亿公里[①]。

概念既已界定，便可聊聊这些“漂流瓶”了。

“漂流瓶”中最早的两个，是1972年3月2日升空的“先驱者10号”（Pioneer 10）和1973年4月6日升空的“先驱者11号”（Pioneer 11）。它们的核心任务都是探测木星，但“先驱者11号”中途增加了探测土星的使命。这两个探测器还都利用所谓的“引力助推”（gravitational assist）效应，从探测目标——前者为木星，后者为木星和土星——的引力场中借了力，成为人类航天史上最早达到太阳系逃逸速度的航天器，从此踏上了“飞出太阳系”的不归路。

① 日球层顶有如太阳风吹出的一个巨大“气泡”的边缘，一百八十亿公里只是对它与太阳距离的笼统估计。那“气泡”其实既不是球形，也不是静态的，但本文就不在这方面较真了。

太空中的“先驱者 10 号”概念画。图片来源：NASA

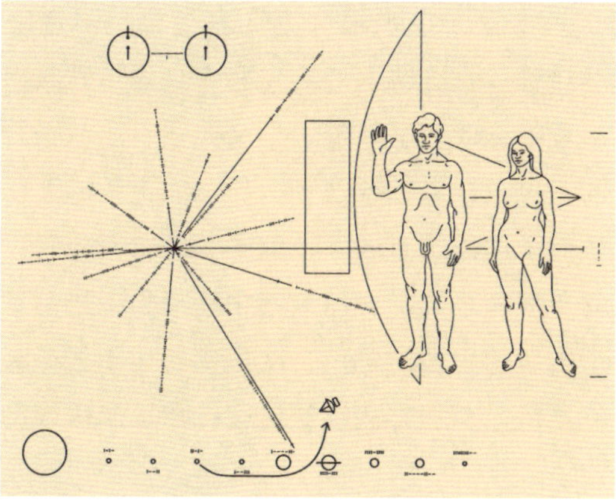

“先驱者”上携带的镀金铝板。图片来源：NASA

由于事先知道这两个探测器将会飞出太阳系，科学家们便让它们各自带了一块“先驱者镀金铝板”（Pioneer plaque），上面刻着致可能遇到的外星智慧生命的信息。著名天文学家卡尔·萨根等人于“先驱者10号”升空前不久，在《科学》（*Science*）杂志上撰文对这些信息做过详细介绍，我小时候所读的那本《外星球文明的探索》，则是萨根在“先驱者”探测器发射后不久出版的。那时候科学不如现在发达，科学新闻对公众的吸引力却似乎大过现在。有一位科学作家在读了萨根的文章后，称那是唯一让他激动落泪的论文。

简单地说，刻在先驱者镀金铝板上的信息既包含了直观部分，比如右侧的人类男女裸体，及下方的由地球（第三颗行星）出发、在木星（第五颗行星）附近绕行的探测器运动轨迹——这轨迹对“先驱者11号”其实已并不正确，因后者中途改变了轨道，是从土星（第六颗行星）附近绕行的；也包含了抽象部分，比如左上角的波长二十一厘米的氢原子谱线示意图，左侧中部的太阳系附近十四颗脉冲星的周期和距离示意图（其中周期为二进制数，以前述氢原子谱线的周期为单位，距离则正比于线段长度）。科学家们期待，外星人能够从这些抽象信息中推测出太阳系的位置。

先驱者镀金铝板上的这些信息，曾引起过媒体和公众的热烈讨论，当然也不乏贬斥，尤其是很多社会势力借着批评“蹭热度”。比如女权主义者对男女形象间的细节差异提出了诘难；卫道士们视裸体为有伤风化；宗教信徒则不满于上帝没有得到体现，建议将两个人换成一双祈祷的手……以至于萨根幽默地表示，这些信息尚未被外星人接获，却已被地球人彻底研究过了。

截至2020年，“先驱者10号”和“先驱者11号”与太阳的距离分别约为一百九十亿公里和一百五十七亿公里，且仍在以约每秒十一公里的速度远离。按我们前面界定的太阳系边界，前者已“飞出太阳系”，后者也已游弋到了边界附近，再过几年即可。

“先驱者”探测器发射数年后，另一对探测器“旅行者1号”（Voyager 1）和“旅行者2号”（Voyager 2）分别于1977年的9月5日和8月20日升空（我没写错，“旅行者1号”的发射日期比“旅行者2号”略晚）。这两个探测器的核心任务都是探测木星和土星，但“旅行者2号”中途增加了探测天王星和海王星的使命。跟“先驱者”探测器一样，它们也从各自的探测目标——前者为木星和土星，后者为木星、土星、天王星和海王星——的引力场中借了力，达到太阳系逃逸速度，从而也踏上“飞出太阳系”的不归路。

跟“先驱者”探测器一样，两个“旅行者”探测器也携带了致外星智慧生命的信息。只不过“先驱者”探测器携带的是“视觉”信息，“旅行者”探测器所携带的信息则偏于“听觉”，是一张“旅行者金唱片”（Voyager

“旅行者”探测器概念画。图片来源：NASA

“旅行者”探测器上携带的“金唱片”。图片来源：NASA

Golden Records）。在这张“金唱片”里，包含了来自地球上五十五种语言的问候，及被称为“地球之声”（sounds of Earth）的各种自然界的声音（风声、雷声、动物叫声等等），还有总长约九十分钟的各种音乐。除此之外，“金唱片”还包含了一百一十五幅图片（用的是模拟信号格式，而非jpg、gif、png之类的数字格式）。萨根与同事在“旅行者”探测器发射后不久也出版了一本书，名叫《地球私语》（*Murmurs of Earth*，中文版书名为《星际唱片：致外星生命的地球档案》），对旅行者金唱片做了详细介绍。

不过对我们这些地球人来说，比致外星人的信息更珍贵的，也许是“旅行者1号”给地球人的一份独特礼物。1990年2月14日，按照萨根的提议，当时距地球约六十亿公里的“旅行者1号”，向着内太阳系方向拍下一张相片。经过五个多小时的光速传播，相片传到了地球。在这张相片上，地球呈现为一个小得不能再小的暗淡蓝点。1994年，萨根以《暗淡蓝点》（*Pale Blue Dot*）为名出版了一本书。在书里，他写了这样一段极其优美的话：

再看看那个点，那是此地，那是家园，那是我们。在它上面，每一个你爱的人，每一个你认识的人，每一个你听说过的人，每一个曾经存在过的人，度过了他们的人生。我们所有的快乐和不幸，数以千计自命不凡的宗教、意识形态和经济信条，每一位猎手和觅食者，每一位英雄和懦夫，每一个文明的创造者和毁灭者，每一个国王和农夫，每一对热恋

“旅行者 1 号”拍摄的“暗淡蓝点”。图片来源：Ratio Scientiae

的年轻情侣，每一位母亲和父亲，朝气蓬勃的孩子，发明家和探索者，每一位道德教师，每一位堕落政客，每一位“超级巨星”，每一位“最高领袖”，我们这个物种历史上的每一位圣人与罪人，都生活在那里——在一颗悬浮于太阳光束里的微尘上。

二十六年过去了，这段话依然意蕴悠远，对动荡的2020年，则尤其珍贵。

截至2020年，“旅行者1号”和“旅行者2号”与太阳的距离分别约为二百二十七亿公里和一百八十八亿公里，不仅均已“飞出太阳系”，且前者已远远超越“先驱者”探测器所达到的距离，后者也即将超越，因为这两个探测器目前的飞行速度分别约为每秒十七公里和十五公里，都比“先驱者”探测器更快。

在这四个元老级探测器之外，2006年1月19日，NASA发射的“新视界”（New Horizon）探测器也加入了“飞出太阳系”的行列——虽然它目前还远在太阳系边界以内。“新视界”探测器的核心任务是探测当时唯一未被探测过的太阳系行星：冥王星。只不过在它启程七个月零五天之后，冥王星被戏剧性地“贬”为了矮行星。

“新视界”是迄今唯一一个发射时就达到太阳系逃逸速度——也称为“第三宇宙速度”（third cosmic velocity）——的探测器，在飞行途中，又进一步从木星引力场中借了力。2015年7月14日，“新视界”探测器从距冥王星表面仅一万两千五百公里处掠过，拍下了非常清晰的相片。之后，又于2019年1月1日从相距仅三千五百公里处掠过编号为486958的柯伊伯带天体（Kuiper belt object）——该天体当时距地球约六十五亿公里，是迄今人类航天器掠过的最遥远天体。

截至2020年，“新视界”探测器与太阳的距离约为七十三亿公里，飞行速度约为每秒十四公里，预计将在二三十年后“飞出太阳系”。

不过，尽管事先知道“新视界”探测器也会“飞出太阳系”，科学家们却并未让它像“先驱者”和“旅行者”探测器那样，也携带致外星人的信息。除对外星人的兴趣

2015 年“新视界”探测器掠过冥王星及冥卫一卡戎时的概念画。
图片来源：JHUAPL/SwRI

“新视界”探测器拍摄的冥王星。图片来源：NASA

已大为降低外，或许也是对那样的信息被外星智慧生命解读的可能性越来越不乐观。事实上，像先驱者镀金铝板上的氢原子谱线及脉冲星示意图那样的信息，被外星人正确解读的可能性实在太渺茫。至于旅行者金唱片，除非有合适的“电唱机”，否则哪怕对地球人也是天书。

有一个例子或许能说明解读此类信息的难度。美国天文学家法兰克·德雷克（Frank Drake）曾设计过一串由551个二进制数组成的简单信息。他设想，外星智慧生命会意识到551有唯一的素数分解：551=19×29，因而会尝试将之排成19×29形式。一旦那样做了，那串二进制数里的“1”便会构成图像。跟先驱者镀金铝板上的抽象信息或旅行者金唱片相比，这个设计在科学层面上可算是再简单不过了，但德雷克让一些志趣相近的同事去破译，却基本无人成功。地球人——而且是志趣相近的同事——尚且如此，更遑论跟地球人有可能天差地别的外星人了[①]。其实真要传递信息的话，那几个探测器本身才是最清晰的信息，不仅可以从它们的制作中推出人类科学的很多方面，而且也可以从其运动轨迹反推太阳系的位置，这恐怕远比利用先驱者镀金铝板上的抽象信息更有可能。

在人类迄今发射的所有航天器中，以上五个便是已

① 尽管如此，德雷克仍于1974年将这一设计付诸实施，通过阿雷西博天文台（Arecibo Observatory）的直径一千英尺（约合三百零五米）的射电天文望远镜，向武仙座球状星团（Hercules Globular Cluster）方向发射了一串由1679=73×23个二进制数组成的信息。

经或将要“飞出太阳系”的完整阵容——可以说是小得可怜。其他数以千计的航天器，全都没有达到太阳系逃逸速度，从而无法挣脱太阳的强大引力。不过，跟地球上的海洋相比，宇宙实在浩瀚得太多，哪怕其中有许多外星人，甚至哪怕在太阳系附近的恒星周围就有，它们被发现的概率也是微乎其微的。

这些“漂流瓶”将会漂向何方？科学家们在2019年的一项新近研究给出了这样的结果：“先驱者10号”将在约九万年之后与一颗编号为HIP117795的恒星接近到约零点七五光年的距离[①]，“旅行者1号”将在约三十万年之后与一颗编号为TYC3135-52-1的恒星接近到约零点九六光年的距离，“先驱者11号”将在约九十三万年之后与一颗编号为TYC992-192-1的恒星接近到约零点八光年的距离[②]，“旅行者2号”则在未来五百万年内都无法与任何恒星接近到少于一光年的距离[③]。至于“新视界”探测器，由于还远在太阳系边界以内，仍有可能近距离遭遇柯伊伯带天体，并受到引力扰动，所以还无法对其未来轨迹做出可靠计算。

① 这是将恒星运动考虑在内的计算结果。早年的估计通常忽略恒星运动，在那种估计里，“先驱者 10 号”被认为将在约二百万年后抵达金牛座 α 星（Alpha Taurus）——也称为毕宿五（Aldebaran）——附近。
② 同样，这也是将恒星运动考虑在内的计算结果。在早年的忽略恒星运动的估计里，“先驱者 11 号”被认为将在约四百万年后抵达天鹰座 λ 星（Lambda Aquila）附近。
③ 若将距离放宽到一光年以上，则“旅行者 2 号”将在约四万年之后与仙女座 HH 星（HH Andromedae）接近到约一点七光年的距离。

这些结果是从涵盖未来五百万年的计算中挑出的最近距离的“掠过”（这恐怕是对“掠过”一词最夸张的用法）。由于其中的最近距离起码也有零点七五光年，哪怕那些恒星周围真有外星人，隔着那样的距离发现一个线度只有几米的“漂流瓶”，也是基本不可能的——更何况那些“掠过”中最早的一次也将在九万年之后，对人类实在太遥远了。

因此，这些太空中的“漂流瓶”，最有可能的命运，是在孤寂的恒星际空间永远漂流下去。

但即便如此，它们依然是人类探索精神的美丽象征。如果哪天人类因自身原因不幸灭绝了，在近乎真空的环境里漂流着的它们，更将成为人类文明最永久的墓碑。

至暗时刻

傅 谨

戏曲史上最壮烈的诀别场面。

中国的说唱艺术有悠久历史，大致唐代在各城市逐渐兴盛起来，从此就有了正常发育的娱乐场。东汉末年三国鼎立的历史，从那时起就深受说书讲古的艺人和观众欢迎，而“说三国”爱憎分明，刘备是好的，顺带连他阵营里的关羽、张飞、诸葛亮、赵云、黄忠等一干文臣武将都是英雄，孙权不好不坏，曹操就是坏人了。当然，曹操虽然是坏人，却不能否认他有雄才大略，因此有“奸雄”之称。

既然是坏人，便要写个戏痛骂他一顿，《击鼓骂曹》就是。

《四声猿》是明代狂士徐渭写的四折杂剧，分讲四个故事，第一个“狂鼓史渔阳三弄”就是《三国志演义》所讲的祢衡击鼓骂曹操的故事。《后汉书·祢衡传》称祢衡“少有才辩，而尚气刚傲，好矫时慢物”，击鼓骂曹的事居然是真有过的。名士孔融与祢衡惺惺相惜，因而把他推荐给曹操，但祢衡不喜欢曹操，称狂不出，曹操一肚子气，就故意轻慢他，听说他敲鼓的本领很高，便在大宴群臣时让他担任鼓史。祢衡的狂士脾气就此发作，他击鼓奏《渔阳三弄》，“容态有异，声节悲壮，听者莫不慷慨”。

古代从事乐舞的都是所谓下等人，鼓史也是如此，曹操本意是要让祢衡按规矩换上击鼓的服饰，羞辱羞辱他。《四声猿》的“狂鼓史渔阳三弄”是这样写的，说祢衡穿着平时的衣服进前准备击鼓，曹操呵斥道：“野生，你为鼓史，自有本等服色，怎么不穿，快换！”祢衡也不反抗，只是当着曹操脱掉全身衣服，就这样光着身子在曹操面前，校尉见状大惊失色：“禽兽，丞相面前可是你裸体示身的所在，可不道驴膫子朝东，马膫子朝西。”祢衡回复说：“你那颓丞相膫子朝南，我的膫子朝北。”史书里只说祢衡在曹操面前脱光衣服，故意慢吞吞地穿上鼓史的服装，让曹操反受其辱。徐渭的《四声猿》写的则是阴曹地府的事，祢衡对曹操裸体相向后，历数其一生罪孽，从逼汉献帝迁都许昌，杀死伏后，挟天子以令诸侯始，直到害死祢衡终。

后世戏曲舞台上祢衡骂曹操的故事，似乎与徐渭的剧本无关，而另有来历。以京剧《击鼓骂曹》为例，该剧只有祢衡上朝击鼓大骂曹操一场戏，其中最精彩的是“谗臣当道谋汉朝”一段，祢衡奉命击鼓，上得朝来唱道：“谗臣当道谋汉朝，楚汉相争动枪刀。高祖爷咸阳登大宝，一统山河乐唐尧。到如今出了个奸曹操，上欺天子下压群僚。”最伤感的是“我有心替主爷把贼扫，手中缺少杀人刀”，真真是爱国者心里最大的痛。

恃才傲物，是中国古代士人面对权力傲慢时一种特殊的反应模式，但士大夫之所以能够如此，前提是权力虽然傲慢却有所忌讳，如同祢衡这位三国时期的奇人，有本事却不讨喜，于是像皮球一样被踢来踢去，权力者都想借刀杀人，因为都有所忌讳——不想留下杀士子的恶名。某种意义上，我们可以看到京剧《击鼓骂曹》里祢衡的两面，他的A面当然是古代文人的典范，在权力面前不肯屈膝弯腰，始终保持自己的气节；但是还有B面，差不多就像是三国时代的键盘侠。这不仅因为在确信没什么风险时他们都显得很勇敢，听戏里的祢衡唱他“手中缺少杀人刀”，多少有点喜感，有刀的人就安坐在他对面呢，在被他骂呢，只不过不愿直接动刀子杀他而已。祢衡面对曹操，只能佯狂发愤，其实他并没有真正有效的手段去扭转世道和乾坤，满满的只有绝望。

祢衡的绝望只是他个人的无力感，但真正的绝望要比这超过百倍。

比祢衡更早的绝望者，是西汉末年王莽篡权时的吴汉。吴汉是秦腔《兴汉图》里的主角，除秦腔之外，该剧更著名的是京剧《斩经堂》，其他诸多剧种也有这一剧目，更有直接名为《吴汉杀妻》的。吴汉娶了王莽的女儿为妻——当然是在王莽篡权之前，白居易有著名的诗篇《放言五首》，第三首就讲到王莽的故事，他借“试玉要烧三日满，辨材须待七年期”，形容古人如何才能盖棺论定，“周公恐惧流言日，王莽谦恭未篡时。向使当初身便死，一生真伪复谁知？”既然连白居易都说不容易知道真伪，吴汉就更不可能知道这位岳父的是非善恶。戏里说吴汉的父亲原本是被王莽所杀，当时他尚且年幼，等到长大，不仅做了王莽伪朝的大官，还娶了人家的女儿。等到刘秀要举兵复国时，吴汉已经官至潼关守将，既是王莽的女婿，更受命领重兵镇守关隘，可见王莽对他无比信任。刘秀复国事宜败露，匆匆外逃，王莽下令全国追捕，获刘秀者有重赏。刘秀逃到潼关，果然被抓住了，落到吴汉手里。在他看来，将其押送京师邀功，一场大富贵马上就要到手。

历史上本有吴汉，他是东汉开国功臣，在所谓“云台二十八将”里名列第二，从《后汉书·吴汉传》和其他相关史料里关于吴汉其人的记述看，他出身低微，最重要的功劳是在刘秀复兴汉室之后征讨边关取得的，既不可能有戏里那样的地位和家世，更不可能有杀妻之举。著名杂文家邓拓曾经专门写文章为吴汉辩护，但是正如其文所说，“历史的真实和舞台艺术的真实，有时距离很大，谁要是把看戏当成读历史，那就不免要上当”。确实，文学艺术作品里的人物描写，假如都根据史书按图索骥，那所有的作品都应该烧掉，如此，这世上便只留下历史而没有文学和戏剧，岂非无趣得很。

在《斩经堂》或《吴汉杀妻》里，吴汉本是朝廷重臣之子，而且还是王莽的爱婿，在新朝担任封疆大吏。他奉命抓捕刘秀，自是欣喜非常。吴汉事母至孝，首先就去后堂通报老母亲。然而来到后堂，老母亲非但没有他想象的那样高兴，还对他说出了家世的泼天大秘密，原来王莽不仅是篡权的乱臣贼子，而且还是他的杀父仇人。秦腔剧本《斩经堂》里吴母的痛诉，真是字字血泪：

十九年前，平帝老王早朝登殿，满朝文武俱都前来议事，惟独不见王莽老贼。眼看日色过午，只见老贼就是这样大摇大摆走上金殿，老王见贼如此欺君，一怒之下，退朝而去，怒恼了王莽老贼，回府造下三杯药酒，毒死老王，可怜把汉室三千余口惨死在贼人的刀下……老贼害死老王，篡了汉室江山。满朝文武虽心中不服，却无一人谏言，你父一怒之下，上得殿去，破口大骂，只骂得那贼闭口结舌，谁料老贼下了一道圣旨，将你父推下问斩，想你父乃是先王托孤老臣，岂能受贼一刀之苦，讲话间只见他卸乌纱，脱蟒袍，头碰明柱身亡了……你父一死，那贼将你父首级斩下，高挂市曹，让鹰啄犬食，风吹日晒，儿啊！可怜你父竟做了个无头之鬼。

吴汉母亲讲述的王莽篡权故事，显然经过了高度简约化的重写。她把这段跨度达几十年的历史，浓缩为王莽杀汉平帝及汉室数千口，只有刘秀侥幸逃脱，包括吴汉之父在内的许多忠臣良将均遭杀戮的惨痛往事，激发起吴汉的救国报仇之心。刘秀起兵，兴复汉室，这是所有忠诚于汉朝的文臣武将希望之所在，现在他逃到潼关，在母亲看来，身为守将的吴汉不仅不能把刘秀献给王莽，而且应该释放刘秀；不仅要释放刘秀，既然有皇裔在，兴复汉室就有了希望，这正是吴汉做出重大人生抉择的时机，他理应义无反顾地加入灭莽扶汉的阵营。

《斩经堂》里的吴汉母亲是明事理的，她知道这放刘秀一事非同小可，既然做下了释放刘秀这样的重大决定，儿子这潼关守将的官就做不得了，索性跟随刘秀起事，才是唯一的选择。然而碍着一个大麻烦，那就是吴汉的妻室。戏里吴汉的妻子是王莽之女，更有意思的是，这位妻子还很是贤惠。吴汉的母亲何尝不知道媳妇贤惠，如她所云："我想我那媳妇平日贤孝无比，为我病体，每日吃斋念佛，我怎忍心下此毒手。"但媳妇毕竟是王莽的女儿，吴母狠心地说："媳妇呀媳妇，为了汉室江山，为娘只有舍儿性命，吴汉过来，娘赐你宝剑一口，奔上经堂，斩下你妻首级来见。"

吴汉的母亲不仅在大是大非面前有清醒的定力，还有着眼于儿子未来的果敢决断，这样的母亲，在传统戏里并不多见，在史书中更是鲜见。但是吴母给儿子做的这个决断，对吴汉实在太不容易，尽管他听了母亲叙述的往事，要为父亲及家族报血海深仇而泣拜领命，但是来到后堂，看到发妻正在经堂诵经念佛，口口声声都在为他的母亲和他一家、为天下苍生祈祷："你保佑奴的夫名扬天下，你保佑我婆婆福寿天涯。你保佑干戈休南山放马，你保佑众百姓同享荣华。"人非草木，吴汉那一刀如何杀得下去，然而母命难违，而且，难违的又岂止母命。

这是全剧最令人痛心的一笔，又是吴汉的人生中最无助和无力的时刻。母亲让吴汉杀了妻子，就是要彻底绝了他的后路，绝了他和王莽之间的情感通道。杀掉王莽的亲闺女，吴汉就永远不可能再回归王莽阵营，而且还有一个说不出口的理由是，即使吴汉决心跟随刘秀起义，就算是刘秀因为已然被抓时还能放虎归山而无比信任他，刘秀身边的其他将领岂能放心？这简直是一枚定时炸弹，毕竟他是王莽的爱婿，谁能保证到关键时刻不会动摇甚至反水，尤其是在双方战场上的僵持阶段，有对手的亲女婿埋伏在身边，而且看起来他们夫妻还很是恩爱……吴汉必须在莽汉之间选择一方，这是他无法兼顾无法两全的宿命。

吴汉在妻子逼问之下，只好把真相告诉了兰英，这段对话，天地也要为之动容。他说，母亲要他做三件事，一是放刘秀出关，二是砍倒关上帅旗，从此不再做王莽的将官，而第三件，吴汉说道："天哪，天哪，我和她乃是恩爱夫妻，叫我是怎样的讲啊……也罢，公主过来，这第三件不是别的，母亲赐我宝剑一口，奔上经堂前来杀你！”王兰英听罢惊呆了：“听罢言如同雷击顶，冷汗淋淋怀抱冰。三年来颂经为母病，如今杀我是何因？无奈何上前把话问，驸马呀！再叫驸马听心中。为妻犯罪刑几等？婆母为何逼性命？”吴汉唱道：“公主不必乱猜疑，不杀你愧对汉室与忠魂。念你我结发情谊重，为夫敬你酒三盅。一杯水酒双手奉，庆贺夫妻整三冬。二杯酒齐眉替母敬，为母病体常颂经。三杯酒举头为夫敬，为本宫贤妻常费心……十九年前结仇恨，腥风血雨落吴门。你父篡权掌国政，残杀汉室称帝君。我父秉忠不归顺，灭我九族诛四邻。为报国仇与家恨，杀你以慰忠良魂。”他说：“吴汉杀妻本不愿，不杀你怎能反潼关？”

面对此情此景，王兰英自知无法幸免，痛对丈夫唱道：“驸马呀！为妻求你一件事，妻死后愿夫修善身。一日三餐自料理，春夏秋冬备衣襟。婆母年迈霜两鬓，膝前孝敬费苦心。为妻求你两件事，奴死后南山筑新坟。坟前立碑写诗文，王氏女配夫吴汉君。奴只怨我父王莽苦害汉室谋杀忠良罪孽重，还望你匡扶汉家扭乾坤。为妻求你三件事，奴死后做鬼也安心。你若念夫妻有情分，烧香焚纸招亡魂。为妻跪地将你等，血溅龙鳞待来生。[白]驸马你就杀了为妻吧！”看吴汉实在无法下手，兰英引开他的注意，拔出吴汉的剑自刎而死。

但千万不要以为吴汉的母亲是铁石心肠，其实我们也不妨看到她的无奈，她对逼儿子亲手杀掉贤孝的媳妇，内心的痛苦实不在其他人之下。她既逼着儿子杀了发妻，自己如何还能坦然存活，她对吴汉说：“儿啊！将你妻首级埋在潼关南门以外，立一石碑，上写大汉将军吴汉之妻王氏兰英贤孝之墓！”然后上吊自尽。

吴汉从此再无牵挂，他安葬了母亲和妻子，纵马出走潼关，走上灭莽扶汉、建功立业的路途。

但我想杀妻之痛，这一辈子恐怕是抹不去了，这个伤口肯定会追随他终生，不时提醒他人生中曾经有过这样一刻，不得不眼睁睁地看着心爱的妻子死去，只是为了他承奉母命，要肩负更沉重的责任。

当然，这是戏里的吴汉，是强调并坚信灭莽扶汉的历史正义性的吴汉。有关王莽夺取刘汉正朔是否大逆不道的问题，历史上并不是没有异见和争论，就如同《三国演义》总是为刘备辩护，只是因为他是汉室的后裔（其实他空有“皇叔”之名号，离真正的皇位继承人还差十万八千里呢）一样，难道刘秀只因为他是汉高祖刘邦的九世孙，就比王莽更有资格当皇帝吗？当然不是的，任何世俗的权力都存在合法性的疑问。在欧洲，中世纪及之前世俗统治者的权力，大致是由宗教领袖赐予的，文艺复兴之后，对统治者的权力来源有了新的理解与共识，而普遍实施的选举制度，其基础则是所谓“天赋人权”，然而，每个人不能完整地运用个人权力，一个社会要有秩序，就需要人们让渡自己的一部分私人权力，委托给经过选举产生的统治者实现社会管理。公权代行部分私权，意即公权力的合法性就在于它经过了多数民众的授权。在中国古代社会，通常认为皇帝必须是“真命天子”，意即皇帝的统治权是由“天”授予的，此类“神权天授”的政治观念在世界上更为普遍，然而也并非绝对，因为所谓“天授”并无真正可靠的证据，连陈胜、吴广这样的戍卒，起义前都知道伪造一张藏在鱼肚子里的写有“陈胜王”的字条糊弄人，那些有机会做皇帝的，更通晓用这些没来由的“神迹”证明自己的权力合法性。

好在这世上还在讲“天下者，有德者居之”这样的道理，其实大家心里都知道，要牢牢掌握最高权力，仅仅靠“天”是靠不住的，还得有好的统治；王莽也是这样，他出身于外戚家庭，从年轻时起就有极好的口碑，任高官后深得汉成帝信任，三十八岁时就升至大司马之职。他的为人谦恭、生活俭朴均为同僚所称道，班固称此时的王莽，“宗族称孝，师友归仁”，简直是一位奉公忘私的模范，厚待文士、体恤民众的表面文章做得十足。然而当他逐渐掌握了最高权力称帝后，各种倒行逆施迭出，天下大乱。所以后世谴责王莽，不只是因为他逼汉帝禅让，更因其导致的天下大乱。从大历史的角度看，王莽篡权称帝，并没有任何合法性，他和差不多两千年后的袁世凯一样，都是留下千古骂名的窃国大盗。此时的民众将对王莽的不满寄托在刘姓起义者身上，通过对刘汉正朔的肯定表达对国治民安的怀念，哪里是只看姓刘还是姓王?

所以，我们大可将《吴汉杀妻》看成是为推翻王莽暴政的义举，至少他母亲就是这样看的；当然应该为吴汉掬一把英雄泪，同时对他不幸的妻子寄予巨大的同情，她的不幸只是由于出身于王莽之家，而没有人可以选择自己的出身。

确实，没有人可以选择自己的出身，有人生于贫民窟，有人生于帝王家，但生于微寒亦可能一生安乐，生于豪门也可能半道捐生。

传奇《铁冠图》是清初最优秀的戏曲佳作，它写的是几乎近在咫尺的明末亡国剧痛，在那个年代，想必激起人们太多的伤感。现存乾隆年间的刻本《虎口余生》署名“遗民外史”，有学者考证这或是曹寅的作品，终究令人可疑，因为无论是现存的刻本《虎口余生》，还是舞台上更为流行的佚名作品《铁冠图》，都怀有对明亡莫名的遗憾，很难让人相信这是清代重臣曹寅的手笔。至于这个任职江南织造肥缺的满族高官，更不可能以前朝“遗民”自称，但曹寅确实有可能写过这个戏曲故事的某一版本。

无论如何，《铁冠图》中的凄惨，都足以与《吴汉杀妻》相比。现存的昆曲《铁冠图》演出本里，至少有两个段落如同《吴汉杀妻》一样让人不忍卒听，前面是《别母乱箭》，后面是《撞钟分宫》，前两出说的是周遇吉的家人纷纷自尽，后两出说的是崇祯杀妻女。

先说崇祯，他是皇帝，他的妻女之死，恐怕比吴汉之妻、王莽之女的死还要可怜。这位明代最后一位皇帝，都说他宵衣旰食，朝乾夕惕，假如勤政为国就算是好皇帝的话，崇祯在中国历史上肯定是好皇帝的模范。他励精图治固然不假，然而对一个国家而言，勤政与否并不是皇帝评价体系中最重要的标准，国事如同家事，假如皇帝能任用贤达，自然就有合适的人去解决所有具体事务，诸多琐碎小事本用不着他操心的；而朝中大臣们各司其职，负起他们自己应该负的责任，皇帝也不至于连正常的作息时间都不能保证，甚至偶尔游山玩水一番，又有何不可？大至一个国家，小至一个单位和机构，假如最高领导人或实际负责人事必躬亲，没有其直接介入就解决不了任何事务，那大致只有两种可能，一是他的手下全是只会拍马屁的庸才，二是他对每个下属都没有起码的信任。

就崇祯而言，按学者们的研究，主要是因为这第二种原因，他总是感觉只有自己最大公无私，这个想法也不是没有道理，君就是国，国之天下就是君之天下，而大臣们总会难免有私心的；然而公私之分是一回事，执政的准确性和有效性是另一回事，如果没有专业素养，即使再出于公心，也未必能有好的建议献策，道德不能解决专业的问题，这样的道理，不说崇祯皇帝不懂或不愿意懂，中国古代的政治学家，尤其是喜欢唱高调的以“君子”自诩的人，都不懂或不愿意懂。所以崇祯的毛病，就是从大臣、太监到皇帝自己，都一直认为天下只有皇帝最聪明，皇帝无论什么指示都英明无比，假如不按皇帝下达的那些很具体的指示施政，天下必定大乱，并且在他推行各项措施时还要防着下属借机为自己谋利，所以必须环环相扣地让官员互相钳制互相监督。

最后的结果和他的初衷完全相反，他那么勤劳，结果是朝中文武百官凡事只能等着他做决定，于是大事小事，只要他来不及做决断，就只能拖着，天下自然就大乱了。

《铁冠图》不忍心把这样努力工作的好皇帝说成明朝灭亡的罪魁祸首，只好说明朝的灭亡是天数，而且说这个结果明代开国时的军师刘伯温早就算定了，崇祯皇帝在太庙里唱了段【五供养】：“我也曾食旰衣宵，十七载王事辛劳。我也曾减刑又爆税，停乐不逍遥。盼只盼国富民有靠，谁料上天不佑保。风不顺雨不调，风不顺雨不调，上天不佑保，回首苍穹泪血空抛。”他只说是上天不公平，似乎这样一来就可以免责了，他临死前还坚信“朕非亡国主，误国是奸谗；吾尸可碎裂，百姓望垂怜”，然而看戏里写的唱的就可以知道，崇祯对所有人骨子里的不信任以及他渗透在骨子里的凉薄，难道不是他最后众叛亲离的原因么。

《铁冠图》把崇祯最后的日子写得很惨，确实，他可能是中国历代帝王里结果最凄惨的一位，天下大乱，眼见得李自成的军队已经打入北京城，他让太监在朝中三次撞起大钟，召唤君臣上殿，结果居然没有人理会。诚然，平日里皇帝对什么人都信不过，到了关键时刻，反过来又如何能有人真正为他着想？半夜里他和太监王承恩一道打着灯笼，想到相府里找丞相商量一下，居然被丞相的门卫呵斥，说是相爷正在里面欣赏歌舞呢，什么东西，敢来扰相爷的雅兴！而这位相爷是他最亲近的老丈人，平时受朝廷的恩禄没有任何人可以相比，国难当前居然还有心思在家娱乐，全然不管国家大事。吃了闭门羹的崇祯帝无比失望，悻悻然回到宫里，无可奈何。

很快，守城的将领献出城门，京城防线告破，乱兵直杀向紫禁城，“金鼓连天，海沸山崩顷刻间”，慌乱中的崇祯帝知道大势已去，他现在想的是，要先把宫里的后妃以及他的女儿们杀了，以免她们落到李自成手里。这位脾气有点坏的皇帝居然会杀人，当然只限于杀他自己毫无反抗能力的女性亲人，他居然在舞台上亲手杀了女儿，还虚伪地夸从容赴死的女儿“看剑光闪处节义名标”；他也麻木地看着娘娘自刎，因为那本来就是他的计划。但是如果我们想象在杀妻女时崇祯的心情，还是同情他吧，“帝室如悬磬，宫闱似覆巢”，毕竟他杀妻女不是因为仇恨而是为避免她们受辱，而且更重要的是他自己随即就到煤山上吊了，陪同他的只有太监王承恩。至于全剧的最后，崇祯旁边与他那些死节的文武百官一起升天为仙，纯属蛇足。

杀了妻女的崇祯皇帝该有多窝囊，他和《斩经堂》里吴汉杀妻的心态完全不一样，而《铁冠图》里还有一个和崇祯同样惨烈的场景，就是周遇吉的《别母》，这才是和《斩经堂》具有真正可比性的情节。

《铁冠图》是一部如同《八义图》那样的歌颂仁人志士的长卷，全剧中，不断有了不起的英雄为某个宏大的目标英勇赴死，由此构成了一座用戏剧刻成的群雕，其中最感人的就是周遇吉。全剧大约有三分之一以上的篇幅是以周遇吉为主角的，这一部分又名《宁武关》。周遇吉是镇守宁武关的大将，这是李自成大军进入北京城之前的最后一道关隘。假如宁武关失守，那么明朝的江山多半就崩溃了，所以说宁武关是大明帝国的最后一道防线。世界上的政治都是不讲理的，在朝中人心丧尽的崇祯皇帝，居然有许多愿意为他死的将领，我们就当这些将领是为了国家而不只是忠于帝王吧，周遇吉就是这样的典范。

戏曲里有很多令人伤感的末路英雄，周遇吉是其中最为惨烈的一位。在明末那样一个大厦将倾的时节，周遇吉明知独木难撑，仍知其不可为而为，他一度几乎就要成功，用计谋大败李自成，伤了对方军中大将一只虎李过，通过半夜劫营抓住了李自成的养子李洪基，欲用其招降李自成，险些大功告成，但李自成听了丞相牛金星的建议，佯装答应，就在周遇吉得意之时，反过来又落入李自成的圈套，因此陷入苦战，《对刀步战》就是他中计后苦苦支撑的经典场次。

功亏一篑的周遇吉让李自成逃过一劫，再也无力与之对抗，他自知大势已去，退守宁武关，在最后一战前，回家料理家事。这就是《别母》一折里的周遇吉，他回家禀告母亲，要求母亲携家小离开此地，让他毫无牵挂地赴死沙场，一段【小桃红】“擎杯含泪奉高堂”，字字滴血。他想到即将对母亲说的话，突然后悔自己走上了这条入仕从军之路，“怎不去效渔樵，习耕牧，守田园，务农桑事，也倒得个全终养，尽子职无妨。习什么剑和枪，登什么庙和廊。到如今叫我进退意彷徨”。他满心都笼罩在愁云惨雾中，不知道为何会走到此番田地，又应该如何对家人言说。

《别母》不如改称“母别”，因为这场戏的主导者不是周遇吉而是他的母亲。周遇吉的所有想法都被母亲看在眼里，她简直比儿子更了解他的性情和心思。母亲知道周遇吉最大的担心就是眼见得就要战死沙场，却留下老母无人侍奉，而且母亲近在咫尺，总是让人挂念，她问遇吉：“你因流贼围困岱州，恐战死沙场，无人侍奉于我，故而如此悲伤，可是么？”周遇吉无话可答，只好感叹：“哎呀母亲！贼兵围困关前，孩儿怎肯撇下母亲前去？也罢！待我自刎了罢！”母亲训斥他道：“唗！你若战死沙场，则名垂青史；你若死在家中，人必道你眷恋妻孥，岂不遗臭万年？”母亲告诉周遇吉，其实人生到了这样的时刻，如果说还有什么路可走的话，那就是绝路，他们已没有什么选择机会。

周母对周遇吉说：“儿吓！近前来，我把古人比与你听。东晋时，苏峻跋扈，提兵犯阙。大夫卞昆于阙下仗剑迎敌，力尽而死。他有一子，亦随父而亡。家中妻子亦伏剑而毙。其母年过九十，拍案大笑曰：吾门幸哉呀幸哉！父死为忠，子死为孝，妻死为节，母死为义。其母也自刎而亡。忠孝节义，出于一门，至今巍巍庙像赫赫丹书，千秋万载永垂青史。我们今日，也效学他家，岂不美哉？”看到周遇吉仍有不舍，她痛下决心，一声怒喝：“家将，与我赶他出去！”

周母将儿子赶出家门，冷静地安排媳妇和孙子自尽，吩咐家将把房子的前后门都锁上，放上一把火，她跳进火场，在烈焰中结束自己辉煌的一生。

那面李自成的兵马已经在冲击宁武关，周遇吉吩咐：“带马！腾腾怒气冲千丈，绝却家庭内顾肠。也罢！俺便放胆扬眉和他战一场！”

周遇吉的“别母”是戏曲史上最壮烈的诀别场面，周遇吉眼睁睁看着火光冲天的家，知道他的全家，包括他挚爱的母亲、妻子、儿子都在这场火里往生，“看看看，风助火威狂，火趁猛风扬。满天飞烈焰，遍地洒金光！不能够殷勤奉养，倒教你骨朽形伤，肠千结泪万行，这的是终天抱恨万劫难忘”。他就此走向不归路，心无挂碍。

吴汉、崇祯帝、周遇吉，好像是完全不一样的人，却有着差不多的经历。他们都看着挚爱的亲人以非正常的方式去死，不只是无能为力，更像是亲人离世的催化剂。无论是《吴汉杀妻》，还是《别母乱箭》，或者《撞钟分宫》，吴汉、周遇吉和崇祯帝都不是英雄，至少在戏中不是。英雄气概不是表现在让亲人赴死这样的情景中的，在这里，主人公只有无奈和无助。

这是盖世英雄的人生至暗时刻，让我们祈祷，这世上所有人都不要遇上这样的时分。

图书在版编目（CIP）数据

读库. 2102 / 张立宪主编. -- 北京 : 新星出版社, 2021.3（2022.3重印）
ISBN 978-7-5133-4392-3
Ⅰ. ①读… Ⅱ. ①张… Ⅲ. ①中国文学－当代文学－作品综合集
Ⅳ. ①I217.61
中国版本图书馆CIP数据核字(2021)第038580号

读库 2102

主　　编：张立宪
责任编辑：汪　欣
责任印制：韦　舰

出版发行：新星出版社
出 版 人：马汝军
社　　址：北京市西城区车公庄大街丙3号楼　100044
网　　址：www.newstarpress.com
电　　话：010-88310888
传　　真：010-65270449
法律顾问：北京市岳成律师事务所
经销电话：010-57268861
官方网站：www.duku.cn
邮购地址：北京市海淀区万寿路邮局67号信箱　100036
印　　刷：北京雅昌艺术印刷有限公司
开　　本：770mm × 1092mm　1 / 32
印　　张：11
字　　数：220千字
版　　次：2021年3月第一版　2022年3月第五次印刷
书　　号：ISBN 978-7-5133-4392-3
定　　价：42.00元